PETER GERDES (Hrsg.)

Fiese Friesen - Inselmorde zwischen Watt und Düne

DÜNE, WATT UND MORD Über die Ostfriesen kursieren eine Menge Klischees. Vor allem über die ostfriesischen Insulaner. Wortkarg seien sie, spröde im Umgang, distanziert und nachtragend. Aber fies? Nein, das denn doch nicht! Weit gefehlt. Denn wenn man sie reizt, können auch Ostfriesen fies werden. Richtig fies. Und sie wissen die Möglichkeiten ihrer herrlichen Landschaft für allerlei Gemeinheiten zu nutzen. Allein das Watt mit seinen unendlichen Weiten, dem unberechenbaren Seenebel und den bedrohlichen Gezeiten! Oder die wandernden Dünen, deren Sand jedes Verbrechen samt Opfer verdeckt, aber auch im unpassenden Moment verräterisch wieder enthüllt. Nicht zu vergessen der Strand und die See, der »Blanke Hans« mit seinen mörderischen Wogen, ein gewalttätiger Komplize, der jederzeit die Seiten wechseln kann. Morden im Norden ist eine hohe Kunst – und bietet Stoff für die schönsten Krimis. Überzeugen Sie sich selbst!

© Heike Gerdes

Peter Gerdes, geboren 1955 in Emden, lebt in Leer (Ostfriesland). Er studierte Germanistik und Anglistik, arbeitete als Journalist und Lehrer. Seit 1995 schreibt er Krimis und betätigt sich als Herausgeber. 1999 übernahm er die Leitung des Festivals »Ostfriesische Krimitage« und wurde 2018 CRIMINALE-Beauftragter des SYNDIKATS. Die Krimis »Der Etappenmörder«, »Fürchte die Dunkelheit« und »Der siebte Schlüssel« wurden jeweils für den Literaturpreis »Das neue Buch« nominiert.

Mehr Infos unter: www.mordwesten.de

PETER GERDES (Hrsg.)

Fiese Friesen – Inselmorde zwischen Watt und Düne

KURZKRIMIS

Immer informiert

Spannung pur – mit unserem Newsletter informieren wir Sie
regelmäßig über Wissenswertes aus unserer Bücherwelt.

Gefällt mir!

Facebook: @Gmeiner.Verlag
Instagram: @gmeinerverlag
Twitter: @GmeinerVerlag

Besuchen Sie uns im Internet:
www.gmeiner-verlag.de

© 2022 – Gmeiner-Verlag GmbH
Im Ehnried 5, 88605 Meßkirch
Telefon 0 75 75 / 20 95 - 0
info@gmeiner-verlag.de
Alle Rechte vorbehalten
1. Auflage 2022

Lektorat: Daniel Abt
Herstellung: Mirjam Hecht
Umschlaggestaltung: U.O.R.G. Lutz Eberle, Stuttgart
unter Verwendung eines Fotos von: © Willowpix / istockphoto
und natros / stock.adobe.com
Druck: GGP Media GmbH, Pößneck
Printed in Germany
ISBN 978-3-8392-0129-9

INHALT

BORKUMER BODENSATZ

PETER GERDES

Es quietschte zwischen seinen Zähnen. Er schaute in seinen Kaffeebecher und verzog angewidert den Mund. Bodensatz! Da hatte jemand beim Füllen des Filters geschlampt. Grund genug, dem Schuldigen eine deftige Abreibung zu verpassen, fand Iko Freese. Blöd nur, dass er momentan allein lebte.

Er schlurfte in die Küche, spülte den Becher aus und füllte Kaffee nach. Dann widmete er sich dem Immobilienteil der Samstagszeitung. Mit geübtem Blick scannte er die schmalen Spalten. Immer auf der Suche nach Bodensatz. Rein geschäftlich hatte er nichts gegen Bodensatz. Im Gegenteil, er lebte sehr gut davon.

Ah, da war eine seiner eigenen Anzeigen. »Renditeobjekt im nördlichen Emsland, nahe Großwerft, gute Verkehrsanbindung.« Dazu die Höhe der Mieteinnahmen. Iko Freese grinste. Ja, das waren Zahlen! Dagegen wirkte der happige Kaufpreis wie ein Schnäppchen. Dabei war dieses Objekt nichts als ein größeres Einfamilienhaus, eingeklemmt zwischen Bahnlinie und Bundesstraße und ziemlich heruntergekommen. Aber wenn man jeden einzelnen Raum doppelt und dreifach an Leiharbeiter vermietete, die als halblegale Lohnsklaven auf der nahen Werft schufteten und Schiffsmonster zusammenschweißten, kam einiges an Miete zusammen. Man durfte nur keine Skrupel haben, auch für Kellerräume Wucherpreise zu verlangen! Es gab Leute, die hatten keine Wahl, die mussten alles nehmen. Bodensatz der Gesellschaft! Iko Freese pulte zwischen seinen Zähnen nach Kaffeekrümeln.

Was natürlich nicht in der Anzeige stand: Die Großwerft hatte große Probleme, weil sie aufs falsche Pferd gesetzt hatte. Vielmehr auf den falschen Schiffstyp. Riesenpötte im Binnenland zu bauen hatte lange für Aufmerksamkeit gesorgt und Touristen angelockt; die Ems, dieser viel zu kleine Fluss, der die Werft mit der Nordsee verband, war viele Jahre lang gnadenlos vertieft worden, ganz egal, wie stark die Strömung dabei zunahm und was für Schlickmassen dadurch in sämtliche Häfen und ins Wattenmeer gespült wurden. Wo früher Menschen über Sandboden gelaufen und baden gegangen waren, erstreckte sich eine zähe Schicht aus klebrigem Sediment. Bodensatz. Iko Freese war das egal, er ging sowieso nicht gerne baden.

Aber der Markt für Riesenpötte war inzwischen zusammengebrochen, die Werft warf ihre Arbeiter auf die Straße, und die gammeligen Häuser, die man jahrelang für horrende Summen hatte vermieten können, waren plötzlich nicht mehr profitabel. Etliche Miethaie trennten sich von solchen Gebäuden. Dass die im Verkauf nicht viel einbrachten, störte sie nicht, hatten sich diese Häuser doch durch Wuchermieten längst amortisiert. Iko Freese kaufte billig ein – und verkaufte teuer. Natürlich an auswärtige Interessenten. Potenzielle Käufer aus der Region wussten, was Sache war, und ließen die Finger davon. Unbedarften Kunden jedoch konnte man mit Hilfe ehemaliger Einnahmen enorme Renditen vorgaukeln. Und ihnen den Schrott zu überzogenen Preisen andrehen. Ja, dachte Iko Freese, auch bei Kunden gab es einen Bodensatz. Zu seinem Glück.

Neulich hatte er einer Kundin gleich zwei dieser Schrottimmobilien angedreht. Als er daran dachte, prustete er einen Schluck Kaffee zurück in den Becher. Was für ein Opfer! Hatte ihm freimütig erzählt, dass ihre Eltern vor einiger Zeit gestorben seien und sie ihr Erbteil ausgezahlt bekommen habe, das sie gewinnbringend anlegen wolle. »So als Absicherung, auf der Bank bekommt man ja heute keine Zinsen mehr.« Sparbuch oder Mietshäuser, das war alles, was die kannte, hatte Iko Freese geschlussfolgert. Mitte 50 und schon so weltfremd. Fette Beute! Für die war der unterste Bodensatz gerade gut genug. Zwei Bruchbuden in Papenburg, eine davon eine bessere Brandruine, flüchtig übertüncht, die andere auf schwer belastetem Erdreich, geschätzte Entsorgungskosten deutlich über dem Kaufpreis. Die hohe Maklerkunst bestand darin, diese Informationen nicht zu verschweigen, sondern zu relativieren. Wie so oft hatte die Nähe zur Werft gezogen. Lage war eben alles!

Eifrig hatte die Frau nach dem Köder geschnappt. Ihre Danksagungen nach Vertragsabschluss waren ihm beinahe peinlich gewesen. Beinahe. Nach ihrem ersten verzweifelten Anruf hatte er schnell ihre Telefonnummer blockiert. Wie hieß dieses Opfer noch? Iko Freese rieb sich die Stirn. Er war doch sonst so gut mit Namen! Ach ja, Anke Breuer, Hebamme. Dort stand er ja. In der Zeitung, gleich links oben auf der Seite, die er gerade aufgeschlagen hatte. Was für ein Zufall, wie konnte das sein?

Ach so. Todesanzeigen. Sie war also inzwischen gestorben. Von ihr brauchte er wohl keine weiteren Anrufe zu befürchten.

Die Sonne kitzelte ihn hinterm Ohr, was ihn daran erinnerte, dass er noch zu arbeiten hatte. »Im Juli der Doofmann sein Häuschen verkauft!« Natürlich war nicht jeder Verkäufer doof und auch nicht jeder Käufer. Die Klugen aber mied Iko Freese. Er suchte nicht ganz oben und ebenso wenig in der Mitte, sondern unten. Ganz unten. Im Bodensatz.

Er blätterte den Anzeigenteil ein weiteres Mal durch, durchforschte ihn nach Neuem wie nach Ladenhütern. Beides konnte interessant für ihn sein. Da, Geschäftshaus in der Leeraner Altstadt, wie wäre es damit? Ach nein, die Adresse kannte er, tolles Objekt, prominent an einer T-Kreuzung gelegen, viel zu attraktiv, das war nichts für ihn. Eher schon das hier: Vier-Parteien-Mietshaus in Leer-Heisfelde, sichere Mieteinnahmen. Na klar, vom Amt! Aber darauf fuhren auch andere Interessenten ab, außerdem war der Preis noch zu hoch. Mit etwas Geduld würde der sinken bis runter in den Bodensatz. Das wäre der Moment, in dem er zuschnappen musste, nicht zu früh und nicht zu spät, das war der Trick.

Unvermittelt überlief es ihn heiß. Was war das denn? »Borkum – Nordseeinsel mit Hochseeklima! Appartementhaus mit vier Ferienwohnungen, Balkone und Terrassen, Grillplatz ...« Dann die Preisvorstellung. Iko Freese schnappte nach Luft. Fehlte da eine Null? Der Preis war unfassbar günstig! Was war mit diesem Haus? Schimmel, Holzwurm, abgesacktes Fundament? Bestimmt war eine umfassende Sanierung nötig. Doch selbst wenn, war dieses Objekt dennoch ein Schnäppchen! Augenblicklich musste er dort anrufen. Falls er durchkam, denn bestimmt versuchten in diesem Moment Hunderte Interessierte, den Anschluss zu erreichen. Wenn nicht mehr. Wo stand die Telefonnummer?

Da stand keine. Nur eine E-Mail-Adresse: »Schreiben Sie uns, wir rufen zurück.« Iko Freese lachte höhnisch auf. Darauf konnte er lange warten! Bei diesem Preis wurde der Anbieter sicher komplett zugespamt, dieser ... Wie war der Name? Bodenstab, na so was! Auf Borkum hießen doch eigentlich alle Akkermann.

Noch vor dem Duschen schrieb Iko Freese eine kurze Mail, in der er sein Interesse bekundete. Ohne Enthusiasmus und nur aus Prinzip, denn mit einem Rückruf rechnete er nicht. Daher war er ziemlich überrascht, als sein Handy klingelte, ehe er das Bad erreicht hatte.

»Herr Freese? Danke für Ihre Mail. Bodenstab hier. Sie interessieren sich für das Haus?«

»Ja, äh … moin. Durchaus«, stotterte Iko Freese. »Es ist also noch verfügbar?« Am liebsten hätte er sich auf die Zunge gebissen. Nie die eigene Position schwächen! So trieb man bloß den Preis hoch, und das war das Letzte, was er wollte.

»Noch ja.« Dieser Bodenstab klang freundlich, aber bestimmt. »Es liegen eine ganze Reihe konkreter Angebote vor. Können Sie sich bestimmt vorstellen. Mir ist an einem schnellen Verkauf gelegen. Der Kaufpreis ist nicht verhandelbar. Besichtigung nur heute. Wie sieht es aus?«

»Selbstverständlich. Gerne.« Im Flurspiegel musterte Iko Freese seinen Bademantel und seine verstrubbelten Haare. »Ich müsste natürlich erst einmal schauen, wann die nächste Fähre …«

»Werfen Sie einen Blick in Ihre Mailbox«, unterbrach ihn Bodenstab. »Den Fahrplan der AG Ems habe ich Ihnen gerade geschickt. Wenn Sie den Katamaran nehmen, können Sie mittags hier sein. Wie wäre es um 12 Uhr vor dem Hotel Vier Jahreszeiten?«

Iko Freese konnte sein Glück kaum fassen. So hinfällig konnte dieses Borkumer Haus gar nicht sein, dass er sich daran nicht dumm und dämlich verdienen würde! Was der Herr Bodenstab offenkundig bereits war, sonst würde er solch ein Goldstück nicht verschleudern. Aber bitte schön, wenn einer unbedingt in sein Unglück rennen wollte – er würde ihn nicht daran hindern! Iko

Freese sagte zu. Nachdem er den zugemailten Fahrplan kurz überflogen hatte, beeilte er sich, endlich unter die Dusche zu kommen.

Die Fahrt mit der Katamaranfähre erinnerte ihn an einen Pauschalflug nach Mallorca. Die »Nordlicht« war proppenvoll, die Gepäckablagen waren überfüllt, das Platzangebot in den Sitzreihen war begrenzt. Ein Samstag in der Hauptsaison, dachte Iko Freese, was konnte man anderes erwarten? Wenigstens musste man sich nicht anschnallen.

Die Fahrtzeit betrug nur eine gute Stunde; mit einer herkömmlichen Fähre wie der »Ostfriesland« hätte es mehr als doppelt so lange gedauert. Dafür hätte man sich an Oberdeck in der Sonne aufhalten und den Ausblick und die frische Luft genießen können, statt nur durchs Seitenfenster auf das schlickgraue Emswasser zu gucken, das der Katamaran mit seinen weit über 5.000 Pferdestärken zum Schäumen brachte. 70 Kilometer pro Stunde waren für ein Wasserfahrzeug sehr beachtlich. Iko Freese war das trotzdem zu langsam. Er konnte es kaum erwarten, seinen Deal unter Dach und Fach zu bringen. Aber als er nach dem Anlegen ungeduldig aufsprang, steckte er in einer Schlange fest, die kaum von der Stelle kam, weil sich das Kofferabteil direkt vor dem Ausgang befand und von den Urlaubern anscheinend keiner mehr wusste, wo er sein Gepäck verstaut hatte. Als Iko Freese endlich auf der Gangway stand, war er sich sicher, dass eine Überfahrt mit der normalen Fähre alles in allem auch nicht mehr Zeit in Anspruch genommen hätte. Wenigstens wartete die Inselbahn, bis alle eingestiegen waren. Diejenigen, die beim Kofferempfang am wildesten gedrängelt hatten, warteten mit.

Das Inselbahnfahren kannte Iko Freese von Langeoog; auf Borkum kam ihm die Tour deutlich länger vor. Dreimal so lang, schätzte er, als der Schmalspurzug endlich den Zielbahnhof erreicht hatte. Das Hotel Vier Jahreszeiten lag direkt am Bahnsteig. Iko Freese stellte sich neben den Haupteingang und wartete. Endlich wurde er angesprochen. »Herr Freese? Mein Name ist Bodenstab. Willkommen auf Borkum.«

Der Mann war unscheinbar, fand Iko Freese. Auffallend unscheinbar. Um die 50 Jahre, Größe unterdurchschnittlich, Haare dünn und angeklatscht, altmodische Goldrandbrille, schmale Schultern, Bäuchlein, gestreiftes Hemd, Steppweste und Cordhosen. Der absolute Spießer. Genau der Bodensatz, den Iko Freese suchte. Solche Typen rissen sich darum, Opfer zu sein. Den Gefallen tat er ihnen gerne.

Bodenstab kam ohne Umschweife zur Sache. Keine zehn Minuten brauchten sie vom Bahnhof bis zum Kaufobjekt. Nichts Sensationelles, dachte Iko Freese, solide Mittelklasse, absolut marktgängig. Kein Seeblick, dafür zentrumsnah. Wo war der Haken? Die Begehung des Gebäudes förderte keinen zutage. Da gerade Bettenwechsel war, konnten sie in alle Wohnungen hinein. Guter Standard, Möblierung annehmbar, Bäder fast neuwertig, registrierte Iko Freese. Überall wurde geputzt, aha, Fremdfirma. Bodenstab war gut organisiert. Warum wollte er solch eine Milchkuh schlachten?

»Ich will runter von der Insel.« Beiläufig beantwortete Bodenstab die ungestellte Frage. »Eigentlich war ich längst weg, dann sind meine Eltern kurz nacheinander gestorben und haben uns das Haus vererbt, da kam ich zurück. Meine Schwester wollte verkaufen, aber das brachte ich nicht über mich. Also habe ich sie ausgezahlt.« Er seufzte. »Mit einem Bankkredit. Damals waren die Zinsen höher. Trotzdem habe ich langfristig abgeschlossen, weil ich dachte, sie würden steigen.« Er lachte bitter. »Jetzt fressen die Zinsen mich auf. Ich dachte, das Haus würde mich ernähren statt umgekehrt.«

Iko Freese nickte mitfühlend. Verlogene Gesten wie diese waren ihm in Fleisch und Blut übergegangen. Dieser Typ hatte schlicht gar keine Ahnung von Geld! Ebenso wenig wie von Immobilien. Ob er wohl grundsätzlich alles zum falschen Zeitpunkt tat?

»Wie sieht es aus?«, fragte Bodenstab geradeheraus. »Wollen Sie das Haus haben? Es gibt eine lange Liste von Interessenten, das können Sie sich bestimmt vorstellen bei dem günstigen Preis. War Absicht. Ich wollte nicht, dass irgendein Potti sich das Ding schnappt. Oder, noch schlimmer, so ein anonymer Investor mit ausländischem Geld. Sie sind Ostfriese, Ihnen verkaufe ich es gern. Allerdings müssen Sie sich sofort entscheiden.« Er streckte ihm die Hand entgegen. »Wie sieht's aus?«

Iko Freese griff zu. War das zu fassen? Solch ein Superschnäppchen, weil der Verkäufer inselmüde und latent rassistisch war und von Geld keinen Schimmer hatte! Das waren die Geschichten, die er später einmal seinen Enkeln erzählen würde, auf der Terrasse seines Schlösschens mit Blick aufs Mittelmeer. Nichts davon besaß er momentan, weder Schlösschen noch Enkel oder Kinder, geschweige denn eine Frau. Aber bei so viel Glück war das nur eine Frage der Zeit.

Sie besprachen ein paar letzte Details – Zahlungsziel, Inventarübernahme, angepeilter Notartermin. Iko Freese spulte seine Routinen ab, nach außen ganz Profi, dabei hätte er am liebsten getanzt. Endlich! Endlich spielte er mit in der ersten Liga. Und das, ohne von seinen Prinzipien abzuweichen! Im Bodensatz lag das Gold. Hier hatte sich das mal wieder bewahrheitet.

»Kennen Sie Borkum eigentlich?« Bodenstab schien in aufgeräumter Stimmung zu sein. Dabei war nichts unterschrieben – aber ein Handschlag galt etwas unter Ostfriesen. Trotzdem wollte Iko Freese es vermeiden, sein Opfer zu verprellen. »Bestimmt nicht so gut wie Sie«, schmeichelte er. »Als Tourist kratzt man ja kaum an der Oberfläche.«

»Da haben Sie recht.« Bodenstab nickte. »Ich führe Sie gerne ein bisschen herum. Kommen Sie.«

Iko Freese war Sylt-Fan, für andere Inseln hatte er nur Verachtung übrig, außer es ging ums Geschäft. Solange sie durch den Ort liefen, fühlte er sich bestätigt. Alles sehr städtisch und in die Jahre gekommen, die zahlreichen Touristen wirkten ernüchternd normal. Wo waren die Reetdachhäuser, wo war der Glanz, wo war die Kirsche auf der Sahne?

Erst an der Strandpromenade fiel der Groschen. Was für eine Fläche, was für eine Weite! Dieser Sand, das sanft gekräuselte Wasser, dieser unglaubliche Himmel! Selbst die Massen von Badegästen trübten den Eindruck nicht. Sie verliefen sich einfach in diesem Überfluss an Landschaft, und das so nah am Zentrum. Wie großartig mussten erst die entfernteren Abschnitte sein! Diese Insel, entschied Iko Freese, hatte Potenzial. Hier gab es noch manchen Schatz zu heben.

Gegen Ende ihres Rundgangs steuerte er den Bahnhof an, aber Bodenstab hielt ihn zurück: »Ich bringe Sie mit dem Wagen zur Fähre. Borkum ist ja keine autofreie Insel.« Diesen Service ließ Iko Freese sich gefallen, auch wenn sich der Wagen als Kombi der unteren Mittelklasse entpuppte, alt und mit vollgerümpeltem Laderaum. Im Inneren roch es feucht und fischig. Iko Freese musste sich beherrschen, um nicht voller Abscheu das Gesicht zu verziehen. Schön gute Miene machen, ermahnte er sich. Noch liegt der Goldfisch nicht in der Pfanne.

Die Straße, die vom Ort fast schnurgerade zum Hafen führte, hieß Reedestraße. An ihr reihte sich ein Ferienhaus ans andere; Iko Freese wurde der Mund wässrig angesichts zahlreicher in die Jahre gekommener Objekte. Trotz der Bebauung offenbarte sich auch hier die großartige Insellandschaft. Er selbst konnte solchen Panoramen nicht viel abgewinnen, doch wusste er, dass andere Menschen bereit waren, sich diese Anblicke einiges kosten zu lassen.

»Schauen Sie, wir haben Niedrigwasser!« Bodenstab zeigte auf die grau-silberne Fläche, die auf der Fahrerseite in der Sonne glitzerte. Anscheinend passierten sie gerade eine Landenge, denn auch auf der anderen Seite waren Strand, Schlick und Wasser zu erkennen. »Guter Zeitpunkt für einen kleinen Wattspaziergang! Waren Sie schon mal im Watt?«

Iko Freese schüttelte den Kopf. Allein die Fernsehbilder von schlammbespritzten Menschen, die durch Schlickpfützen tapsten und nach Wattwürmern buddelten, waren ihm ein Gräuel.

»Noch nie? Das müssen Sie unbedingt nachholen!« Bodenstab brachte seinen Wagen unweit einer Bushaltestelle zum Stehen. »Ist ein unvergessliches Erlebnis. Da Sie demnächst praktisch Borkumer sein werden, wäre solch eine Bildungslücke unverzeihlich. Gehen wir ein paar Schritte hinaus!«

Iko Freese zögerte. Warum sollte er durch den Matsch waten? Das überließ er gerne den Leuten, die in seinem Haus Miete zahlten. Demnächst. Aber er wusste natürlich, dass das nicht die Antwort war, die Bodenstab von ihm erwartete. Und noch durfte er ihn nicht verärgern. Also unterdrückte er einen Seufzer und stieg aus.

Bodenstab hatte bereits Schuhe und Socken ausgezogen und krempelte seine Hosenbeine hoch. Widerstrebend tat Iko Freese es ihm gleich. Zum Glück trug er eine leichte Sommerhose, die sich gut hochkrempeln ließ. Der Boden war angenehm sandig und fühlte sich gut an unter seinen Fußsohlen. Aber der Gedanke, dass gleich halbflüssiger Modder zwischen seinen Zehen hindurchquellen würde, verursachte ihm eine Gänsehaut.

Daher war er erleichtert, als Bodenstab die Heckklappe öffnete und zwei Paar Gummistiefel herausholte. »Es gibt da draußen Muschelbänke, die man barfuß nicht betreten sollte«, erklärte er. »Außerdem züchten die Niederländer Pazifische Felsenaustern, die haben sich mit der Tidenströmung über die ganze Küste verbreitet und vermehren sich dank des Klimawandels prächtig. Wenn man in solch ein Ding hineintritt, kann man sich schwer verletzen. Da sind wir lieber vorsichtig.« Er zog seine Stiefel an und reichte Iko Freese das andere Paar. »Hoffentlich passen sie Ihnen. Die haben meinem Vater gehört.«

Iko Freese unterdrückte seinen Ekel, zog seine Socken wieder an und schlüpfte hinein. »Etwas zu weit«, stellte er fest.

»Besser als zu eng«, sagte Bodenstab. »Kommen Sie, am Spülsaum hat sich gerade eine Gruppe versammelt! Da ist ein Wattführer dabei. An denen können wir uns orientieren. So gehen wir kein Risiko ein.«

»Risiko?« Iko Freese blieb stehen. »Ist es gefährlich, ins Watt zu gehen? Können wir etwa einsinken oder ertrinken?«

»Unsinn.« Bodenstab winkte ungeduldig. »Wenn wir ein bisschen aufpassen, ist überhaupt nichts dabei.« Er lachte. »Ich werde doch nicht zulassen, dass Ihnen etwas zustößt! Jedenfalls nicht, ehe der Kaufvertrag besiegelt ist.«

Iko Freese lachte mit und marschierte weiter. Alles für den Vertrag, dachte er.

Die Wandergruppe hatte sich auf einer Salzwiese um ihren Wattführer versammelt, einen wahren Hünen, der ein Akkordeon auf seinen breiten Rücken geschnallt hatte. Wattwanderung mit Musik? So was gab es selbst auf Sylt nicht, dachte Iko Freese. Ein echtes Alleinstellungsmerkmal! Borkum stieg abermals in seiner Achtung.

Auf Anweisung des Hünen bückten sich einige der Wattwanderer, rupften Gräser ab, steckten sie in den Mund und kauten gehorsam. Hoffentlich verlangte Bodenstab das nicht von ihm! Ein ostfriesischer Makler war doch keine Milchkuh. Zum Glück schien Bodenstab nicht daran zu denken. In einem kleinen Bogen strebte er an der Gruppe vorbei. Wenige Schritte weiter standen sie im eigentlichen Watt.

Natürlich fand Iko Freese die Seeseite mit ihren weiten Stränden und der donnernden Brandung attraktiver als die dem Land zugewandte Inselseite. Aber als er auf dieser geriffelten Sandfläche stand, umgeben vom grandiosesten Nichts, das er je erblickt hatte, war er beeindruckt. Das hier war der Meeresboden! Nun ja, in Teilzeit, aber immerhin. Und er lief darauf herum! Sofort kam er sich noch bedeutender vor als ohnehin schon. Ob man dieses Gelände wohl parzellieren und verkaufen konnte? Per Ruckzuck-Geschäft, wie er vorhin selbst eines getätigt hatte? Nur eben an unwissende Binnenländer. Kurz und gut zwischen Ebbe und Flut! Darüber musste er mal in Ruhe nachdenken.

Bodenstab schritt flott aus; Iko Freese musste sich sputen, um mit ihm Schritt zu halten. Auf dem festen Sandboden kamen sie gut voran. Die Wattwandergruppe hatten sie bereits weit hinter sich gelassen. Leise wehten ein paar Akkordeonklänge zu ihnen herüber, bald aber waren außer dem Geräusch ihrer Schritte nur noch Möwenschreie zu hören.

»Wussten Sie, dass viele Borkumer früher auf Walfang gefahren sind?«, fragte Bodenstab. »Fischerei und Landwirtschaft waren nicht sehr einträglich, also zogen viele Männer los und blieben das ganze Jahr über auf See. Erst im Spätherbst kehrten sie zurück, die meisten jedenfalls. Dann war mächtig was los.«

Iko Freese hörte nur mit einem Ohr zu. Er kämpfte um sein Gleichgewicht; der Boden war schlickiger geworden und damit sehr viel rutschiger. »Kann ich mir vorstellen«, antwortete er angestrengt. »Große Wiedersehensfreude, bestimmt wurde viel gefeiert.«

Bodenstab grinste. »Gefeiert? Oh ja, allerdings. Aber die Wiedersehensfreude, die war eher einseitig. Die Walfänger haben nämlich ihre Frauen eingenordet, weil die in der Zwischenzeit zu selbstständig geworden waren. Da setzte es Prügel! Diese Tradition wird immer noch gefeiert, jedes Jahr einen Tag vor Nikolaus. Leicht abgemildert natürlich, ritualisiert. Nennt sich Klaasohm.«

Iko Freese war das völlig egal. Gerade überquerten sie einen flachen Sandbuckel, der mit glitschigem Schlick überzogen war wie ein Kuchen mit Zuckerguss, und er hatte alle Mühe, sich auf den Beinen zu halten. Als es wieder abwärts ging, wurde es noch mühsamer. »Wie weit denn noch?«, keuchte er.

»Nur ein paar Schritte«, beruhigte ihn Bodenstab. »Über den kleinen Priel da vorne. Und bis zum nächsten. Der ist sowieso zu tief, da ist Schluss.«

»Priel?« Iko Freese kannte nur das Spülmittel. Und die Klebeblumen natürlich.

»Priele sind kleine Flüsse«, erklärte Bodenstab. »Man sieht sie nur bei Niedrigwasser. In ihnen fließt das Wasser bei Flut ins Watt hinein und bei Ebbe wieder heraus. Sie mäandern viel und ändern häufig ihren Verlauf.«

Von Mäanderschleifen hatte Iko Freese gehört. So nannte man es, wenn Flüsse in Schlangenlinien strömten statt geradeaus. Aus irgendeinem Grund neigten solche Schleifen dazu, ständig größer und weiter zu werden. Natur war eben irgendwie sinnlos.

Muschelschalen knirschten unter ihren Sohlen, wenn sie über Sand liefen; und wenn sie ein Schlickfeld durchqueren mussten, quietschte und quatschte es bei jedem Schritt. »Der Schlick wird immer mehr«, beschwerte sich Bodenstab. »Das kommt von den Flussvertiefungen. Dadurch wird die Strömung in Ems, Weser und Elbe schneller und trägt immer mehr Sedimente ins Watt. Die lagern sich hier als Bodensatz ab. Nicht mehr lange und alle Kleinlebewesen werden darunter erstickt sein.«

Typisch Umweltschützer, dachte Iko Freese, ständig am Meckern! Die Schiffe wurden eben größer, das war der Lauf der Zeit. Was wollte man dagegen machen? Etwa Großwerften und Handelshäfen ans tiefere Wasser verlegen? Na, das wäre doch ...

Sie durchquerten den kleinen Priel, von dem Bodenstab gesprochen hatte, und säuberten ihre verklebten Stiefel im klaren Wasser. Der nächste, wesentlich breitere Priel tauchte hinter einem weiteren Sandrücken auf. Seine Wasseroberfläche war deutlich gekräuselt; Wind war aufgekommen, und als Iko Freese sich zur Insel umdrehte, sah er, dass eine Wolkenbank den Himmel verdunkelte. Die Wandergruppe mit ihrem Wattführer war nirgendwo zu sehen. Ebenso wenig die ganze Insel Borkum.

»Erstaunlich, oder?« Bodenstab grinste. »Man denkt, das Watt wäre flach wie ein Pfannkuchen, aber aus der Nähe betrachtet ist das gar nicht so. Ein kleiner Buckel reicht und schon ist man außer Sicht.«

Iko Freese schlang die Arme um seinen Oberkörper. »Wir sollten mal so langsam umkehren«, sagte er. »Nicht dass wir die Orientierung verlieren.«

»Keine Sorge«, sagte Bodenstab. »Ich weiß genau, wo wir sind. Weiter als bis hierher wäre ich sowieso nicht gegangen. Schauen Sie, dieser Priel ist die Grenze.«

Tatsächlich hatte der Priel die Ausmaße eines kleineren Flusses. Direkt vor ihnen beschrieb er eine enge Kurve; an deren Außenseite waren deutlich Sandabbrüche zu erkennen. »Sieht aus wie ein kleines Steilufer!«, staunte Iko Freese.

»Das ist die Luvseite«, erläuterte Bodenstab. »Oder auch der Prallhang. So nennen wir die Außenseite einer Prielschleife. Dort rauscht die Strömung am stärksten entlang, viermal am Tag, zweimal bei Flut und zweimal bei Ebbe. Jedes Mal werden dort feine Sandkörnchen abgetragen. Die sammeln sich an der Leeseite an, zusammen mit dem anderen Bodensatz. Dort, wo Sie gerade stehen. Nennt sich Gleithang.«

»Faszinierend.« Das meinte Iko Freese beinahe ehrlich. Physik war etwas Handfestes, dafür hatte er sich schon immer interessiert. Er trat näher heran. Die Strömung war deutlich zu sehen; sie schien schnell stärker zu werden. Das Sandabtragen an der Luvseite war gut zu beobachten. Iko Freese zog sein Smartphone heraus, um Fotos zu machen. Leider war die Handykamera nicht die beste, bei starker Vergrößerung wurden die Bilder sehr körnig. Lieber ein paar Schritte näher heran, dachte er, das Wasser ist ja seicht, wozu habe ich Stiefel an. Dann konzentrierte er sich ganz auf sein Motiv.

»Igitt!« Unbemerkt war er ein Stückchen eingesunken. Kaltes Seewasser schwappte über die Schaftkanten seiner übergroßen Stiefel und, wie es sich anfühlte, auch ein wenig von dem ekligen Bodensatz. Schnell machte er ein paar Schritte zurück. Vielmehr hatte er das vor, doch er kam nicht von der Stelle. Fast hätte er das Gleichgewicht verloren, rang mit wedelnden Händen um seine Balance. Das Smartphone rutschte ihm aus den Fingern und fiel Bodenstab vor die Füße. Erneut versuchte Iko Freese, seine Beine aus dem weichen Modder zu befreien, verlagerte sein Gewicht erst auf den einen, anschließend auf den anderen Fuß. Jedes Mal sank er ein paar Zentimeter tiefer ein. Seine Stiefelschäfte waren komplett unterhalb der Wasseroberfläche, und er spürte, wie sich das Gemisch aus Bodensatz, Seewasser und feinen Sandkörnchen um seine Füße und Zehen legte, fest und lückenlos. Er bekam seine Füße einfach nicht aus den Stiefeln heraus. Und seine Stiefel nicht aus dem weichen Wattboden.

Hinter ihm bückte sich Bodenstab und hob das Smartphone auf. Gerade rechtzeitig, ehe eine kleine Welle den Fleck überspülte, wo das Gerät gelegen hatte. »Das Wasser steigt«, rief Bodenstab. »Nicht nachlassen! Sehen Sie zu, dass Sie da rauskommen! Los, kräftig!«

Iko Freese ackerte, rödelte und stampfte, was er nur konnte – mit dem Resultat, dass er immer tiefer einsank. »Helfen Sie mir!«, schrie er über seine Schulter. »Los, kommen Sie her! Sie müssen ziehen! Ich stecke hier drin wie einbetoniert. Alleine komme ich da im Leben nicht mehr raus!« Stöhnend und keuchend zerrte er weiter, während ihm das Wasser schon gegen die Oberschenkel schwappte. Es dauerte einige Sekunden, bis er bemerkte, dass Bodenstab sich nicht von der Stelle bewegte. Iko Freese drehte sich zu ihm herum, so gut es mit fixierten Füßen eben ging. »Was ist los, zum Teufel?«, schrie er. »Worauf warten Sie? Rufen Sie wenigstens Hilfe!«

Zwei Meter vor ihm plumpste etwas ins Wasser. Hilflos sah er zu, wie sein Smartphone auf den Grund des Priels sank. Zwei Meter! Es hätten genauso gut zweihundert sein können, so unerreichbar war es für ihn. »Warum?«, schrie er. Und noch einmal: »Warum denn?« Sein Brüllen ging in ein Schluchzen über.

»Warum?«, wiederholte Bodenstab, gerade laut genug, dass seine Stimme durch den zunehmenden Wind zu verstehen war. »Wegen meiner Schwester.«

»Wieso denn Ihre Schwester?«, jammerte Iko Freese. »Was habe ich denn mit Ihrer Schwester zu tun?«

»Sie hatten«, erwiderte Bodenstab. Er wartete einen Moment, bis Iko Freese anfing zu begreifen. »Meine Schwester hat Borkum verlassen, kaum dass sie volljährig war. Wegen Klaasohm! Sie konnte nicht ertragen, was hinter diesem Ritual steckt. Diese Verachtung und Geringschätzung von Frauen, sagte sie immer. Wir wollten ihr das natürlich ausreden. Ist doch nur Spaß, haben wir gesagt. Ist doch was zum Lachen! Nur die sieben Verkleideten dürfen Frauen verhauen, mit einem Kuhhorn auf den Po, und auch nur zu einer bestimmten Zeit. Bloß eine Tradition, muss man doch nicht ernst nehmen. Wer das nicht möchte, geht einfach nicht hin! Aber sie ist trotzdem von Borkum weggegangen.«

»Und deswegen lassen Sie mich hier im kalten Wasser zappeln?«, schrie Iko Freese. »Was kann ich denn dafür? Wie heißt Ihre Schwester überhaupt?«

»Anke«, sagte Bodenstab. »Anke, verwitwete Breuer.«

Iko Freese erstarrte. Eine Welle schlug ihm schmerzhaft in den Schritt. Gischt spritzte ihm ins Gesicht.

»Um keinen Preis wollte Anke zurück auf die Insel«, fuhr Bodenstab fort. »Auch nach dem Tod ihres Mannes nicht. Nicht einmal nach dem Tod unserer Eltern! Ließ sich ihren Anteil am Erbe auszahlen. Sie hatte sich als Hebamme selbstständig gemacht, was wohl nicht so einfach war, und wollte sich durch den Kauf zweier Mietshäuser finanziell absichern. Um auf Nummer sicher zu gehen, hat sie sich an einen Makler gewandt, dem sie vertraute.« Er lachte bitter. »Dabei hat sie voll in den Bodensatz gegriffen! Aber so richtig. Da hätte sie sich lieber einmal im Jahr auf Borkum vertrimmen lassen.«

»Das können wir doch regeln!« Das Wasser reichte Iko Freese inzwischen bis zur Brust. »Ich nehme die Häuser zurück! Ich zahle Ihre Schwester aus! Alle Kosten übernehme ich!« Hol du mich bloß hier raus, setzte er in Gedanken hinzu, dann reden wir über die Details.

»Zu spät«, erwiderte Bodenstab. »Meine Schwester wollte sich nicht helfen lassen. Zu stolz, das war sie schon immer. Hat mir noch einen Brief geschrieben und dann Tabletten genommen. Vor drei Tagen haben wir sie beerdigt.«

Iko Freese machte Schwimmbewegungen. Als er etwas sagen wollte, bekam er Salzwasser in den Mund. Er röchelte und spuckte.

»Klaasohm«, sagte Bodenstab. »Das Ritual erzählt nur die halbe Geschichte. Dass die Walfänger jeden Dezember nach Hause kamen und ihre verwilderten Frauen an die Kandare genommen haben. Einige haben es dabei übertrieben, und das hat sich längst nicht jede Frau gefallen lassen. Die haben ihre Kerle betrunken gemacht, ihnen große Gummistiefel verpasst und sie ins Watt gelockt, unter irgendeinem Vorwand. Solche Typen fallen auf alles rein, wenn sie besoffen sind! Sie haben sie in solch einen Priel geschickt, schön am Gleithang, wo der Boden weich ist. Denn sie wussten genau, wenn einer einmal feststeckt und diesen Bodensatz in seinen Stiefeln hat, kommt er nie wieder raus. Das Einzige, was auf jeden Fall kommt, ist die Flut. Jede Borkumerin weiß das. Und jeder echte Borkumer auch.«

Mit diesen Worten drehte er sich um und ging zurück zu seiner Insel, ohne sich noch einmal umzudrehen.

SCHMIDT MUSS WEG

OCKE AUKES

Kennen Sie das Gefühl der Ratlosigkeit, wenn man jemandem helfen will, der sich einerseits gerne helfen lassen möchte, aber andererseits eine ganz andere Herangehensweise an die Lösung des Problems sieht als man selbst? Antje hatte dieses Problem. Ihre kleine Schwester musste gerettet werden, doch sollte es auf eine Weise geschehen, dass niemand Schaden erlitt – bis auf Schmidt. Der musste weg.

»Ich bringe ihn um«, verkündete Karin.

Antje wusste sofort, von wem sie sprach. Seit Jürgen Schmidt vor drei Monaten die Leitung der Filiale übernommen hatte und dadurch Karins Chef geworden war, ging die 17-Jährige nur noch mit Magenkneifen zur Arbeit.

Antje nahm sie in den Arm und drückte sie an sich. »Was hat er denn heute wieder angestellt?«

»Das war so was von fies. Eins sage ich dir, wenn er das noch einmal macht, trete ich ihm so fest in die Eier, dass er es bis zum Gaumen spürt.« Leere Worte. Karin würde so etwas niemals tun.

Antje schob sie leicht von sich, die Hände auf Karins Schultern gelegt. Die stand mit geballten Fäusten und Tränen in den Augen da.

»Das tust du auf keinen Fall, hörst du, Schwesterchen? In einem halben Jahr ist alles vorbei. Das schaffst du.« In sechs Monaten war Karins Berufsausbildung abgeschlossen. »Wenn du erst dein Zeugnis hast, bekommst du überall mit Kusshand eine neue Stelle. Dann zeigst du Schmidt den Stinkefinger.«

Antje wäre eine Anzeige bei der Polizei lieber gewesen, aber davon wollte Karin nichts wissen. Wenn sie es nicht melden wollte, sollte sie es wenigstens so lange im Betrieb aushalten, bis sie den Lehrabschluss hatte. Bis dahin musste sie zusehen, so selten wie möglich mit Schmidt allein in einem Raum zu sein. Antje wusste, das war leichter gesagt als getan.

»Das sind 24 Wochen«, stöhnte Karin und lächelte ein wenig verkniffen, als sie auf Antjes ausgestreckten Mittelfinger schaute. »120 Arbeitstage. Das halte ich nie im Leben aus.«

Antje seufzte und strich ihr eine Haarsträhne aus der Stirn. »Was hat er überhaupt angestellt?«

»Sag ich doch, es war unheimlich fies.« Karin deutete mit Zeige- und Mittelfinger auf ihren geöffneten Mund, als müsse sie sich übergeben. »Ich war vorsichtig, Antje. Wirklich. Heute hat der Blödmann mich reingelegt. Nur gut, dass niemand dazugekommen ist. Oh

Gott«, dabei fasste Karin sich an den Hals, »das war so was von ekelig.«

Antje nahm sie erneut in den Arm. Als sich Karin ein wenig beruhigt hatte, sagte Antje: »Jetzt erzähl schon, was ist vorgefallen?«

»Zuerst hat er mich in sein Büro gerufen und mit scheinheiligem Grinsen auf einige Aktenordner gezeigt. Die sollte ich in das untere Fach seines Regals einräumen. Scheiße. Ich blöde Kuh habe zu spät gemerkt, dass er mich damit in die Enge getrieben hat. Ich hocke also da unten und stelle die Ordner rein, da kommt er breitbeinig sitzend auf seinem Bürosessel angerollt. Pah, das ist so was von abstoßend. Er stoppt kurz vor meinem Gesicht und ich habe den Hosenschlitz direkt vor meinen Augen.« Karin schauderte und veränderte die Stimmlage. »*Na, Fräulein Silber*«, äffte sie Schmidt nach, »*das gefällt Ihnen, nicht wahr?* – Und dann dieses fiese Lachen. In dem Moment hätte ich am liebsten fest zugebissen. Muss er wohl geahnt haben, denn er rollte sofort zurück an seinen Schreibtisch.«

»Und das hat keiner von deinen Kollegen bemerkt?«

»Nein, da achtet Schmidt drauf. Das macht er nur, wenn wir alleine sind.«

»Ich sag es dir noch mal: Du solltest ihn anzeigen.«

»Ja sicher. Etwa bei seinem Freund, dem Dienststellenleiter von der Polizei?« Karin fuhr sich mit dem Handrücken über die Wange. »Die spielen zusammen Tennis. Da kannst du dir ausrechnen, wem der glauben wird. Danach habe ich bei der Arbeit erst recht die Hölle. Nein, ich habe eine bessere Idee. Wir bringen ihn um.«

»Schon wieder?«

»Diesmal ist mein Plan gut. Antje, du hilfst mir doch, oder?«

»Wobei dieses Mal?«

»Wir schubsen ihn vom neuen Leuchtturm runter.«

»Toller Gedanke. Und wie willst du ihn da hochbekommen? Betäuben und rauftragen?« 364 Betonstufen und das immer in die Runde. Unmöglich zu schaffen.

»Ich tu ganz scheinheilig und verabrede mich mit ihm.«

»Blöde Idee. Du kannst ihn nie und nimmer da runterschubsen, die Aussichtsplattform ist komplett vergittert.«

»Dann gehen wir eben auf den alten Leuchtturm. Die gemauerte Umrandung ist auf Brusthöhe. Und wenn du mir hilfst, schaffen wir das. Jeder schnappt sich ein Bein und schwups, weg ist er.«

Antje wusste, dass solche Mordfantasien Karin ein wenig mit ihrem Schicksal versöhnten. Ihre kleine Schwester schlug den jeweiligen Tathergang vor, Antje sprach dagegen. Nur was, dachte Antje, wenn Karin ein wirklich toller und nicht nachweisbarer Vorgang einfallen würde?

»Antje? Der alte Turm, wie wäre der?«

Antje schüttelte den Kopf. »Erstens«, sie zeigte den Daumen, »dürfen den Turm seit Jahren nur ganz wenige Leute betreten.« Nämlich die, die regelmäßige Kontrollgänge durch das Gebäude machten, um nachzusehen, ob alles in Ordnung war. Und natürlich der Mann, der sich um das Uhrwerk kümmerte. »Bis der Landkreis endlich wieder die Genehmigung für Besucher erteilt, ist dein Lehrabschluss längst Vergangenheit.« Antje hob zusätzlich den Zeigefinger. »Zweitens hast du das gleiche Problem wie beim neuen Turm – wie willst du Schmidt da hochbekommen?«

Karins Gesichtsausdruck verriet, dass dieses Thema für heute erledigt war. Sie ging auf ihr Zimmer und Antje widmete ihre Aufmerksamkeit der Ostfriesenzeitung.

Sparkassenüberfall in Emden am vergangenen Mittwoch. Wie die Polizei mitteilte, fehle vom Täter jede Spur. Die Höhe der Beute betrage 120.000 Euro und die Behörden gehen davon aus, dass die Machart des Überfalls zu einer Serie aus Frankreich und Spanien passe.

Grenzenloses Europa, dachte Antje und legte die Zeitung beiseite. Doch der Artikel ließ ihr keine Ruhe und flammte in der kommenden Zeit vor ihrem inneren Auge auf.

»Ich kann einfach nicht mehr«, jammerte Karin einen Tag später. »Allein wenn ich daran denke, da hinzugehen, bekomme ich Magenschmerzen.«

»Was war es diesmal?«

»Ich habe Kopien gemacht und Schmidt stand plötzlich hinter mir. Ich hatte nicht mitbekommen, dass Susi aus dem Büro gegangen war.« Karin sah blass aus, hatte dunkle Ringe unter den Augen. Sie musste nicht weitersprechen, die Art der Belästigung konnte Antje sich denken.

»Wie wäre es«, Karin klang müde, »wenn wir ihn bei Ebbe auf einer Sandbank aussetzen? Schmidt hat erzählt, dass er mit seinem Boot oft ins Hubertgatt fährt, dort ankert und sich trockenfallen lässt. Ich frage ihn, ob er mich mitnimmt, und wenn er auf der Sandbank rumspaziert, fahr ich einfach los und die Flut erledigt den Rest.«

»Gute Idee, nur …« Antje hob den Daumen, »erstens: Du musst ganz genau die Zeit abpassen und abwarten, bis nach dem Trockenfallen das Schiff wieder schwimmt. Wenn es noch auf dem Sand festsitzt, kann er zurück an Bord kommen. Oder«, sie hob den Zeigefinger, »sobald ihr auf der Sandbank seid, schlägst du ihn nieder, so, dass er lange genug ohnmächtig liegen bleibt. Denn du brauchst ja einige Zeit, um zum Schiff zurückzukommen. Womit willst du ihn niederschlagen?«

»Mit einem Baseballschläger.«

»Okay. Mal angenommen, er wird nicht stutzig, wenn du statt Badeklamotten so einen Knüppel mitnimmst, und du erledigst ihn. Dann«, Antjes Mittelfinger ging in die Höhe, »rennst du zurück zum Schiff. Steigst an Bord. Und? Was machst du dann?«

»Fahre ich zurück in den Hafen.«

»Falsch. Zuerst musst du den Anker lichten. Weißt du, wie das funktioniert? Nein. Danach musst du den Motor starten. Erst dann kannst du zurückfahren. Vom

Bootfahren hast du keine Ahnung. Also, meine Liebe«, sie ließ die Hand sinken, »das ist kein guter Plan.«

»Okay«, sagte Karin. »Mir fällt schon was ein.«

Die innere Balance mit Racheplänen ein wenig wiederhergestellt, ging Karin am kommenden Morgen zur Arbeit. Antje blieb etwas Zeit, ehe sie selbst fortmusste. Sie kramte in der Altpapiertonne nach den Zeitungen der vergangenen Wochen. Vier Mitteilungen über Banküberfälle in Spanien und Frankreich konnte sie finden. Drei davon enthielten Täterbeschreibungen, die unterschiedlicher kaum sein konnten. Vermutlich ein Verkleidungskünstler. Zwei Artikel suchten nach Zeugen. Menschen, die vor dem Überfall am Strand spazieren waren. Denn der Räuber – augenscheinlich ein Mann – hinterließ am Tatort Sand. Er klebte unter den Schuhsohlen. Es war nur wenig, doch genug, um einwandfrei festzustellen, dass er vor dem Überfall am Strand gewesen sein musste.

Sand – Strand. Ein Gedanke nahm nach und nach Formen an.

Am Freitagnachmittag wirkte Karin entspannt und am Samstag waren die dunklen Augenringe verschwunden. Das gesamte Wochenende verlief ereignislos für die beiden Schwestern, was Gespräche über die Belästigungen Jürgen Schmidts anging. Erst am Sonntagabend verfinsterte sich Karins Laune. In der darauffolgenden Nacht hatte sie vermutlich wieder schlecht geschlafen, denn am Frühstückstisch bekam Karin nichts herunter.

»Ich habe eine Idee«, sagte Antje.

»Was für eine?« Karin schaute hoffnungsvoll ihre große Schwester an.

»Sie ist noch nicht ganz ausgereift, aber ich glaube, es könnte funktionieren. Doch vorher brauche ich einige Informationen.«

»Über Schmidt?«

»Ja.«

»Kannst du vergessen. Den werde ich ums Verrecken zu gar nichts befragen.«

»Sollst du auch nicht. Aber vielleicht kannst du herausbekommen, wann er in den vergangenen Wochen auf dem Festland war. Du sagtest doch, dass er manchmal wegfährt. Ich brauche die genauen Zeitpunkte.«

Am Abend kam Karin mit hängenden Schultern von der Arbeit nach Hause. »Ich konnte nichts herausbekommen«, klagte sie und begann zu weinen.

Antje bereute, die kleine Schwester mit einem Auftrag ins Büro des Chefs geschickt zu haben. Vermutlich war sie dabei erwischt worden und …

»Was ist passiert?«

»Ich war an seinem Schreibtisch«, sagte Karin. »Dann kam er plötzlich rein. Mir fiel so schnell kein Grund ein, warum ich in seinem Büro stand.« Karin schüttelte sich. »Der Alte hat wohl gedacht, ich … Ach, was weiß ich, was der Kerl gedacht hat. Er kam ganz dicht an mich heran, tätschelte mir die Wange, fummelte an meinen Haaren und grinste dämlich. Dann hörten wir

Susi vor der Tür reden und Schmidt hat mich fortge-
schickt. Zum Abschied hat er mir in den Po gekniffen.
Verdammt, Antje. An seinen Terminkalender bin ich
nicht rangekommen.«

»Macht nichts, Karin.«

»Aber dafür habe ich jetzt *die* Idee, wie ich ihn los-
werde. Erinnerst du dich an die Verbrennungsanlage
beim Altenheim?«

Sie sprach von dem mit Efeu bewachsenen Schorn-
stein in der Gartenstraße gleich neben dem Krankenhaus oder vor dem Altenheim, je nachdem, aus welcher
Richtung man es betrachtete. Es war Jahre her, dass
ihre Mutter beim Einwohnermeldeamt gearbeitet hatte.
Damals waren die Ausweise noch auf der Insel aus-
gestellt worden und abgelaufene Pässe und Personal-
ausweise hatten ordentlich vernichtet werden müssen.
Zu der Zeit hatte der Hausmeister des Krankenhau-
ses ihre Mutter immer angerufen, wenn er den Ofen
angeheizt hatte. Darin wurden nach Operationen übrig
gebliebene menschliche Reste aus dem Krankenhaus
verbrannt und was sonst noch dort anfiel. »Da stecken
wir ihn rein«, sagte Karin und breitete die Arme aus.
»Puff – weg ist er.«

»Schöner Gedanke.«

»Aber?«

»Erstens wissen wir nicht, ob der Brennofen überhaupt noch genutzt wird, und zweitens: Wie willst du
in das Gebäude hineinkommen? Und mal angenommen,
Schmidt liegt tot oder meinetwegen auch nur gefesselt

davor, ich habe keine Ahnung, wie so ein Ofen angeheizt wird. Du etwa?«

»Vielleicht ist da einfach ein Knopf, den man drü-
cken muss.«

»Schön, wenn du meinst. Weißt du denn, wie groß
die Ofenklappe ist? Ich frage ja nur. Was, wenn er da
nicht in einem Stück durchpasst? Einmal ganz davon
abgesehen, dass ich kein Blut sehen kann, müsstest du
ihn dann zerschneiden und zersägen. Das wäre eine
große Sauerei. Und sollte das alles gelingen, würde es
sicherlich jemandem auffallen, wenn da oben plötzlich
Qualm rauskommt.«

»Schade«, sagte Karin. »Das war so eine schöne Idee.«

Ein paar Tage vergingen. Am Donnerstagabend kam
eine gut gelaunte Karin nach Hause. Mit einem Strah-
len im Gesicht überreichte sie Antje feierlich ihr Handy.
»Die Termine vom Chef. Ich habe jede Seite fotografiert. An dem Tag«, sie tippte das erste Bild an, »war
er beim Zahnarzt in Emden. Und an dem«, sie scrollte
zwei Fotos weiter, »da war er mit seiner Frau in Oldenburg. Das ganze Wochenende. Sagst du mir jetzt, was
du damit willst?«

»Später. Druck mir die Daten aus. Und dann muss
ich wissen, wann genau Schmidt Tennis spielt.«

»Super. Wir geben Gift in die Trinkflasche?«

»Nein. Aber ich muss irgendwie an seine Sportta-
sche rankommen.«

»Du präparierst den Schläger, damit er explodiert?«

»Red keinen Unsinn, Karin. Nun sag schon, wie komme ich unbemerkt an die Tasche heran?«

»Das ist leicht. Meistens liegt sie im Aufenthaltsraum in der Ecke rum. Manchmal lässt er sie auch im Büro stehen und ich muss sie rüberbringen. Wenn ich mich dazu bücke ...«

Den Rest konnte Antje sich denken. »Schon verstanden. Sieh zu, dass die Tasche in den kommenden Tagen im Aufenthaltsraum steht.«

»Nun verrat mir doch ...«

»Später. Sag mal, arbeitet Oma Lotti noch im Museum?«

Oma Lotti wohnte einige Häuser weiter und war nicht wirklich ihre Großmutter. Als Kinder hatten die beiden oft bei ihr gespielt, weil sie einen Hund besaß und weil die Mädchen dort immer so viel Schokolade und Bonbons bekamen, wie sie essen mochten. Seither war der Kosename Oma Lotti geblieben.

»Ja. Ich denke schon.«

»Wunderbar. Dann werde ich sie mal besuchen.«

»Ich komme mit.«

»Lieber nicht. Je weniger du weißt, umso besser ist es.«

»Besser? Für wen?«

»Für dich. Falls die Polizei Fragen stellen sollte, kannst du mit gutem Gewissen behaupten, dass du keine Ahnung hast.«

»Fragen worüber?«

»Karin?« Antje sah ihrer Schwester in die Augen. »Vertraust du mir?«

»Natürlich.«

»Dann frag nicht weiter!«

In der kommenden Woche besuchte Antje Oma Lotti zwei Mal im Museum, in dem sie ehrenamtlich tätig war. Von der alten Dame unbemerkt, entwendete Antje einige Kleinigkeiten, deren Verlust niemandem auffallen würde.

Sie verglich die gesammelten Zeitungsausschnitte mit Jürgen Schmidts Terminkalender. Ungesehen gelangte sie in den Aufenthaltsraum des Bürotraktes. Schnell war die Tasche mit den Sportklamotten und dem Tennisschläger präpariert.

»Wann ist es so weit?«, fragte Karin.

»Bald … sehr bald!« Antjes Vorbereitungen waren abgeschlossen, es blieb nur noch eines zu tun. Sie musste einen anonymen Brief schreiben. »Halt noch ein wenig durch. Zwei, drei Tage höchstens. Dann bist du ihn los. Ich verspreche es dir.«

*

»Darf ich fragen, warum ich hier bin?« Jürgen Schmidt saß im Vernehmungsraum der Polizei und zupfte betont lässig an seinem Hemdknopf.

»Mein Name ist Kruse und die Fragen stelle ich.«

»Sie wissen schon, dass ich mit dem Dienststellenleiter Tennis …«

»Wo waren Sie am Mittwoch, dem 27. des vergangenen Monats?«

»Mittwoch? Lassen Sie mich überlegen. In Emden.«

»Sie geben zu, an dem Tag nicht auf der Insel gewesen zu sein?«

»Stimmt. Emden ist dahinten«, Schmidt deutete mit dem Daumen über seine Schulter, »irgendwo.«

»Soso.« Kommissar Kruse blätterte in seinen Unterlagen. »Nun, wir haben einen Tipp bekommen.« Er schaute Schmidt an.

Der blieb stumm und Kruse ging nicht weiter auf den Hinweis ein.

»Geben Sie zu, am betreffenden Mittwoch in Emden die Sparkasse überfallen zu haben?«

Jürgen Schmidt lachte. Es kam von Herzen und klang erleichtert. »Was?«, rief er spöttisch. »Ich soll eine Sparkasse überfallen haben? Mein lieber Freund …«

»Ich bin nicht Ihr Freund. Beantworten Sie die Frage.«

»Nein, ich gebe gar nichts zu. Ich war beim Facharzt.«

»Stimmt. Das haben wir überprüft. Dort blieben Sie eine halbe Stunde. Was haben Sie den Rest des Tages getan?«

»Auf keinen Fall habe ich eine Bank überfallen.«

»Apropos Bank. Wo waren Sie am Donnerstag, dem 7. Mai?«

»Das weiß ich heute nicht mehr.«

»Ich werde es Ihnen verraten. Am 7. Mai waren Sie in Rayol-Canadel-sur-Mer.«

»Wo ist das denn?«

»In Frankreich. Dort haben Sie genau wie am vergangenen Mittwoch eine Bank überfallen.«

»Nein, habe ich nicht! Am 7. Mai war ich garantiert auf der Insel.«

Kriminalhauptkommissar Kruse schaute in seine Unterlagen, zog ein Blatt Papier heraus und schob es Schmidt herüber.

»Erkennen Sie die Handschrift?«

»Das ist meine. Das ist mein Terminkalender.«

»Richtig. Eine Kopie davon. Das Original liegt sicher verwahrt …« Kruse winkte ab. »Hier steht es schwarz auf weiß, mit Ihrer eigenen Handschrift geschrieben. Zudem haben Ihre Arbeitskollegen bereits bestätigt, dass Sie in dieser Woche ein paar Tage Urlaub hatten.«

Jürgen Schmidt starrte Kruse an.

»Und hier«, wedelte der Kommissar mit einem weiteren Blatt Papier, »habe ich eine Bestätigung von Ihrem vorherigen Arbeitgeber, dass Sie am 15. Januar ebenfalls ein paar freie Tage hatten. Laut Eintrag in Ihrem Kalender waren Sie bei einem Konzert in Bremen.«

»Ich war in Bremen!«, ereiferte sich Schmidt.

»Nun, ich werde Ihnen beweisen, dass Sie an diesem Tag auf Teneriffa waren. Zu diesem Zeitpunkt haben Sie eine Bank in der Nähe des Strandes von Playa de Torviscas überfallen, habe ich recht?«

»Da bin ich nie gewesen, wirklich nicht!«

»Ist das Ihre Tennistasche?« Kruse bückte sich und hob sie auf den Tisch. »Und das hier«, Kruse griff hinein, »einer Ihrer Sportschuhe?«

»Wie kommen Sie dazu?«

»Die wurden an Ihrem Arbeitsplatz sichergestellt.« Mit

sichtlichem Vergnügen klopfte Kommissar Kruse gegen die Sohle und ließ ein wenig Sand auf den Tisch rieseln. »Sie sollten sich abgewöhnen, vor Ihren Raubüberfällen am Strand spazieren zu gehen. Die Spurensicherung ist in diesem Augenblick dabei festzustellen, ob ein paar von diesen winzigen Körnchen mit denen am Strand von Teneriffa identisch sind. Und das bisschen Sand aus der Seitentasche hier stammt vermutlich von dem Strand in Frankreich.«

*

»Schau mal«, sagte zur gleichen Zeit eine Museumsbesucherin begeistert zu ihrer Freundin. »Sand aus aller Herren Länder. Die Proben sind alle dem Museum gespendet worden.« Sie deutete auf eines der Etiketten, das den Fundort und den Finder benannte. »Hier ist Sand aus Rayol. Der glänzt wunderschön!«

Neben dem silbern glitzernden Sand aus Rayol-Canadel-sur-Mer in Frankreich stand ein Glas mit Lavaerde aus Hakone am Fuße des Fudschijamas in Japan. Eine Reihe tiefer ein Glas Sand aus Fayyum in Ägypten, eines aus Barcelona in Spanien, ein anderes aus Djerba in Tunesien. »Das müssen über 200 Gläser sein«, staunte die Besucherin.

Teneriffa, Gran Canaria, Mallorca und Co. beanspruchten mehrere Reihen Gläser für sich, da dort viele Deutsche ihren Urlaub verbrachten. Playa de Fañabé, Playa de Sotavento und viele mehr.

Einige Monate später bestand Karin ihre Ausbildung mit der Note »gut«. Von ihrem neuen Vorgesetzten bekam sie einen festen Anstellungsvertrag.

Jürgen Schmidt wurde nie wieder auf Borkum gesehen.

DEIN KARMA FINDET DICH ... AUCH AUF JUIST!

TATJANA KRUSE

Wussten Sie, dass Sie keine Lizenz brauchen, um in Deutschland als Privatdetektiv zu arbeiten? Nur eine Gewerbeanmeldung, und voilà – schon sind Sie von Beruf Spürnase. Dafür haben Sie auch keine irgendwie gearteten hoheitlichen Befugnisse – nichts weiter als die üblichen Jedermannsrechte. Will heißen, Sie bekommen keine Hundemarke und sind keine Doppel-Null. Dennoch fand ich den Gedanken, Privatdetektivin zu sein, exorbitant prickelnd.

Die »Frisia X« legte im Hafen von Juist an. Ich fischte den Umschlag meines Auftraggebers aus meiner Handtasche und steckte das Zugticket – inklusive Fähre, erste Klasse, keine Zugbindung! – hinein. »Bitte helfen Sie mir!«, hatte er in dem Begleitbrief geschrieben. Zusammen mit dem Anschreiben und der Fahrkarte steckten fünf 200-Euro-Scheine im Umschlag. Wie hätte ich da Nein sagen können?

Eigentlich bin ich ja Krimiautorin. Meine Bücher laufen aber eher so lala. Auf einem Literaturfestival habe ich allerdings einmal den Mord an einem Schriftstellerkollegen aufgeklärt – keine Neid-Tat unter Literaten, sondern ein Beziehungsdelikt durch die Hand der mitgereisten Ehefrau –, das hat sich per Mundpropaganda herumgesprochen, und seitdem wurde ich immer mal wieder mit diversen Verbrechensaufklärungen beauftragt. Habe mir sogar Visitenkarten drucken lassen. Läuft auch eher so lala, aber von zweimal »so lala« kann man durchaus einen vernünftigen Lebensunterhalt bestreiten.

Nur drei Männer warteten an diesem eisigen Wintertag am Pier: ein sehr alter, ein sehr junger und ein sehr gut aussehender. Welcher davon war mein Auftraggeber?

Wie sich herausstellte, war es der Schönling.

Auf dem Fußweg zum Hotel erzählte er mir, wofür er mich angeheuert hatte.

»Sie gestatten, dass ich etwas weiter aushole?« Er wartete meine Antwort nicht ab. »Die Tragödie ereignete sich vor drei Jahren. In dieser Woche jährt sie sich. Die verstorbenen Eltern meiner Frau unterhielten hier ein Haus und einen Stall mit zwei Reitpferden. Meine Frau Ella ist … *war* … eine begeisterte Reiterin. Wir kamen jeden Sommer her, auch vor drei Jahren.« Ihm stockte kurz die Stimme. »Es geschah an einem Samstag. Ella ritt wie immer aus. Urplötzlich spielte ihr Pferd verrückt. Es ging durch wie eine Rakete und warf sie ab, obwohl sie das Tier sonst immer sehr gut beherrscht hat. Ella kam

extrem unglücklich auf und ist …« Er atmete schwer aus.
»… und seitdem ist sie von der Hüfte abwärts gelähmt.
Die Polizei stellte einen kleinen Pfeil im Hinterteil des
Pferdes sicher, womöglich aus einem Blasrohr. Getränkt
mit einem hochwirksamen Aufputschmittel. Man fand
nie heraus, wer den Pfeil abgeschossen hatte.«

Einen Moment lang liefen wir schweigend nebenei-
nanderher, dann fuhr er fort.

»Ella war bei allen möglichen Spezialisten, wurde
mehrfach operiert, hat sogar einige Zeit im Ausland
in einer Spezialklinik verbracht, aber soweit ich weiß,
konnte ihr niemand helfen. Sie wird den Rest ihres
Lebens im Rollstuhl sitzen müssen.«

»*Soweit Sie wissen*?« Das Fine-Tuning meiner Ohren
hatte diese Einschränkung sofort herausgehört. »Sind
Sie in ihren Genesungsprozess nicht involviert?«

»Wir … wir leben getrennt.« Er runzelte die Stirn.
»Ella denkt, dass es einer von uns gewesen sein muss.
Einer von uns hätte den Pfeil abgeschossen und wäre
somit daran schuld, dass sie nie wieder reiten oder Ski
fahren oder auch nur laufen kann.«

»*Einer von uns*?« Im Wiederholen von bereits Gesag-
tem war ich ganz groß.

»Wir waren an jenem Samstag vor drei Jahren zu
fünft – meine Frau und ich, Kester, der Bruder meiner
Frau, ihre beste Freundin Miriam und zu guter Letzt
noch Hendrik, ein alter Jugendfreund von Ella. Wir
verbrachten, wie so oft, alle zusammen eine Urlaubs-
woche im Haus von Ellas Eltern.«

Ich pustete mir eine Locke aus dem Gesicht. Sie fiel prompt wieder zurück, allerdings klatschnass. Es hatte heftig zu regnen begonnen. »Und warum schalten Sie mich erst jetzt ein, drei Jahre später? Selbst wenn das Blasrohr noch irgendwo im Grünen liegen sollte, ist es doch längst verwittert.«

»Vorgestern bekam ich eine Postkarte. Motiv ›Juister Impressionen‹. Auf der Karte standen nur vier Worte: ›Komm auf die Insel.‹ In Blockschrift. Ich reiste umgehend an und stellte fest, dass alle von uns hier auf Juist sind.«

»Haben Sie die Schrift auf der Postkarte erkannt?«

Er schüttelte den Kopf. »Vermutlich haben die anderen auch eine Postkarte erhalten. Wir hatten seit damals untereinander keinerlei Kontakt mehr, aber jetzt werden wir alle einbestellt – und ausgerechnet in der Woche, in der sich … der Vorfall … jährt? Das ist doch komisch!«

Ich zuckte mit den Schultern, sagte aber nichts.

Er blieb stehen und sah mich an. »Ich habe Angst um Ella. Sie ist zum ersten Mal zurück auf Juist. Und ausgerechnet dann tauchen alle anderen hier auf? Nein, das kann kein Zufall sein! Wenn es wirklich ein Mordanschlag war, soll vielleicht jetzt vollendet werden, was damals schiefging. Und wir anderen sollen als Verdächtige herhalten.«

Notgedrungen blieb ich ebenso stehen, obwohl es mir bei diesem Wetter lieber gewesen wäre, wir wären möglichst zügig irgendwo eingekehrt, wo es warm und trocken war.

»Wer von Ihnen hätte denn ein Motiv gehabt?«

Er wich meinem Blick aus. »Wir stehen alle in Ellas Testament. Und sie ist eine sehr reiche Frau.«

»Könnte sie ihr Testament zwischenzeitlich nicht geändert haben?«

»Nicht dass ich wüsste.« Er atmete erneut schwer aus.

Ich zog die Nase kraus, wie immer, wenn ich nachdachte. »Warum ist Ihre Frau hierher zurückgekehrt?«

»Ich weiß es nicht. Um ihre Dämonen zu vertreiben?« Er ging mit großen Schritten weiter. »Ich war bis vor Kurzem davon überzeugt, dass es sich damals um einen Dummejungenstreich gehandelt hat. Zu diesem Schluss kam auch die Polizei. Aber inzwischen bin ich mir nicht mehr so sicher.«

Er blieb erneut stehen. Beinahe hätte ich ihn gerammt.

»Ich will Antworten!«, sagte er. »Falls es wirklich ein gezielter Anschlag auf Ellas Leben war, dann muss ich wissen, wer es getan hat. Einer der anderen? Oder alle zusammen? Und ich will dafür sorgen, dass es nicht noch einmal passiert!«

Eine halbe Stunde später packte ich meine Sachen in dem edlen Hotelzimmer mit Meerblick aus, das mein Auftraggeber für mich reserviert hatte. Er scheute wirklich keine Kosten.

Gesundes Selbstbewusstsein hin, grandiose Selbstüberschätzung her – in einem drei Jahre alten Fall zu ermitteln, war kein Pappenstiel. Ich würde jede Menge Spinnweben zur Seite fegen müssen. Traute ich mir das wirklich zu?

Es klopfte.

»Herein.«

Ein Mann trat ein. Groß gewachsen und durchtrainiert. Mit Augenklappe. Typ Forscher und Eroberer in atmungsaktiver Allwetterkleidung. Aus seinem einen Auge bedachte er mich mit demselben Blick, mit dem man eine Kakerlake in der guten Stube bedachte. »Sie sind wegen Ella hier?«, fing er begrüßungslos an.

Ich verschränkte die Arme vor der Brust. »Ja, bin ich. Und welcher der Verdächtigen sind Sie?«

»Ich bin kein Verdächtiger, ich bin Ellas Bruder. Und ich will nicht, dass man mich überwacht.«

»Hm. Wie kommen Sie auf die Idee, ich wolle Sie überwachen?« Ich legte den Kopf schräg und sah Kester kokett an.

Meine weiblichen Reize prallten an ihm ab.

»Ich habe Sie mit meinem idiotischen Schwager gesehen und eins und eins zusammengezählt. Die Postkarte stammt also von ihm. Er will sich in den Augen meiner Schwester rehabilitieren. Robert ist ein selten blöder Lackaffe.«

»Wollen Sie damit andeuten, dass Sie glauben, Ihr Schwager habe damals den Pfeil abgeschossen, der das Pferd Ihrer Schwester zum Durchgehen gebracht hat?«

»Ich deute nichts an, ich erkläre es ganz offen. Und er wird es wieder tun. Er ist scharf auf ihr Geld, schon seit der Hochzeit! Wenn sie stirbt, kriegt er laut Testament die Hälfte ihres Vermögens.«

»Ach ja? Woher wissen Sie, dass er immer noch im Testament steht? Vielleicht weil Sie überprüft haben, ob auch Sie erben werden, sollte Ihrer Schwester noch einmal etwas zustoßen?«

»Vater starb kurz nach ihrem Unfall. Ich erhielt nur den Pflichtteil. Den Pflichtteil! Der ganze Rest ging an Ella. Ich schwöre, das passiert mir nicht noch mal!«

»Wie wollen Sie das verhindern?«

Kester funkelte mich aus seinem klappenfreien Auge finster an. »Sie sollten sich besser nicht mit mir anlegen. Das würde übel für sie ausgehen!« Er drehte sich auf dem Absatz um und stürmte hinaus.

Es gab noch jemanden, der mich für eine Spielverderberin, Spaßbremse und lebende Überwachungsdrohne hielt, aber dieser Jemand stürmte nicht so offen in mein Hotelzimmer und erklärte mir ewige Feindschaft. Oh nein, seine Vorstellung von *ewig* hatte deutlich mehr Durchschlagskraft.

Als ich am Fenster stand und den Blick auf die Wellenkämme genoss, schoss dieser Jemand auf mich!

Vom Dünenrundweg. Mit einem Scharfschützengewehr.

Die Fensterscheibe zersprang klirrend. Göttin sei Dank traf mich die Kugel nicht, sondern blieb im Holz des Kleiderschranks hinter mir stecken.

Wenn man mich hätte ermorden wollen, dann wäre

ich jetzt tot. Mit so einer Profi-Waffe schoss man bei einem unbeweglichen Ziel nicht daneben. Nein, das sollte nur eine Warnung sein.

Kein Zweifel möglich, dieses Wochenende würde spannend werden!

Ich hatte mir eine Kutsche bestellt, mit der ich zur Villa von Ellas Eltern fahren wollte. Eigentlich nicht nötig – es regnete nicht mehr, und über die Strandpromenade, Richtung Flugplatz, war die Villa laut Google Maps bequem fußläufig zu erreichen, aber wenn schon Juist, dann auch Kutsche.

Gerade stieg ich ein, als eine Frau mit einer Golftasche an mich herantrat. »Huhu, nehmen Sie mich mit?« Sie wartete nicht auf Antwort, sondern sprang auf. »Ich bin Miriam.«

Meine Augenbrauen wanderten zu meinem Pony hoch.

»Miriam Wohlfahrt, Sie wissen schon … Ellas beste Freundin.«

Ehemalige beste Freundin, hätte es wohl heißen müssen, dachte ich, sagte es jedoch nicht.

Ich musterte ihre Tasche. »Man kann auf Juist golfen?«

»Minigolfen.«

»Sie bringen zum Minigolf Ihre eigenen Schläger mit?«

»Ich reise immer mit Stil.« Sie fuchtelte dabei mit der ausladend beringten Hand vor meinem Gesicht herum.

Keine Ahnung, wo auf Juist der Minigolfplatz war und ob meine Kutsche in die richtige Richtung gondelte, aber das war Miriam offensichtlich völlig egal.

»Warum müssen Sie Ihre Nase in diese Angelegenheit stecken?« Weil es so eisig war, hatte sie die Echtpelzkapuze ihres zweifellos teuren Anoraks tief ins Gesicht gezogen. Man sah nur ihr Kinn und die knallrot geschminkten Lippen. »Sie werden nichts weiter erreichen, als alte Wunden aufzureißen. Das ist doch Schnee von gestern.«

»Außer für das Opfer. Ella wird für immer im Rollstuhl sitzen, das verjährt nicht.« Ich schaute streng. »Hätten *Sie* einen Grund gehabt, Ella etwas anzutun?«

Sie schnaubte. »Einen Grund, einen Grund ... Genügt es, dass ich die andere Frau war? Die *Femme fatale*, die ihrer Freundin den Mann abspenstig machte?«

»Sie und Robert?« Ich spitzte die Lippen. Dieses pikante Detail hatte mein Auftraggeber mir verschwiegen. »Wusste Ella davon?«

»Weiß es die Frau nicht immer?«

Ich nickte nachdenklich. »War es etwas Ernstes mit Ihnen beiden?«

»Oh ja, er wollte sich scheiden lassen. Aber nach dem Unfall ... Erst fand er es unanständig, sich von einer frisch invaliden Frau zu trennen, und dann tauchte Ella unter und reagierte nicht auf Anrufe oder Mails oder schriftliche Scheidungsgesuche. Vielleicht hätte ich ihn nicht so sehr drängen sollen.« Sie seufzte. »Jedenfalls ... irgendwann zerbröselte unsere Liebe darüber.«

Sie wirkte ehrlich erschüttert, aber möglicherweise war sie eine gute Schauspielerin.

Die Villa der Dönzdorfs war eindrucksvoll. Nicht sehr groß, jedoch ein architektonisches Kleinod – und vor allem mit einem relativ großen Gartengrundstück. Die Kutsche, in der Miriam nun allein saß, zuckelte davon.

Unter einem der wenigen windschiefen Bäume des Anwesens stand ein Mann in einem beigen Trenchcoat. Ein grobschlächtiger Typ. Hatte er etwa auf mich gewartet?

Es schien so, denn er kam auf mich zu. »Hören Sie auf, im Schlamm zu wühlen!«, brummte er, als er vor mir stand.

Uns trennte lediglich der kniehohe Gartenzaun.

»Sie müssen Hendrik sein, Ellas Jugendfreund.« Ich hielt seinem Blick stand.

»Wir beenden das hier und jetzt.« Er griff in die Innentasche seines Trenchcoats. Kurz stockte mir der Atem. Würde er eine Pistole ziehen und mich umnieten?

Aber nein, Hendrik zog ein fettes Bündel Scheine heraus. Alle grün. »Ist das Anreiz genug, um gleich morgen früh abzureisen?«

Weil ich erst mal nur die Hände in meine Jackentasche steckte, ohne zu antworten – ich rechnete mir innerlich aus, ob die Summe genügte, meine ohnehin wackeligen Moralvorstellungen zu korrumpieren –, legte er zischelnd noch eins drauf: »Sie gehen freiwillig und *mit* meinem Geld oder Sie reisen *ohne* Geld und im Sarg nach Hause.«

Über eine solche Reaktion hätte ich normalerweise gelacht, aber ich musste an die zerschossene Scheibe denken. Durchaus möglich, dass die nächste Kugel nicht danebenging …

Endlich saß ich Ella gegenüber.

Meine Handtasche lag, leicht ausgebeult vom Bündel Geldscheine, in meinem Schoß. Eigentlich hätte ich packen und mich mit der nächsten Fähre vom Acker machen sollen, ich war sogar mit Hendrik ein paar Schritte in Richtung meines Hotels marschiert, doch kaum hatten sich unsere Wege getrennt, war ich zurückgeeilt. Ich mochte offen für Bestechungsversuche sein, aber was ich einmal anfing, brachte ich auch zu Ende!

Und nun goss Ella mir Tee ein. Als sie fertig war, stellte sie die Kanne ab und lehnte sich, das Gesicht schmerzhaft verzogen, zurück.

Das Ölgemälde hinter ihr an der Wand schien sich über sie lustig zu machen – auf dem Bild war sie eine lebenssprühende junge Frau, eine echte Schönheit. In einem rot-schwarzen Reiterdress, der ihrer Figur schmeichelte.

Jetzt saß sie eingefallen und bleich in ihrem Rollstuhl, mit hängenden Mundwinkeln und Bitterkeitsfalten auf der Stirn. »Ich wünschte, Robert hätte Sie nicht engagiert. Oder Sie wären nicht gekommen.«

»Würde es Ihrem Seelenfrieden nicht helfen, wenn wir das Rätsel endlich auflösen?« Ich versuchte, möglichst einfühlsam vorzugehen. Nicht gerade meine Kernkompetenz. »Haben Sie einen bestimmten Verdacht?«

»Ich verdächtige sie alle. Ausnahmslos alle! Den Ehebrecher Robert …« Sie spuckte seinen Namen förmlich aus. Ihm kam keine Sonderstellung zu, mit den Namen aller anderen hielt sie es gleich darauf ebenso. »… meine *beste* Freundin Miriam, die mir den Mann wegnehmen wollte. Hendrik, meinen Ex, der zum Stalker wurde, weil er es nie verwunden hat, dass ich mich für Robert entschieden hatte. Und meinen nichtsnutzigen Bruder, der es auf mein Erbteil abgesehen hat, weil er seine Hälfte längst durchgebracht hat.« Sie schloss die Augen. »Sie haben *alle* dazu beigetragen, dass mein Leben zerstört wurde!« Sie öffnete die Augen wieder. »Wissen Sie, wie viele Operationen ich durchmachen musste? Und trotzdem vergeht kein Tag ohne Schmerzen! Im Sitzen, im Liegen. Seit dem Attentat habe ich keine Nacht durchgeschlafen. Jeden Morgen um fünf rolle ich in die Küche, weil die Nacht für mich vorbei ist.«

Ich nahm einen Schluck Tee. »Warum sind Sie jetzt wieder nach Juist gekommen?«

Sie zuckte mit den Schultern. »Aus sentimentalen Gründen? Es ist die Insel meiner Jugend, ich habe sie geliebt. Irgendwann musste ich mich den Geistern der Vergangenheit stellen. Aber … es tut noch zu sehr weh. Ich hätte nicht kommen dürfen.«

Soso … sentimentale Gründe. Netter Versuch, allerdings sah ich auf der Anrichte neben der Wohnzimmertür eine Postkarte. Motiv »Juister Impressionen«.

Ich besuchte den Hof, auf dem Ellas Pferde untergestellt waren.

Eine patente Frau mit Sommersprossen in grüner Barbour-Jacke nahm sich für mich Zeit.

»Ja, ich erinnere mich gut. Die Dönzdorfs. Feine Familie. Sind jeden Sommer gekommen. Schlimme Sache, das mit Ella.« Sie klang entsetzt. »Gott sei Dank hat es das Pferd gut überstanden. Es ist immer noch bei uns im Stall. Wollen Sie es sehen?«

Ich schüttelte den Kopf. »Hatten Sie einen Verdacht?« Wir waren unterwegs zu der Stelle, an der es damals geschehen war, nur ein paar Hundert Meter entfernt.

»Na, ich dachte zuerst an spielende Kinder. Gästekinder natürlich, aus der Stadt. Die keinen blassen Schimmer haben, was sie einem Pferd damit antun!« Sie klang noch entsetzter. »Aber dann stand in der Zeitung, die Blasrohrpfeile seien in irgendein Aufputschmittel getunkt worden. Das war kein Streich, das war ein Anschlag.«

Der Tatort, an den sie mich führte, war ihrer Aussage nach unverändert. Viel Gebüsch und Gesträuch. Aber eigentlich nicht das Terrain, in dem man sich unbemerkt anschleichen, geschweige denn ungesehen einen Blasrohrpfeil abschießen konnte.

Wenn ich auf Juist bin, muss ich auch an den Strand. Selbst bei Mistwetter.

Ich war eine ganze Weile allein mit mir und dem Meer. Dann trat plötzlich Miriam auf mich zu, diesmal ohne

Golftasche über den Schultern. Wenn es denn eine Golftasche war … Rückblickend betrachtet, hätte darin auch gut ein Scharfschützengewehr Platz gefunden.

»Schon fertig mit Minigolfen?«, fragte ich.

»Die Anlage war geschlossen.«

Das wunderte mich nicht. Es war ja Nebensaison.

»Ich muss Ihnen etwas zeigen.« Sie hielt mir einen Zettel entgegen. Darauf stand: »Kester, genieße deinen letzten Tag auf Erden!«

»Als ich auf mein Zimmer zurückkehrte, hatte jemand diesen Zettel unter meiner Tür durchgeschoben. Kester und ich sind im selben Hotel abgestiegen. Unsere Zimmer liegen nebeneinander. Es muss ein Versehen gewesen sein.«

Ich sah sie scharf an. »Wohnen Sie absichtlich Tür an Tür?«

»Nein!«, blaffte Miriam. »Im Winter sind einfach viele Hotels auf der Insel geschlossen. Es war purer Zufall.«

Sollte ich ihr glauben? »Wo ist Kester jetzt?«

»Das habe ich die Empfangsdame in unserem Hotel auch gefragt. Sie meinte, er sei zum Jachthafen. Er wolle sich ein Boot mieten und raus aufs Meer.«

Wir machten uns gemeinsam auf den Weg, schweigend. Bis Miriam unvermittelt den Arm ausstreckte. »Da … Das da drüben, das ist er … auf der Jolle.«

Gerade als wir uns dem Pier näherten und winkend auf uns aufmerksam machen wollten, krachte ein Schuss.

Kester fiel vom Boot.

Der Hafenmeister fischte ihn zeitnah aus dem Wasser. Doch es war zu spät – Ellas Bruder war tot.

Nur seine Augenklappe dümpelte noch eine Weile im Hafenbecken.

Nachdem wir unsere Aussage gemacht hatten – erst gegenüber dem Inselpolizisten, später noch mal vor zwei eilends vom Festland eingeflogenen Beamten –, kehrte ich in mein Hotel zurück.

Miriam hing an mir wie eine Klette. »Ich kann unmöglich allein sein.« Fehlte nur noch, dass sie sich bei mir unterhakte. Aber an ihrer Stelle hätte ich vermutlich auch Angst gehabt.

Wir setzten uns auf meinen Balkon. Sie trank den Weißwein aus meiner Minibar, ich rauchte. Das Wetter war nach wie vor ungemütlich und es wurde langsam dunkel. Das Rauschen des Meeres beruhigte mein flatterndes Nervenkostüm. Miriam gegenüber gab ich mich natürlich cool und lässig, aber ich hatte noch nie so hautnah miterlebt, wie jemand erschossen wurde. Den Schriftstellerkollegen hatte es seinerzeit im Parkhaus erwischt – ich hatte seine Leiche nie zu sehen bekommen.

»Kester war also nicht der Täter«, sagte ich und sah zu ihr.

Miriam schaute in ihr Weißweinglas.

»Sie müssen doch einen Verdacht haben«, fing ich an. »Raus mit der Sprache – was sagt Ihr Bauchgefühl? Wer hat versucht, Ella umzubringen, und jetzt ihren Bruder gekillt?«

Miriam sah auf. Sie öffnete den Mund mit den stark geschminkten Lippen. Wobei ein Großteil der Farbe mittlerweile am Glasrand klebte.

»Ich weiß, das klingt bestimmt abwegig, aber ...«

Ein Schuss!

Wieder von den Dünen. Dieses Mal ging die Kugel nicht daneben, sondern traf ihr Ziel.

Miriams Blick wurde glasig. Dann rutschte sie vom Balkonstuhl.

Mein Auftraggeber saß gegen Mitternacht bei mir im Hotelzimmer. Ein neues Hotelzimmer, weil das alte nun ein Tatort war.

Robert war immer noch schön, wenn auch deutlich augenringiger. Die Morde gingen nicht spurlos an ihm vorüber.

An mir genauso wenig. Glücklicherweise hatte er einen Sixpack Dosenbier mitgebracht. Meiner Meinung nach tätschelt nichts so gut die verschreckte Seele wie Hopfen und Malz.

Robert schaute waidwund. »Warum hat man Kester und Miriam umgebracht? Das ergibt doch keinen Sinn!«

»Vielleicht wussten die beiden, wer damals den Pfeil abgeschossen hat?«, mutmaßte ich und öffnete meine zweite Dose.

Robert war noch bei der ersten. »Dann bleibt nur noch einer als Täter übrig. Hendrik.«

Ich nahm einen großen Schluck, bevor ich das kommentierte. »Nicht ganz ... da wären noch ... *Sie*.«

»Warum sollte ich eine Privatdetektivin auf die Insel holen, wenn ich mir etwas zuschulden hätte kommen lassen?«

»Um von sich abzulenken?«

Er schüttelte genervt den Kopf. »Unsinn. Es muss Hendrik sein!«

An Schlaf war ohnehin nicht zu denken. Sobald ich nämlich die Augen schloss, sah ich Miriams glasige Augen vor mir.

Also stapfte ich durch die Nacht in Richtung der Adresse, die mein Auftraggeber mir genannt hatte. Will heißen, zu der Ferienwohnung, in der Hendrik untergekommen war. Weil mein Orientierungssinn gleich null ist und ich selbst mit klarer Anweisung durch mein Handy gern falsch abbiege, traf ich erst eine Stunde nachdem Robert sich von mir verabschiedet hatte an der angegebenen Adresse ein.

Im Grunde war das Haus leicht zu finden, es war nämlich taghell beleuchtet. Der Dorfsheriff stand vor der Tür und rauchte. »Sie schon wieder?«, begrüßte er mich.

Im Haus sah ich Gestalten in Ganzkörper-Schutzanzügen.

»Lassen Sie mich raten – Hendrik ist tot?«

»Richtig geraten. Schuss ins Herz.«

Das Bündel Geldscheine würde ich also nicht zurückgeben müssen. So weit, so gut.

»Wie wurde er erschossen? Aus nächster Nähe?«

Er schüttelte den Kopf. »Aus großer Entfernung. Wie die anderen beiden.« Sein Blick war nicht zu deuten, seine Worte schon. »Seit Sie auf die Insel gekommen sind, fällt einer nach dem anderen tot um. Liegt es etwa an Ihnen?«

Ich wollte das entrüstet von mir weisen, da sah ich Robert. Er stand ganz am Ende der Straße und sah mich an. Nein, nicht mich, er sah etwas hinter mir.

Ich wirbelte herum …

… aber da war nichts.

Und als ich mich wieder umdrehte, war auch Robert verschwunden.

Robert wohnte im selben Hotel wie ich. Allerdings war er nicht auf seinem Zimmer. Ich wählte seine Handynummer. Nichts. Nicht mal Voicemail.

»Er hat gleich nach Ihnen das Hotel verlassen«, sagte der Nachtportier und sah auf seine Armbanduhr. »Vor ungefähr zwei Stunden. Ich habe ihn nicht zurückkommen sehen.«

Ich hatte fast eine Stunde gebraucht, bis ich die Ferienwohnung von Hendrik gefunden hatte. Robert, der sich auf der Insel auskannte, hätte locker vor mir dort sein und Hendrik erschießen können. Hm.

Ich trat vor das Hotel.

Eigentlich glaubte ich, eine ziemlich genaue Ahnung davon zu haben, wo er jetzt war – das Gewehr im Anschlag vor Ellas Villa.

Aber wie so oft lag ich falsch. Er kam mir in diesem Moment vom Dünenrundweg entgegen, mit etwas Länglichem unter dem Arm.

»Ist das ein Scharfschützengewehr?«, fragte ich, als er vor mir stand.

»Ja. Ich bin hier, um alles zu gestehen. Ich habe alle drei umgebracht. Miriam. Hendrik. Kester. Ich war es.«

»Aha. Warum?«

Er blinzelte nicht einmal. »Einer von ihnen hat Ellas Leben zerstört. Und weil ich nicht ganz sicher war, wer, habe ich dafür gesorgt, dass sie alle gleichermaßen bestraft wurden.« Er sprach monoton, wie in Trance.

»Soso.« Ich sah zu dem Einfamilienhaus links neben dem Hotel. »Dann schießen Sie mal eben da drüben den Schlafwandler vom Dach.«

Es war kein echter Schlafwandler, nur eine dieser Dekofiguren. Aber selbst die musste keine Angst haben, wenn ich mit meiner Vermutung richtiglag.

Robert wickelte das Gewehr aus und demonstrierte mir, was für ein Schütze er war.

Der Morgen dämmerte, als ich vor Ellas Villa eintraf.

Ich hatte mir genau überlegt, was ich nun tun wollte. Es war gewagt, vielleicht sogar dämlich, aber es würde Resultate zeitigen.

Ich wusste, dass Ella Frühaufsteherin war. Sie hatte es mir gesagt. Und ja, ich sah sie durch die Terrassentür am Küchentisch sitzen.

Also legte ich das Gewehr an und schoss.

Zwei Mal.

Klirrend zerbrachen die Scheiben.

Angst bewirkt erstaunliche Dinge. Aber das Unmögliche macht selbst Angst nicht möglich.

Als ich durch das gähnende Loch schaute, das bis eben eine Glastür gewesen war, sah ich Ella, flach an die Wand gedrückt, an der sie vor frei herumfliegenden Kugeln am besten geschützt war. Auf ihren eigenen zwei Beinen stehend!

»Ihr Mann hat eben drei Morde gestanden«, rief ich ihr zu. »Doch er konnte nicht einmal ein unbewegliches Ziel auf 30 Meter treffen.«

Sie fing wieder an zu atmen. Aus Schreck wurde Wut. Aber noch sagte sie nichts.

Also redete ich. »Er wollte sich für Sie ans Kreuz nageln lassen. Weil er sie immer noch liebt.«

»Wie edel und ritterlich von Robert.« Erneut spuckte sie seinen Namen fast aus. Vielleicht spuckte sie beim Reden generell, so gut kannte ich sie ja nicht.

»Drei Morde – und wofür?« Es wollte mir einfach nicht in den Kopf.

»Sie waren ALLE schuldig!« Ella brüllte es fast. Sie trat von der Wand weg. »Ich wollte zu Ende bringen, was mir damals misslang. Und wenn ich etwas bedauere, dann nur, dass Robert noch lebt.«

Ich lehnte das Gewehr an den nunmehr leeren Rahmen der Terrassentür. Es gab etwas, das ich mir nicht zusammenreimen konnte. »Der vergiftete Pfeil ... das waren Sie? Wie haben Sie das bewerkstelligt?«

Sie reckte stolz das Kinn. »Der Pfeil stammte aus einer Selbstschussanlage, die ich gebaut hatte. Mein Vater hat mir alles Mögliche beigebracht – basteln, bauen, schießen. Ich war der Sohn, den er nie hatte ... Mein Bruder war ein absoluter Taugenichts. Sein Erbteil hat er schon im ersten Jahr nach Papas Tod verkokst.«

Ich schürzte die Lippen. »Also eine Selbstschussanlage? Dann war der Pfeil für jemand anderen gedacht?«

Sie lehnte sich an den Küchentisch. »Oh ja, der Pfeil hätte Miriams Gaul treffen sollen. Aber irgendwas klemmte, und als der Pfeil losging, traf er mein Pferd.«

Ich zweifelte. »Die Polizei hätte die Anlage finden müssen.«

»Hendrik hat sie abgebaut. Bevor man mich mit dem Hubschrauber ins Krankenhaus flog, habe ich ihm alles gestanden. Hendrik war mir hörig – er hätte alles für mich getan. Ich hielt ihn immer schon für ein Weichei, darum habe ich ja auch Robert geheiratet.« Sie presste die Lippen zusammen. »Aber als ich Hendrik auch jetzt nicht erhören wollte, fing er doch tatsächlich an, mich zu erpressen. Das war der Auslöser. Ich bestellte alle auf die Insel, um endlich *Tabula rasa* zu machen. Sie haben alle bekommen, was sie verdient haben – die Ehebrecherin, der Erpresser, der Taugenichts.«

»Ich bin froh, dass wenigstens Ihr Mann überleben wird.«

»Fragt sich nur, wie lange.«

»Es ist vorbei«, sagte ich. Mein Blick wanderte zu ihren Beinen. »Waren Sie überhaupt jemals gelähmt?«

Sie grinste. Es war ein diabolisches Grinsen. »Nicht mehr seit der ersten OP! Die restlichen Eingriffe waren kosmetisch.«

Urplötzlich stürzte sie sich auf mich. Mit einem Messer in der Hand. Es musste auf dem Küchentisch gelegen haben. Das war mir doch glatt entgangen.

Sie bekam mich an der Schulter zu fassen und stieß zu.

Immerhin hatte ich aus dem Selbstverteidigungskurs an der Volkshochschule noch eins in Erinnerung: Wenn dich jemand packt, lass dich fallen. Verwandle dich in einen nassen Sandsack. Das bringt deinen Angreifer aus dem Gleichgewicht.

Wir gingen beide zu Boden. Das Messer rammte sich nicht in mich, sondern in eine der Fugen zwischen den Fliesen des Terrassenbodens. Ella ließ es los. Ich freute mich, aber das war voreilig.

Ella legte mir beide Hände um den Hals und drückte zu. Sie hatte erstaunlich große Hände. Und erstaunlich kräftige. Ich röchelte und strampelte mit den Beinen.

Wer weiß, wie die anschließende Rangelei ausgegangen wäre, wären wir nicht von starken Männerhänden auseinandergerissen worden.

Robert hatte das einzig Richtige getan und den Dorf-sheriff informiert, und der sorgte nun für klare Verhältnisse.

Ella bekam für die drei Morde lebenslänglich. Weil sie sich nicht von Robert hatte scheiden lassen, verfügte er von da an über ihr Vermögen.

Und ich warf meine Privatdetektiv-Visitenkarten in den Müll. Wie heißt es so schön? Mörderinnen zu überführen ist nur so lange lustig, bis du Würgemale am Hals bekommst.

Folglich galt für mich: Schuster, bleib bei deinen Leisten. Oder genauer gesagt: Krimiautorin, bleib an deinem Laptop …

DIE LETZTEN

CHRISTINA BACHER

Das Leben war ihm immer ein hohes Gut gewesen. Korbinian Weiß konnte heute mal wieder von Glück sagen, dem Schicksal eins ausgewischt zu haben. Was war er doch für ein Tausendsassa. Er, den schon in der Schule alle »den Asi« genannt hatten, wusste eben doch, wie es ging. Zeigen würde er es denen, die nicht an ihn geglaubt hatten.

Allen voran der schönen Angelika. Wobei – ob sie noch schön war, das wusste er ja gar nicht. Das Mädchen hatte ihm im Sommer 1966 auf der Insel Juist den Kopf verdreht und ihn dann kurz vor der Abreise wie eine heiße Kartoffel fallen lassen. Seine Enttäuschung war damals so groß gewesen, dass er Angelika noch an der Fähre aufs Übelste beschimpft und ihr angedroht hatte, eines Tages wiederzukommen, um sich an ihr zu rächen. Ernst gemeint hatte er das nicht. Die Liebe war zu groß gewesen, als dass er es hätte ehrlich meinen können. Er liebte sie bis heute. Oft überlegte er, wie sein Leben verlaufen wäre, wenn sie zusammengeblieben wären. Gewollt hätte er schon. Sie hätte ihm Halt geben können, ihm, dem das Schicksal von klein auf übel mitgespielt hatte. Seit der Enttäuschung war er aus der Abwärtsspirale nicht mehr rausgekommen und hatte den Hamburger Kiez nicht verlassen – bis heute. Und nun hatte er – nach über 40 Jahren – endlich wieder Juister Boden unter den Füßen. So war diese verfluchte Pandemie, die seit Monaten am Festland tobte und die ihm ganz überraschend diesen Freifahrtschein beschert hatte, am Ende also doch zu etwas gut. Was für eine Ironie des Schicksals, dass sich gerade jetzt der Kreis schloss. Vielleicht würden die alten Wunden endlich heilen können.

Zuerst hatte er es gar nicht glauben können, als sich das Gerücht auf »Platte« herumgesprochen hatte, dass die Inselverwaltung von Juist während des Lockdowns plane, 30 Obdachlose aufzunehmen, um sie vor der grassierenden Pandemie und dem kalten Winter zu schützen. Die kleine Insel inmitten der Nordsee war einer der wenigen virenfreien Orte weltweit und die Jugendherberge wegen des anhaltenden Beherbergungsverbots seit über einem halben Jahr verwaist. Dass man den Ärmsten der Armen dort für zwei Monate Einzelzimmer und eine warme Mahlzeit am Tag zur Verfügung stellen wollte, war deutschlandweit einzigartig. Gut, in Nürnberg hatte man die leer stehenden Flüchtlingsunterkünfte für die Armen geöffnet und in Köln hatte ein privater Verein ein Hostel angemietet, um ein paar

Hilfsbedürftigen unter die Arme zu greifen. Aber dass eine Kurverwaltung spontan so eine großzügige Entscheidung getroffen hatte, war wirklich etwas Besonderes. Unfassbar eigentlich, dass ausgerechnet er, Korbinian Weiß, einer dieser Auserwählten war, die eins der begehrten Tickets erhalten hatten. Skeptisch, wie er war, hatte er sich natürlich zuerst gefragt, warum man ausgerechnet die Obdachlosen und Trinker retten wollte. Aber dann hatte er alle Zweifel beiseite gewischt. Einen Aufenthalt auf Juist hätte er nie ausgeschlagen. Mit der Insel hatte er noch eine Rechnung offen. Oder besser: mit seiner Angelika. Jetzt war er also hier. »Was für eine Ironie des Schicksals«, sagte er und lachte laut.

Von seinem Eckplatz im Loogster Stuv hatte er einen guten Blick auf den ganzen Raum. Wenn sie wirklich hier im Teehaus bediente, wie ihm der Kutscher gesteckt hatte, dann würde er sie früher oder später sehen. Dieser rote Lockenschopf jedenfalls, der kurz im Spalt der Küchentür aufgeblitzt war, hatte ihn sofort an die junge Angelika erinnert – wild und ungestüm. Seine Aufregung stieg ins Unermessliche. Er spürte es: Sie war hier, ganz in der Nähe. Um sich zu beruhigen, umschloss er den Schaft des Messers in der Jackentasche immer fester mit der rechten Hand. Das gab ihm Sicherheit.

Von seinem letzten erbettelten Geld hatte er sich gleich am Eingang ein teures Kännchen Ostfriesentee bestellt, das, kaum hatte er Platz genommen, schon serviert wurde. »Arbeitet hier eine Angelika?«, befragte er die junge Bedienung und tat dabei möglichst unbeteiligt.

Das Mädchen nickte und zeigte auf die Küchentür hinter sich. »Hat die nächste Schicht.«

Er würde weiter warten. Wenn er etwas hatte, dann war es Zeit. Natürlich spürte er die abschätzigen Blicke der anderen Gäste. Es waren wenige, da sich momentan ausschließlich Einheimische auf der Insel aufhielten. Er wusste, dass man ihm die Armut nicht nur ansah, sondern auch anroch. Und vermutlich war noch nie zuvor ein echter Penner in dieser sauberen Location gewesen. Egal. Er würde hier erst weggehen, wenn er sie zur Rede gestellt hätte. Sie sollte sehen, dass er trotz der widrigen Umstände und seiner Herkunft nie seinen Stolz verloren hatte. Er musste ihr sagen, dass er sie trotz der großen Enttäuschung nie vergessen hatte. Ob sie Reue zeigen würde? Gar Bedauern? Was, wenn vielleicht sogar etwas Liebe für ihn übrig wäre? Wenn solche wundervollen Geschichten passierten, dann doch hier auf Töwerland, wie man die Insel auch liebevoll nannte.

Korbinian rührte leicht nervös in der Tasse herum, sodass die Kluntjes aneinanderschlugen. Vielleicht, so hoffte er insgeheim, hatte Angelika ja all die Jahre auf ihn gewartet. Geheiratet hatte sie offenbar nie, das hatte der Kutscher erzählt. Und selbst wenn sie ihn gesucht hätte, hätte sie ihn nicht finden können. Er hatte ja seit dem Sommer 1966 keine feste Meldeadresse mehr. Er nahm einen großen Schluck Tee, der ihn angenehm von innen wärmte. Sofort entspannte sich sein Körper. Alles fühlte sich leicht und irgendwie wohlig an. Seine körperlichen Schmerzen waren in einem Moment wie weggeblasen, alle Sorgen verscheucht. Die Insel wirkte Wunder. Fast heiter beobachtete er weiter die Küchentür, hinter der ab und zu die junge Frau mit ihrem vollen Tablett verschwand. Sie trug keine FFP2-Maske, wie es zurzeit im Rest Deutschlands vorgeschrieben war, sobald man das Haus verließ. Hier war die Welt noch in Ordnung.

Die Angst vor der Virenlast hatte die Menschen verändert, manche waren verrückt geworden, andere hatten den Kontakt zur Außenwelt komplett abgebrochen. Zu Recht: Drüben auf dem Festland tobte seit Monaten dieser tödliche Virus mit seinen unterschiedlichen Mutationen und kostete unzählige Menschen das Leben. Während sich die normalen Bürger schützten, indem sie sich in ihre Häuser und Wohnungen zurückzogen, klang »Stay at home« zynisch in den Ohren derer, die gar kein Zuhause hatten. Und die Obdachlosen, die die Pandemie überlebt hatten, waren seit Tagen der bitteren Kälte ausgeliefert, die diesen Winter herrschte. Es war reines Glück, dass Korbinian bisher überlebt hatte und nicht – wie viele seiner Freunde von der Straße – hopsgegangen war. Am Tod konnte man nichts Gutes finden. Den hatte keiner vor seiner Zeit verdient.

»Kriegen mich nicht klein. Das kriegen die nicht. Die da oben«, murmelte er vor sich hin, während er mit seinen klobigen Schuhen den schweren Schlafsack, der von der Nacht noch feucht war, in eine Ecke unter den Tisch schob. Er würde gleich in der Jugendherberge einchecken und eine richtige Zudecke und ein dickes Kissen bekommen. Auf die warme Dusche freute er sich schon und darauf, dass er mal keine Angst haben musste, beklaut oder überfallen zu werden. Erst jetzt merkte er, wie unendlich müde er war. Dass er gleich ein sauberes Bett am Meer bekommen würde, war eine Sensation. Ausschlafen würde er. Sich ausruhen von der Schwere des Seins. Zufrieden nippte er am Tee.

Unfassbar, wie reibungslos seine Rettung heute verlaufen war. Er hatte sich nach einer durchzechten Nacht pünktlich an der verabredeten Bushaltestelle eingefunden, die ihm die Streetworkerin genannt hatte. Sie war es auch gewesen, die ihn vor ein paar Tagen gefragt hatte, ob er mitmachen wolle bei diesem »Sofortrettungsprogramm für Obdachlose«. Sämtliche Straßenzeitungen hatten sich dafür starkgemacht, Unterschriften gesammelt und die Petition »Gegen das Sterben auf der Straße: Öffnet jetzt die Hotels für Obdachlose« den Politikern übergeben. Ausgerechnet Juist hatte darauf reagiert und ging mit gutem Beispiel voran. Eine Insel mit sozialem Gewissen, die sonst mit dem Thema Armut kaum was am Hut haben dürfte. Ausgerechnet die lachten sich nun eine Busladung voller Obdachloser an. Die Medien waren letzte Woche voll gewesen von dieser Story. Einige mutmaßten, man wolle die Penner zu billigen Saisonarbeitern ausbilden oder für handwerkliche Dienste einsetzen. Das glaubte Korbinian nicht. Und es war ihm auch egal, welche Motivation dahintersteckte. Er hoffte einfach, dass das eine Signalwirkung auf andere Städte hatte. Denn je mehr von ihnen überleben würden, desto besser. Sie waren nicht nur die Letzten. Sie waren die Guten. Am Bus heute Morgen hatten sich weitere Obdachlose eingefunden, die er seit Jahren vom Sehen kannte. Viele von ihnen waren Einzelgänger, er im Grunde auch, blieben lieber für sich allein. Als er jedoch die zerlumpten Brüder und Schwestern da so vor dem Bus stehen gesehen hatte, da hatte er ein tiefes Gefühl der Verbundenheit verspürt: Das also waren sie, die Überlebenden. Die Letzten auf dem Weg zum Loog. Alle anderen würden früher oder später sterben.

»Ja. Das hättet ihr wohl gerne gehabt. Dass ich ins Gras beiße.« Korbinian wusste, dass seine Selbstgespräche für andere verstörend rüberkommen mussten. Auch hier im Teehaus tuschelte man über ihn. All diese Schlipsträger und Krawattenheinis konnten ja nicht ahnen, dass ihn mit diesem Ort eine romantische Geschichte verband. Er hatte mehr Recht, hier zu sein, als jeder andere. Ein seltsames Schwächegefühl überkam ihn, und er musste sich zwingen, die Augen offen zu halten. Für sie musste er wach bleiben. Für Angelika.

Seit er vor zwei Stunden hier angekommen war, kehrten die Erinnerungen an den gemeinsamen Sommer mit einer Heftigkeit zurück, mit der er nicht gerechnet hatte.

Plötzlich erlebte er nochmals die tiefe Trauer, die er als 15-Jähriger empfunden hatte. Sein Vater hatte sich vor den Zug gelegt und die Mutter war daran zerbrochen, hatte begonnen zu trinken. Als sie in die Suchtklinik eingeliefert worden war, hatte man sich des verwahrlosten Jungen angenommen und ihn zur Erholung nach Juist geschickt. An die Überfahrt mit der Fähre hatte er seltsamerweise keinerlei Erinnerung mehr. Er wusste aber noch sehr gut, wie herzlich man ihn in dem Kinderheim am Meer aufgenommen hatte, um ihn aufzupäppeln. Das Haus in der Hammerseestraße, in dem er den schönsten Sommer seines Lebens verbracht hatte, stand heute nicht mehr. Aber die Luft hier roch noch genauso wie damals und die Stille in den Dünen hatte die gleiche heilende Wirkung auf ihn. Mit der Erinnerung an diese Zeit kamen die Gefühle für die schöne rothaarige Insulanerin zurück. Wäre sie bei ihm geblieben, wäre sein Leben anders verlaufen. Das *musste* er ihr mitteilen. In gewisser Weise hatte sie sein Leben auf dem Gewissen. Ob sie dafür Verantwortung übernahm?

Korbinian trank den letzten Schluck aus der Tasse, leckte die Reste des Zuckers vom Boden. Juist rettete ihm zum zweiten Mal das Leben. Als sie vor fast einem Jahr erstmals landesweit den Lockdown verhängt hatten, um die Ansteckungszahlen unter Kontrolle zu halten, hatte er Panik bekommen. Die Suppenküchen hatten von einem Tag auf den anderen geschlossen, die Kleiderkammern ihre Pforten zugemacht. Als dann auch noch die Restaurants dichtgemacht hatten, gab es nicht mal mehr die Möglichkeit, auf Toilette zu gehen. Die Menschen, die ein Zuhause hatten, blieben dort. Leute wie er – die Outlaws und Penner, Berber und Gestrandeten – hatten keinerlei Chance, sich zu schützen. Als das Ordnungsamt letzte Woche seine sichere Platte geräumt hatte, wusste er, dass ihn nur noch ein Wunder würde retten können.

»Das Wunder heißt Juist«, lallte er mit schwerer Zunge. »Mein Zauberland.«

In dem Moment betrat Angelika den Raum. Korbinian blieb regelrecht die Spucke weg, als er sie mit einem Tablett mit Tee und Gebäck aus der Küche kommen sah. Sie war immer noch eine Schönheit. Sie hatte diese sehr schlanke Taille behalten, war jedoch um die Hüften fülliger geworden, was ihr gut stand. Sie hatte dasselbe Lächeln wie früher, als sie ein junges Mädchen gewesen war. Er sah sie vor sich, in diesem Blumenkleid unten am Strand, am Tag ihres Kennenlernens. Korbinians Hand suchte unbeholfen die Jackentasche, rutschte ab, suchte weiter, ertastete das Messer. Es war noch da. Gut.

Sie kam auf ihn zu. Ihr Gesichtsausdruck schien unverändert – freundlich und gelassen. Ob sie ihn erkannt hatte? Ob ihr die Kollegin erzählt hatte, dass da einer nach ihr gefragt hatte? Vorstellbar war auch, dass sie der Kutscher telefonisch vorgewarnt hatte, dass jemand auf der Suche nach ihr war. Hier verbreiteten sich Informationen wie Lauffeuer.

Ihre Blicke fanden sich. Fröhliche grüne Augen einer Frau versanken in dem müden Blick eines Mannes. Sie lächelte. Empfand sie Wiedersehensfreude oder Mitleid? Korbinian wusste, dass er durch das harte Leben auf der Straße sehr gealtert war. Dass seine Haut durch die permanente Witterung draußen dunkel und faltig geworden war und er ohne jegliche Pflege einige Zähne hatte lassen müssen. In diesem Moment schämte er sich dafür. Hätte er doch all die Jahre mehr auf sich geachtet, hätte er vielleicht hier und heute eine zweite Chance bekommen.

Sie legte ihm die Hand auf die Schulter, ganz sanft. Er bekam eine Gänsehaut, als sie sich zu ihm runterbückte. Sie war ihm so nah, dass er ihr Parfum riechen konnte. So viele Erinnerungen steckten in diesem Duft. Liebe überflutete ihn. Und Angst.

»Hat dir der Begrüßungstee geschmeckt?«, raunte sie ihm zu. Er nickte. Es kam ihm plötzlich vor, als sei seine Zunge gelähmt und sein Sprachzentrum ausgeschaltet. Wie viele Jahre hatte er auf diesen Moment gewartet. Und gerade jetzt, wo er so viel sagen wollte, kam kein Ton über seine Lippen. Kameradschaftlich klopfte sie ihm auf die Schulter. »Gut. Das war nämlich eine ganz wertvolle Mischung, die ich nur besonderen Kunden reiche«, flüsterte sie so, dass sie keiner der anderen Gäste hören konnte. »Fentanyl.«

Jeder auf der Straße kannte das Schmerzmittel, das viele bei geringer Dosierung über Wasser und bei Laune hielt. Korbinian hatte immer die Finger von dem Zeug gelassen. Zu viel davon und man starb. Das passierte gar nicht so selten auf »Platte«. Keiner würde sich wundern, wenn einer wie er an dem Zeug zugrunde ging. Das war das Letzte, was er dachte, bevor er den Halt verlor und langsam vom Stuhl sank. Erstaunlich sanft kam er auf dem Boden auf, wo sein Blick auf ihre schlanken Fesseln und die feinen, frisch geputzten Schuhe fiel, die sie am Tag viele Stunden tragen musste.

Mit ihrem rechten Fuß schubste Angelika ihn leicht an, vermutlich um zu prüfen, ob er noch lebte. »Holt doch mal einer einen Arzt«, hörte er sie mit gespielter Verzweiflung in der Stimme sagen. »Der Penner stirbt!«

Seine letzten umnebelten Gedanken galten der von ihm immer wieder gerne beschworenen Ironie des Schicksals. Denn war es nicht krass, dass er die Schläge seines Vaters, die Vernachlässigung seiner Mutter, die kalten Nächte auf der Straße, sämtliche brutalen Überfälle, mehrere Lungenentzündungen, die Ignoranz der Reichen, eine tödliche Pandemie und schließlich diesen kalten Hamburger Winter überlebt hatte, um nun auf Juist in Angelikas Armen zu sterben? Das Leben war ihm immer ein hohes Gut gewesen. Jetzt war es also vorbei. Wie schade. Ob sein ganzes beschissenes Leben noch mal als Film vor seinem geistigen Auge ablaufen würde? Er hatte davon gehört. Ob man sich zum Schluss etwas wünschen durfte? Dann doch bitte eine andere Wendung, einen schöneren Ausgang der ganzen Geschichte. Gerade jetzt, wo er sie wiedergefunden hatte. Seine Angelika.

Dann verlor Korbinian Weiß für immer das Bewusstsein.

NORDERNEYER TROST

ANDREAS SCHEEPKER

Ilona Ewerts legte ihre Hand auf den rauen Stein und schloss für einen Moment die Augen. Sie erinnerte sich, wie ihr Opa früher seine große warme Hand auf ihre gelegt hatte, wenn sie auf ihrem Spaziergang am Kaiser-Wilhelm-Denkmal eine kurze Pause machten. Sie hatten vor dem hohen Obelisken gestanden, der aus über 70 großen Steinen aufgebaut war, und er hatte an dieser Stelle immer die Geschichte seines Großvaters erzählt. Der war als junger Mann Mitglied der Abordnung gewesen, die diesen Stein als Beitrag ihrer Stadt für das Kaiser-Wilhelm-Denkmal nach Norderney gebracht hatte. Viele Städte im damaligen Kaiserreich hatten Steine für das Denkmal zu Ehren des alten Kaisers gestiftet. Und der junge Mann hatte sich in die Tochter eines hiesigen Hotelbesitzers verliebt und war auf der Insel geblieben.

An diesem nasskalten Morgen im März waren nur wenige Menschen unterwegs. Auch wenn Ilona mit ihrem Hotel von den Gästen lebte, genoss sie die jedes Jahr kürzer werdende Zeit, in der wenige Urlauber auf Norderney waren. Das kühle und windige Wetter in dieser Jahreszeit ließ Ilona den rauen Charme ihrer Insel spüren.

Zur Polizeistation musste sie nur ein kleines Stück gehen. Um 9 Uhr war sie mit dem Kommissar verabredet. Es ging um ihren Mann. Patrick. Seit einem Dreivierteljahr wurde er vermisst, und die Polizei würde ihr heute vermutlich mitteilen, dass es immer noch nichts Neues gebe. Sie stand vor dem aus hellem Klinker errichteten Polizeigebäude. »Polizeiverwaltung« stand auf dem alten Stein, den man hier neben dem Eingang eingemauert hatte. Er stammte vermutlich aus der Zeit, als ihr Vorfahr auf die Insel gekommen war.

Eigentlich hatte niemand auf der Insel verstanden, dass ausgerechnet sie beide ein Paar geworden waren. Wenn es zwei gab, die überhaupt nicht zueinanderpassten, dann waren das Patrick und Ilona. In ihrer Schulzeit in der Oberstufe des Norder Gymnasiums hatten sie insgesamt zwei Mal miteinander gesprochen. Beide Male hatte Patrick sie um Geld für den Kiosk auf der Fähre angepumpt, das sie nie zurückbekommen hatte.

Patrick Reinhardts war ein Sonnyboy gewesen, ein großer und gut aussehender Junge mit dunkelbraunen Locken. Er trat selbstsicher auf und strahlte gute Laune aus. Die kleine goldene Muschel am Lederband um den Hals war sein Markenzeichen. Jedes Schuljahr schaffte er nur knapp die Versetzung, aber in Sport war er der Beste. Patrick hatte immer eine Freundin im Arm und eine Schar von Freunden um sich, die sich geradezu drängelten, in seiner Nähe zu verblassen und ihm mit Geld oder Hilfe bei Hausaufgaben zur Verfügung zu stehen.

Ilona Ewerts galt in der Schule eher als langweilig. Sie musste diszipliniert arbeiten, um gute Noten zu bekommen. Nach der Schule wurden sie und ihr Bruder von den Eltern in die Arbeit im Hotel eingespannt. Für Hobbys und Freundschaften war kaum Zeit. Außer ihrer besten Freundin Frauke hatte sie nicht viele Kontakte.

Nach dem Abitur konnte Ilona das alles hinter sich lassen. Sie studierte Anglistik und erhielt für ihre Masterarbeit über Jane Austen die Bestnote. Eine Woche nach dem Examen verunglückten ihre Mutter und ihr Bruder auf der Rückfahrt von einer Hotelfachmesse tödlich mit dem Auto. Nur ihr Vater überlebte schwer verletzt den Unfall.

Ilona kehrte zurück nach Norderney in ihr altes Leben. Ihre Freundin Frauke war kurz vorher als Lehramtsanwärterin auf die Insel zurückgekommen. Immerhin. Ilona zog in eine der vier Wohnungen, die die Familie auf Norderney besaß. Mithilfe ihres Vaters arbeitete sie sich in die Aufgaben der Geschäftsführerin ein. Es war mühsam. Ilona kam an ihre Grenzen, doch sie schaffte es.

Als Frauke ihren 25. Geburtstag feierte, saß auf einmal Patrick neben ihr. Er war also auch wieder zurück. Er trug immer noch das Lederband mit der kleinen goldenen Muschel um den Hals. Bis tief in die Nacht redeten sie. Patrick erzählte von seinen erfolglosen Versuchen, zuerst Sport auf Lehramt und danach BWL zu studieren. Und die Ausbildung in der Stadtverwaltung hatte er ebenso abgebrochen. Er nehme jetzt Jobs an, bis sich das Richtige für ihn finden würde.

Patrick erzählte Ilona, dass sein selbstsicheres Auftreten meist nur seine Unsicherheit verbergen solle und dass Ilona ihn mit ihrem in sich ruhenden Charakter insgeheim immer sehr beeindruckt habe.

Am nächsten Tag besuchte Patrick sie. Sie verbrachten ab dann so viel Zeit miteinander, wie es ihre Arbeit zuließ. Für Ilona war diese Zeit ein wunderschöner Traum. Nach Abschluss der Saison flogen sie sogar zusammen in den Urlaub auf die Malediven. Ilona zahlte für sie beide.

»Um zwei Uhr heute Nacht beim Kap. Bitte Wein mitbringen«, stand auf dem Zettel, den Ilona eines Tages in ihrem Postkasten fand. Natürlich erkannte sie seine Handschrift. Gespannt ging Ilona die Bakendüne hoch. Auf dem Boden unter der Bake hatte Patrick ein Herz aus Teelichtern gelegt, und dort machte er ihr einen Heiratsantrag.

Ilona wusste, dass ihr Vater diese Beziehung nicht guthieß, aber dass er dem Glück seiner Tochter nicht im Weg stehen wollte. Er bestand jedoch darauf, dass eine Gütertrennung vereinbart wurde, und erklärte sich dazu bereit, die nicht geringen Schulden seines künftigen Schwiegersohnes zu übernehmen. Eine der Wohnungen musste dafür verkauft werden. Patrick nahm an.

Er hatte eine kleine Firma gegründet. Immobilien. Da es auch um ihren eigenen guten Namen auf der

Insel gegangen war, hatte Ilona anderthalb Jahre später die Schulden seiner Firma übernommen und dafür die zweite und die dritte Wohnung verkauft. Patrick war schließlich als zweiter Geschäftsführer eingestellt worden, ohne viel Verantwortung, aber dafür mit einem großen, modern eingerichteten Büro und einem eigenen Gehalt. Er plauderte gern mit den Gästen, telefonierte viel mit möglichen Geschäftspartnern, bot hier und da Surfkurse und Segeltörns für die Hotelgäste an. Und er reiste viel.

»Frau Ewerts?«

Ilona schreckte auf. Sie hatte wohl eine ganze Weile vor der Polizeistation gestanden. »Entschuldigung«, sagte sie. »Ich war ganz in Gedanken.«

»Kein Problem. Ich sah Sie aus dem Fenster. Wir beide sind verabredet. Ich bin Hauptkommissar Gerrit Roolfs. Vom Festland. Ich mache hier für drei Wochen Vertretungsdienst. Kommen Sie.«

Sie nahmen im Besprechungsraum Platz und der Beamte schlug einen Ordner auf. »Wir hatten ja gestern telefoniert. Ich habe mir die Akte ihres vermissten Ehemannes Patrick Reinhardts angesehen. Sie haben beide Ihre Nachnamen behalten?«

»Aus geschäftlichen Gründen. Unserer Familie gehört das *Hotel am Kap*. Der Name Ewerts musste bleiben.«

»Verstehe. Wenn ich das richtig sehe, wird Ihr Mann seit einem Dreivierteljahr vermisst. Er ist von einem Segeltörn an der dänischen Küste nicht zurückgekehrt.«

»Er ist trotz Sturmwarnung allein losgesegelt und nicht wieder zurückgekommen«, erklärte Ilona. »Das Boot hat man auch nie gefunden.«

»Er ist ohne Sie nach Dänemark gefahren?«

»Er fuhr immer ohne mich. Es war ja Saison. Viel Arbeit. Da konnte ich nicht mit. Und zu dem Zeitpunkt sowieso nicht.«

Roolfs blätterte weiter. »In den Unterlagen steht, dass Sie in der Zeit operiert wurden.«

Ilona versuchte, ruhig zu bleiben. »Man hat etwas gefunden. In der Brust. Sie konnten alles entfernen. Es ist gut gegangen.«

Roolfs wollte zu einer Frage ansetzen, aber Ilona wusste schon, was kommen würde. »Er ist trotzdem gefahren. Händchenhalten im Krankenhaus, das ist nicht so sein Ding. Doch er hat mir mit einer SMS alles Gute für den nächsten Tag gewünscht. Zwei Tage nach der OP. Das war seine letzte Nachricht.«

Roolfs nickte. »Die dänische Polizei hat mir heute Morgen mitgeteilt, dass sie die Sache einstellen. Das befreundete Paar, bei dem Ihr Mann zu Gast war, hatte damals eine Vermisstenmeldung gemacht. Die Kollegen dort haben vor ein paar Tagen noch mal Kontakt zu ihnen aufgenommen. Kennen Sie die beiden?«

Ilona schüttelte den Kopf.

»Frau Ewerts, ich muss das jetzt ansprechen. Sie können Ihren Mann für tot erklären lassen. Das ist normalerweise sehr umständlich und dauert mehrere Jahre. Aber die dänische Polizei geht eindeutig von einem Unglück aus und wird uns das schriftlich geben. Soll ich mich darum kümmern?«

Sie nickte. »Bitte. Und wenn Sie auch noch meine Schwiegereltern benachrichtigen würden, wäre das sehr nett. Seine Eltern und ich haben nicht das beste Verhältnis.«

Roolfs sah sie erstaunt an.

Ilona war den kurzen Weg vom Hotel zur Polizei zu Fuß gegangen. Das half ihr, zur Ruhe zu kommen. Auf dem Rückweg erst recht. Schon von Weitem sah sie auf der hohen Düne ihr »Norderneyer Kap«, die hohe Bake aus Backsteinen, auf der ein großes umgedrehtes Dreieck als Toppzeichen thronte. Das Wahrzeichen von Norderney, wenige Schritte von ihrem Zuhause entfernt. Ein Teil der Welt, in der sie aufgewachsen war und in der sie jetzt wieder lebte, leben musste. In dem Jahr, in dem sie zurück nach Norderney gekommen war, hatte man das »Kap« wegen Baufälligkeit abgerissen. Sie hatte fotografiert, wie die Bake in wenigen Stunden von einem Bagger abgebrochen worden war. Danach hatte man es in ein paar Wochen wieder aufgebaut. Das neue Kap sah so aus wie das alte, und Ilonas neues Leben fühlte sich auch so an wie ihr früheres.

Ein riesiger schwarz glänzender Geländewagen stand direkt vor dem Hoteleingang. Er hatte ein dänisches Kennzeichen.

»He, Ilona! Gibt's was Neues von Patrick?«

Hannes, der Getränkelieferant, stand auf einmal mit einer großen Steingutflasche neben ihr.

»Nichts Neues, Hannes. Leider«, antwortete sie. »Ist das dein Wagen?«

»Nee, ganz bestimmt nicht. Seinetwegen musste ich dahinten parken. Ging aber. Ich habe schon alles in den Keller gebracht.«

Hannes reichte ihr die Flasche. Sie wog schwer in der Hand.

»›Norderneyer Trost‹. Haben wir neu im Sortiment«, erklärte Hannes. »Hammerhart. Nur echt in der Steingutflasche. Der haut voll rein. Hochprozentig mit einem Hauch Sanddorn. Den hätte Patrick gemocht. Sollst mal sehen. Vielleicht nimmt er sich ja 'ne kleine Auszeit. Und eines Tages steht er hier vor der Tür. Dann gibst du damit einen aus. Auch von mir.«

»Danke, Hannes.«

Als Ilona ins Foyer kam, wartete ihr Vater auf sie. »Du hast Besuch«, sagte er und rollte mit den Augen. »Aus Dänemark. Ich hab sie in Patricks Büro gesetzt.«

Hinter Patricks Schreibtisch hatte sich eine Frau Mitte 30 breitgemacht. Sie trug ein schlichtes, stilvolles Leinenkleid und hatte sich die Sonnenbrille in ihre blond gefärbten Haare geschoben. »Hallo, Ilona«, sagte sie mit strahlendem Lächeln. »Schön, dass wir beide uns mal kennenlernen. Wir haben ja schon so viel von dir gehört.«

Ilona lehnte die Tür nur an. »Das finde ich auch«, antwortete sie.

»Ich bin Ulla. Mein Lebensgefährte und ich sind Patricks Freunde aus Dänemark. Wir sind aber Deutsche. Wir wohnen an der Grenze. Patrick hat uns ja öfter besucht, wir kennen uns seit vielen Jahren.«

»Schön«, antwortete Ilona, die nicht wusste, was sie sonst hätte sagen sollen.

»Das mit Patrick tut uns ja unheimlich leid«, sagte Ulla. »Er ist mit unserem Boot rausgefahren. Wir hätten uns vielleicht eher melden sollen. Vor ein paar Tagen war die Polizei noch mal bei uns. Für sie steht fest, dass er verunglückt ist und nicht mehr lebt.«

Ilona nickte. »Ich weiß. Ich muss mich damit abfinden.«

»Ja, das Leben muss ja weitergehen, nicht?«, antwortete Ulla unsicher und räusperte sich. »Ich will nicht, dass das jetzt falsch rüberkommt, aber wir haben Patrick Geld geliehen. Er wollte sich da an der Grenze etwas aufbauen. Immobilien und so. Er wollte ein paar Grundstücke kaufen und mit Ferienhäusern bebauen. Aber das ist irgendwie nicht gut gelaufen.«

Ilona antwortete nicht.

»Es ist so«, begann Ulla wieder. »Wir brauchen das Geld zurück.«

»Wie viel?«, fragte Ilona.

»Vier Millionen«, sagte Ulla zögerlich und erklärte hastig: »Dänische Kronen natürlich. Eine Krone sind ungefähr 13 Cent. Das sind etwas mehr als eine halbe Million Euro.«

Ilona bemühte sich, Ruhe zu bewahren. »Da kann ich nicht helfen. Wir haben mit unserer Heirat eine Gütertrennung vereinbart, aber auch ohne das alles muss ich nicht für Patricks Schulden aufkommen. Ich habe das zwei Mal getan, noch mal kann ich das nicht.«

»Wir haben das schriftlich«, erklärte Ulla, holte ein Blatt Papier aus ihrer Handtasche und faltete es feierlich auseinander. Es war Patricks Handschrift.

Ilona fühlte sich, als ob eine kalte Hand sie umklammerte. Trotzdem antwortete sie gefasst: »Wenn du Patrick so lange kennst, dann weißt du genau, dass man ihm kein Geld leihen kann.«

Ulla stand abrupt auf. »Schulden bei Freunden sind Ehrenschulden. Du wirst uns unser Geld zurückzahlen. Bestimmt hat er das meiste sowieso hier in deine Hütte gesteckt.«

Ilona hielt sich an der Flasche fest. *Norderneyer Trost. Hammerhart. Nur echt in der Steingutflasche.* Sie zeigte nichts von ihrer Angst. »Ich weiß von euren Krediten nichts! Ich bin auch nicht gefragt worden, ob ich damit einverstanden bin! Dafür tragt ihr die Verantwortung!« Ilona war laut geworden.

Ulla setzte wieder ihr Lächeln auf. »Ich will keinen Ärger. Patrick hat doch bestimmt eine Lebensversicherung. Er hat mir gesagt, dass das seine Sicherheit ist, falls ihm mal etwas passiert.«

»Ilona?«

Ihr Vater stand auf einmal in der Tür. »Am Telefon ist jemand von der Polizei. Ich habe den Anruf in dein Büro geleitet.«

Ulla schob sich an ihr vorbei. »Wir sprechen uns

noch«, flüsterte sie. »Glaub bloß nicht, dass du mich so schnell loswirst.«

»Wer war das denn?«, fragte ihr Vater, als sie allein waren.

»Sie sagt, sie sei eine gute Bekannte von Patrick.«

»Da ist kein Anruf«, erklärte er. »Ich habe mir Sorgen gemacht, weil es plötzlich so laut wurde. Was hast du denn da?«

Ilona hielt ihrem Vater die schwere Steingutflasche hin. »›Norderneyer Trost‹. Das hat Hannes mir geschenkt. Falls Patrick wiederkommt, sollen wir damit anstoßen.«

Die nächsten Wochen und Monate der Saison waren anstrengend, zuerst die Coronazeit ohne Gäste, dann doch eine arbeitsreiche Saison und anschließend die Sorge, ob die Inseln ein zweites Mal ohne Urlauber bleiben müssten. Ilona dachte wenig an den Vorfall mit Ulla. Auch die Erinnerung an Patrick verblasste langsam. Es wurde Herbst, und im Hotel hatten sie nur noch wenige Gäste.

Ilona machte den Dienstplan für die nächsten Tage fertig und ging in Patricks Büro. Es war alles so, wie er es verlassen hatte. In der Ecke stand die große Buddhafigur aus Stein, die er für über 1.000 Euro von einem Kumpel gekauft hatte und irgendwann im Garten aufstellen wollte.

In der Ablage lagen die Prospekte für den kleinen Teich, den er anzulegen geplant hatte. Mit zwei Freunden hatte er schon in einer Ecke im Garten die Grube ausgehoben. Dann hatte er alles mit alten Sichtschutzelementen zugestellt, damit niemand von den Gästen hineinfallen konnte. Weiter waren sie nicht gekommen.

Als Ilona im letzten Sommer die Nachricht von Patricks möglichem Segelunfall erhalten hatte, war sie mehrere Tage im freien Fall gewesen. In den Wochen danach war daraus ein Sinkflug geworden. Inzwischen war es eher ein Gleitflug. Es war dasselbe Leben, dieselbe Arbeit – nur ohne Patrick. Er fehlte nicht wirklich. Dieser Wahrheit musste sie ins Auge sehen. Sie war verheiratet, aber ihr Mann war wie ein kleiner Bruder gewesen. Kinder hatten sie nicht, weil er gemeint hatte, dass Kinder nicht so sein Ding seien. In Wirklichkeit wollte er nicht hinter ihnen zurückstehen. Und jetzt war sie nicht einmal eine richtige Witwe.

Ilona beschloss, heute etwas früher nach Hause zu gehen, in die einzige der vier Wohnungen, die nach der kurzen Ehe mit Patrick noch in ihrem Besitz war.

»Ilona? Du bist in Patricks Büro?« Ihr Vater stand in der Tür. Er hielt einen Briefumschlag in der Hand. »Das war heute in der Post für dich. Der Kommissar vom Frühjahr hat vorhin angerufen. Er hat zurzeit wieder Vertretung. Er will übermorgen so gegen zwölf Uhr kommen. Nichts Eiliges, nur Papierkram. Wegen Patrick. Mach nicht mehr so lange.«

Ilona nickte und nahm den Brief. Sie erkannte die Handschrift. Patrick. Sie erstarrte.

»Ist alles ok?«, fragte ihr Vater.

»Ich bin ein bisschen überarbeitet. Und ich mache

mir wahrscheinlich zu viele Sorgen, wie das alles werden wird.«

Ihr Vater nickte. »Wir kriegen das hin. Ich bin immer für dich da.«

»Um zwei Uhr heute Nacht beim Kap. Bitte Wein mitbringen. Und: Pssst!!!«

Seit einer halben Stunde saß Ilona reglos am Küchentisch in ihrer Wohnung und sah immer wieder auf den Zettel mit der Nachricht.

Da erlaubte sich jemand einen bösen Scherz mit ihr. Oder konnte es wirklich Patrick sein? Es war seine Handschrift. Und genau so einen Zettel hatte sie von ihm bekommen, als er ihr den Heiratsantrag gemacht hatte.

Das Telefon klingelte. »Hi, hier ist Frauke. Darf ich dich so spät noch stören?«

»Eine beste Freundin darf man auch nachts anrufen«, sagte Ilona. Vielleicht war das genau das Richtige.

Frauke fragte kurz, wie es Ilona ging, und erzählte danach munter drauflos: von den Schulklassen, in denen sie unterrichtete, von der Schulleiterin, mit der alles nicht so einfach war, und von dem jungen Kollegen, mit dem sie sich getroffen hatte. Als sie das Telefonat beendet hatten, war es fast halb zwei.

Ilona ging auf den Balkon. Still war es auf der Insel. Die Nacht war kalt und klar, der Mond schien hell. Sie beschloss, zum Treffpunkt zu kommen. Von ihrer Wohnung in der Nähe des Weststrands waren es nur wenige

Minuten bis zum Kap. Sie steckte ihr Pfefferspray in die rechte und ihr Handy in die linke Jackentasche. Den Zettel ließ sie auf dem Küchentisch liegen. Dann fiel ihr Blick auf die Flasche, die Hannes ihr vor einem halben Jahr geschenkt hatte. Für den Fall, dass Patrick wiederkäme. »Norderneyer Trost«.

Sie lächelte, steckte die Flasche in einen Stoffbeutel und nahm sie mit.

Unterwegs blieb sie beim Kaiser-Wilhelm-Denkmal stehen. Sie legte ihre Hand auf den behauenen Findling und spürte einen Moment die raue, kalte Oberfläche und die Kraft, die von diesem Stein ausging. Dann ging sie weiter.

Auf den letzten Stufen der Bakendüne standen LED-Kerzchen. Ilona ging vorsichtig Stufe für Stufe. Auf dem Boden unter der Bake war ein kleines Herz aus Lichtern aufgestellt. Ilona fühlte sich wie in einem kitschigen Liebesroman. Sie fuhr mit ihrer Hand in die rechte Jackentasche und hielt die Dose mit dem Pfefferspray umklammert. Die Baumwolltasche mit der Flasche hielt sie fest in der anderen Hand.

Nur das Rauschen der Wellen vom Strand war zu hören. Ilona blieb vor dem Lichterherz stehen.

»Ilona, bitte erschrick nicht. Ich habe das alles nicht gewollt.«

Das war Patricks Stimme, vertraut und doch fremd. Eine Gestalt trat hinter einem der sechs Pfeiler hervor. Im hellen Mondlicht erkannte sie ihn. Er war es wirklich. Seine dunklen Haare waren blond gefärbt. Er trug eine Brille und hatte sich einen Bart wachsen lassen, Der auch blond gefärbt war. Er trug immer noch den Anhänger mit der goldenen Muschel.

»Patrick ...«, stieß sie hervor.

Er umarmte sie und drückte sie an sich. Ilona empfand nichts. »Patrick«, sagte sie noch einmal.

Er winkte ab. »Das kann ich dir alles erklären. Ich hab ziemlichen Mist gebaut. Ich musste für eine Zeit abtauchen.«

»Du bist wieder da. Wir kriegen das alles hin, das haben wir immer geschafft.«

»Das weiß ich, Ilona. Darum bin ich ja hier«, druckste er. »Ich will noch mal ganz neu starten, mir etwas ganz Eigenes aufbauen. Ich habe einen Kumpel, der will in der Karibik etwas im Tourismus machen: Segelschule, Surfkurse und so. In Willemstad. Da wird Niederländisch gesprochen, das ist so ähnlich wie Plattdeutsch. Ich bin als Partner mit dabei.«

»Als Geschäftspartner?«

»Ja. Da kann ich einsteigen. Ich muss natürlich ein bisschen Geld mitbringen. Verstehst du?«

»Ein bisschen?«

»Eine halbe Million. Das Geld aus meiner Lebensversicherung.«

»Die Versicherung zahlt nur, wenn du tot bist.«

»Das bin ich doch. Absolut niemand weiß, dass ich hier bin. Noch nicht mal meine Eltern. Ich bin gestern mit der Fähre gekommen, mit blondem Bart, Brille und

Mütze im Gesicht. Keiner hat mich erkannt. Und morgen bin ich wieder weg.«

»Wie stellst du dir das vor?«

»Du kannst einen Kredit aufnehmen. Auf meine Lebensversicherung, auf das Hotel. Den bekommst du locker. Vielleicht kannst du noch was drauflegen. Wir haben ja auch noch die Wohnung. Du rufst morgen bei der Bank an und regelst alles. Und übermorgen fährst du aufs Festland und holst das Geld. Dann treffen wir uns und …«

Ein Handy brummte. Patrick griff in seine Tasche und drehte sich um. Im blauen Schimmer des Displays erkannte Ilona für einen Moment das Bild der Frau, die im Frühjahr bei ihr gewesen war. Ulla.

Patrick sprach kurz und leise. Er steckte das Handy weg und drehte sich zu Ilona um. »Wenn alles gut läuft, verkaufst du deine Hütte hier und kommst mit rüber. Du kannst bei uns mitmachen.«

»Nein.«

Verblüfft sah er sie an. »Wie?«

»Nein«, wiederholte Ilona.

»Du, wir bauen uns da etwas Neues auf. Ganz bestimmt.«

»Ganz bestimmt nicht.«

»Ilona!«

»Nein. Das ist mein letztes Wort.«

Im Mondlicht sah sie seinen Blick. So hatte Patrick sie manchmal in der Schulzeit angeschaut, kalt und abschätzig.

»Gut«, sagte er. Ganz ruhig zog er Handschuhe an. »In ein paar Monaten tauche ich mit einer Story von irgendwo wieder auf. Ich bin niemandem Rechenschaft schuldig darüber, was ich gemacht habe.«

Ilona sagte: »Patrick, das geht so nicht.«

Seine Stimme klang entschlossen. »Wenn ich zurück bin, wird man mir schonend beibringen, dass ich inzwischen Witwer geworden bin. Das Hotel und die Lebensversicherung, das ist schon mal etwas Trost.«

Trost.

»Ich verspreche dir, dass es schnell geht und nicht wehtut«, sagte Patrick. Er hatte ein Stück Seil in den Händen.

»Zuerst gebe ich einen aus«, stieß Ilona hervor. Auf einmal hatte sie die schwere Flasche in der Hand und fühlte eine unbändige Stärke. *Norderneyer Trost. Hammerhart. Nur echt in der Steingutflasche.*

Ilonas Vater wurde um kurz vor halb drei von seinem Telefon aus dem Schlaf gerissen. Dann sah er die Anrufnummer.

Frauke war noch gar nicht richtig eingeschlafen, als ihr Handy summte. Sofort fiel ihr ein, was Ilona vorhin bei ihrem Telefonat gesagt hatte. Eine beste Freundin könne man auch nachts anrufen.

»Das ist wohl Geschmackssache«, brummte Hauptkommissar Roolfs, als er zwei Tage später zusammen mit Ilona im Garten des Hotels stand. Sie bestaunten das frisch angelegte Beet in der Gartenecke. Mittendrin saß ein Buddha aus Stein, fast einen Meter groß.

»Bis vor ein paar Tagen war das nur eine Kuhle«, erklärte sie. »Mein Mann wollte hier einen kleinen Teich anlegen, aber das hat er nicht mehr geschafft. Nun haben wir das einfach wieder zugeschaufelt und mit Stauden bepflanzt. Das ist mir sonst zu gefährlich wegen der Gästekinder. Und den Buddha wollte er auch irgendwo aufstellen.«

»Hier passt er ganz gut hin«, stellte Roolfs fest. »Ich habe mich noch einmal hinter Ihren Fall geklemmt. Die Akten steckten in irgendeinem Büro fest. Langzeiterkrankung. Ich habe jetzt alle Unterlagen für Sie. Damit können Sie Ihren Mann für tot erklären lassen. Es tut mir leid, dass ich mit dem Papierkram komme. Und es tut mir auch sehr leid, was Ihren Mann angeht, aber Sie müssen nun vieles regeln. Hatten Sie und Ihr Mann eine Lebensversicherung?«

Ilona nickte. »Auf Gegenseitigkeit. Patrick hatte viele Pläne für das Hotel. Mit dem Geld werde ich einige seiner Ideen umsetzen.«

»Tun Sie das«, sagte Roolfs aufmunternd. Er zögerte einen Moment. »Oder hoffen Sie, dass er eines Tages hier vor der Tür steht?«

»Nein. Ich weiß, dass er tot ist. Damit muss ich mich abfinden.«

Roolfs nickte und betrachtete noch einmal die Steinfigur. »Der Buddha trägt einen Anhänger um den Hals«, bemerkte er.

»So einen hat Patrick immer getragen«, erklärte Ilona. »Ein Lederband mit einer kleinen Muschel aus Gold. Die hier habe ich im Sommer auf dem Flohmarkt bekommen. Sie sieht genauso aus wie die von Patrick. Und so ein Lederband hatte ich noch.«

Sie zögerte einen Moment. »Vielleicht ist es ja sogar Patricks Muschel und sie ist auf Umwegen zurück nach Norderney gekommen. Wer weiß?«

»Das ist eine schöne Vorstellung«, sinnierte Roolfs. »Dann ist etwas von ihm bei Ihnen. Sie haben ja kein Grab, wo Sie mal hingehen könnten.«

Ilona nickte. »Ich habe das Gefühl, dass er hier ganz nahe ist. Das ist auch ein Trost.«

LORELEY AUF MORDERNEY

HERBERT KNORR

Sternlos und kalt ist die Nacht,
Es gärt das Meer;
Und über dem Meer, platt auf dem Bauch,
Liegt der ungestaltete Nordwind [...]
Wie 'n störriger Griesgram, der gutgelaunt wird,
Schwatzt er ins Wasser hinein,
Und erzählt viel tolle Geschichten,
Riesenmärchen, totschlaglaunig [...]
So dunkeltrotzig und zaubergewaltig,
Daß die weißen Meerkinder
Hoch aufspringen und jauchzen,
Übermutberauscht.

Heinrich Heine, Die Nacht am Strande, aus:
Buch der Lieder, Die Nordsee, Erster Zyklus

*

Prolog

Norderneyer Nachrichten: Eine Woche nach dem schweren Orkan »Loreley« zieht Norderney eine traurige Bilanz. Drei Menschen kamen ums Leben, riesige Sandverluste sind zu verzeichnen, an den Inselschutzwerken entstanden große Schäden und im Ostland gab es einen seltsamen Fund. Wissenschaftler, die die Folgen der Katastrophe für die Tierwelt Norderneys untersuchen wollten, entdeckten im unbewohnten Ostland am Fuße eines unterspülten Sandhügels Knochen menschlichen Ursprungs. Die Polizei ermittelt derzeit noch, Archäologen wurden hinzugezogen.

Der Kurgast, der sich in der kleinen Pension in der Nähe des Leuchtturms einquartiert hatte, saß im Café Marienhöhe und legte die Zeitung beiseite. Er nippte an seinem Tee. Als zwei Männer, von denen der eine dem anderen aufgeregt etwas ins Ohr zischte, an seinem Tisch vorbeigingen, schnappte er die Wörter »Orkan« und »Inselschutz« auf, Begriffe, die derzeit in aller Munde waren, aber auch Formulierungen wie »unser Bund« und »größere Vorsicht«. Nachdenklich sah er durchs Fenster hinaus, da entdeckte er unterhalb der Restaurantterrasse einen Mann, der im Sand sitzend tief in eine Lektüre versunken war, während seine Begleitung sichtlich gelangweilt aufs Meer starrte. Der Kurgast notierte sich etwas.

*

Erstes Kapitel

Die untergehende Sonne ließ die Dünenspitzen funkeln. Er ruhte im kühlen Sande mit dem Kopf im Schoß der Nixe. Mit einer Hand liebkoste sie ihn, mit der anderen kämmte sie ihr im Abendschein goldglänzendes Haar, und mit lieblicher Stimme sang sie die letzte Strophe des Liedes, das ihn zu dem gemacht hatte, was er war, ein qualvoll Sehnender: »Ich glaube, die Wellen verschlingen / Am Ende Schiffer und Kahn; / Und das hat mit ihrem Singen / Die Loreley getan.« *Seit seinem dreizehnten Lebensjahr hatte er mehr Leiden erduldet, als die Götter jemals für Tantalus hätten ersinnen können. Wie er dieses verstörende Gedicht, dieses schmerzhafte Sehnen, dieses wilde Weh mochte, wie er sich stets neu darauf einließ und doch niemals Erfüllung fand. Nach jedem Akt war die Welt fad, leer, zauberlos. Wütend sprang er auf. Diese Nixe, diese Circe da mit ihrem betörenden Gesang – was für ein falsches Miststück! Auch sie würde ihn verlassen. Sie verdiente den Tod – wie alle anderen zuvor.*

Warum immer auf Norderney?, fragte sich Lorette, während sie sang und Harry sich bemühte, in sie einzudringen. Warum nicht auf Wangerooge, Borkum oder Juist? Okay, solche Familien- und Seniorenhotspots hatten ihren Ansprüchen überhaupt nichts zu bieten, da bevorzugte sie lieber das wenigstens etwas mondäne Norderney, welches dabei war, zu Sylt aufzuschließen.

Natürlich kannte sie die Antwort. Harry konnte nur hier, auf dieser hohen Düne im Ostland, und auch nur an Vollmondtagen, wenn er mit seinen fast 70 überhaupt noch konnte. Heute jedenfalls dauerte es ewig und sie gefror zum Eiszapfen. Ficken auf einem Norderneyer Sandhügel im Spätherbst, da könnten sie gleich am Nordpol vögeln.

Eigentlich sah Harry das ähnlich, in seinem Hochglanzblättchen »DER HEINE-TOURI – DAS ANDERE NORDERNEY-MAGAZIN«, das er selbst herausgab, hatte er sich erst jüngst über den hiesigen Inselsommer lustig gemacht: »Selbst im August krachen hier Stürme aufs Land, brüllt das Meer vor Kälte und jeder Cocktail erfriert auf der Kurhausterrasse, noch bevor er unter dauerbetriebenen Gaspilzen serviert werden kann. Sommer, liebe Norderneyer, hat mit eurer Insel so viel zu tun wie ein edler Düsseldorfer Erotikclub mit einem Bumsbordell im tiefsten Sauerland.« Diesen geschmacklosen Vergleich hatte Harry bei ihr aufgeschnappt, und auch wenn Lorette sich als ehemals teure Escort mit Billigpuffs eigentlich kaum auskannte, war es für sie der größte Horror, dort einmal zu enden.

Nach gefühlt Hunderten von Aufenthalten war ihr die Insel mittlerweile zuwider. Milchbar, Kurhaus, Giftbude, Beach-Club, Golfplatz, Shopping und ab und zu Strand, das wäre ja okay für sie – für zwei, drei verlängerte Wochenenden im Jahr. Aber so war es ja nicht. Den ganzen lieben Tag lang von der Marienhöhe auf ewig neu anrollende Wellen zu starren – das war was für alte Leute. Und alles, weil Harry auf diesem Sand-hügel regelmäßig seinem Dichterguru nachfühlte, der genau dort einstmals ganze Zyklone oder wie das hieß über die Nordsee gedichtet haben soll.

Egal, übermorgen würde sie nach Gran Canaria flie-gen und sich bis zum nächsten Vollmond aufwärmen. Allerdings war da ein Störgefühl, da Harry ihr die Reise ohne Widerstand erlaubt hatte – üblicherweise wollte er sie ständig um sich haben. War ihre Rolle ausgespielt, war er ihrer überdrüssig? Lorette hatte für Verände-rungen ein feines Gespür, sodass ihr nicht entgangen war, dass Harry sich in letzter Zeit immer weniger für sie interessierte. War es an der Zeit, ihren lang geheg-ten Plan umzusetzen? Bevor sie abreiste, würde sie sich morgen ein letztes Mal mit dem Inselpolizisten vergnü-gen, danach würde sie mit ihm das Vorgehen bespre-chen. Einen unverdächtigeren Gehilfen als ihn hätte sie niemals finden können.

Als Harry fertig war, musste sie erneut sein Lied sin-gen, während er in ihrem Schoß ruhte. Wenigstens ihre Vulva war so vor dem frostigen Wind geschützt.

Professor Dr. phil. Dr. jur. Hartmut »Harry« Grillo nahm den Weg Richtung Hafen über die windige Pro-menade am Weststrand. Er liebte es, sich gegen die Böen zu stemmen. Nicht ein Mensch begegnete ihm, es war Spätherbst, eine Zeit, in der sich die Insel erho-len konnte, da nur wenige Besucher herumtrampelten, wo sonst Massentourismus herrschte. Auf der Insel hatte sich viel verändert, seit Heinrich Heine über Norderneys Bewohner wenig charmant geschrieben hatte: *»Die Eingeborenen sind meistens blutarm und leben vom Fischfang [...] In jenem Zustande der Gedanken- und Gefühlsgleichheit [...] lebten oft ganze Völker und haben oft ganze Zeitalter gelebt [...] Die Tugend der Insulanerinnen wird durch ihre Hässlichkeit, und gar besonders durch ihren Fischgeruch [...] geschützt [...]«* Heutzutage, dachte Professor Grillo, würde über den Verfasser solcher Sätze in den sozialen Medien ein Shitstorm ohnegleichen ausbrechen und er mit Sicherheit der Cancel Culture zum Opfer fallen.

Professor Grillo, der aus einer alten Industriellenfamilie des Ruhrgebiets stammte und sehr reicher Alleinerbe war, kannte sich mit Heine bestens aus, und wenn jemand behaupten würde, seine Beziehung zu dem großen Dichter wäre zwanghaft-neurotisch, ja pathologisch, dann würde er nicht widersprechen. Das war ja sein Problem. Nach jahrzehntelanger Beschäftigung konnte er alles, wirklich alles, auswendig vor sich hersagen, was Heinrich Heine je geschrieben hatte; schon mit 13 hatte er erstmals dessen Gesamtwerk gelesen, später über ihn promoviert und habilitiert und Hunderte sekundärwissenschaftliche Beiträge über den scharfzüngigen Literaten veröffentlicht, sodass er selbst nach seiner Emeritierung noch als *der* deutsche Heine-Experte überhaupt galt. Er schrieb auch Literarisches, und ausnahmslos alles hatte thematisch mit Heine, dessen Dichtung und ihren Motiven zu tun, so fixiert war er auf ihn. Und das alles, weil die Tante ihn damals in den Ferien mit nach Norderney genommen hatte ... und ihn ... Nein, nicht jetzt diese Erinnerung ...

Regen setzte ein, der Wind drehte auf. Den Norderney-bewährten Professor störte das nicht, er stiefelte weiter. Aber was war das? Jäh drehte er sich um, doch durch die peitschende Nässe konnte er nichts erkennen. Wie eine übergroße brechende Welle hatte sich das nicht angehört, eher wie zerspringendes Glas. War er über die Nachricht, die er vorgestern in seinem Briefkasten gefunden hatte, etwa mehr besorgt, als er zugeben wollte? »Sehr geehrter Herr Professor Dr. Dr. Grillo, hören Sie bitte auf, in Ihrem Magazin mein Norderney schlechtzumachen, sonst sehe ich keine Möglichkeit, als Sie an die Schraube der Fähre zu binden und Sie so aufs Festland zurückzuschicken.«

Was war das für ein Unsinn, er liebte Norderney, wenngleich es zugegebenermaßen eine Hassliebe war. Wegen der förmlich-steifen Ausdrucksweise hatte ihn das Papier allerdings eher amüsiert denn geängstigt. Morddrohungen nahmen zwar im Zeitalter digitaler Revolution und Hetz- und Hass-Communitys exponentiell zu, jedoch hielt die Quote von Gewaltverbrechen damit nicht ansatzweise Schritt.

Enno stand vor der alten Fischerkneipe, in der gerade sein Beobachtungsobjekt verschwunden war, und überlegte. Sollte er ihm folgen oder war das zu riskant? Eben auf der Promenade hätte der Professor ihn um ein Haar entdeckt. Dabei hatte er sich lediglich mit einem Schluck Rum wärmen wollen, doch ein kräftiger Windstoß hatte ihm die Flasche aus der Hand gepustet. Zum Glück hatte er sich hinter einem Mauervorsprung wegducken können. Wenn Grillo ihn später einmal wiedererkennen würde, wäre das nicht so gut.

Enno hoffte inständig, dass sich lohnen würde, worauf er sich eingelassen hatte. Er hatte sich geschworen, sofort wieder ein rechtschaffener Staatsbürger zu sein, sobald er die Schulden der Mutter beglichen hätte. Angeblich wurde in Grillos Villa am Damenpfad massenhaft Bargeld gebunkert. Enno hatte nachrecherchiert, um auf der sicheren Seite zu sein: Der Professor war wirklich steinreich; allein auf Norderney besaß er ein halbes Dutzend hochkarätiger Immobilien, genauso wie in Düsseldorf, Hamburg oder gar Paris – überall dort, wo sich sein Dichtergötze zeit seines Lebens aufgehalten hatte. Angeblich soll er in einer Pariser Matratzengruft gestorben sein, was immer das war. Wenn nur ein wenig davon stimmte, was Lorette ihm erzählt hatte, richtete dieser Schreiberling in der Psyche des Professors bis heute ein wirres Durcheinander an. Zum Glück lese ich keine Bücher, dachte Enno, da können die aus meinem Hirn auch kein Chaos machen.

Während er noch unschlüssig war, ob er die Kneipe nun betreten sollte oder nicht, entdeckte er neben der Eingangstür ein Plakat: »LORELEY AUF NORDERNEY. Gesangsabend mit Fischerliedern. Jeden Do., 20.30 Uhr.«

Als die langbeinige Blondine mit den goldglänzenden Haaren bis zur Hüfte und dem blau-grün paillettierten Kleid die improvisierte Bühne im Schankraum betrat, verstummten sofort die Gespräche, kein Würfel rollte mehr, nicht ein Glas schepperte. Ihr Anblick war atemberaubend und niemand konnte davon lassen. Die junge Frau schwang sich auf dem schmalen Podest auf einen Barhocker und schlug ihre Beine anmutig übereinander; ihr endloses, ausschnittbetontes, enges Kleid bedeckte sogar ihre Füße, sodass sie wie eine Nixe wirkte.

Die magische Stille wurde abrupt vom Wirt unterbrochen: »Moin. Das ist Stine, meine Großcousine. Stine will an der ›Stage School Hamburg‹ studieren. Stine hat Ehrgeiz und möchte diese Schule unbedingt besuchen. Bei mir verdient sie sich was mit Kochen und Servieren dazu. Wehe, ihr findet Stine nicht gut.«

Stine sang ostfriesische und andere, auch frivole Lieder, die vom Meer, von Wellen und Stürmen, von Netzen, Walen und Aalen, von Unglücken auf hoher See handelten – und nicht zuletzt von Heimweh! Als sie abtrat, nickte sie dem Professor zu. Der war hochbeglückt, das war eindeutig, sie nahm sein Angebot an. Change routine, er brauchte neue Reize! Lorette machte das Ritual schon fast drei Jahre mit, außerdem war ihre prollige Art nie wirklich sein Ding gewesen.

Letzte Woche hatte er Stine angesprochen, so ein Talent wie sie müsse gefördert werden, die Musicalschule koste nicht wenig, er würde für alles und mehr aufkommen. Nur eines hatte er sich ausbedungen: dass sie jeden Vollmond im Ostland das Loreley-Lied für ihn singe. Alles andere würde von allein kommen, wusste er, Reichtum verzaubert, nein, verhurt. Stine war die 17. Loreley in seinem Leben. Seine Tante zählte er dabei nicht mit.

Lorette warf zuerst das Smartphone, dann sich selbst auf das Ruhebett im großzügigen Spa im achten Stock des Hotels »Reina Isabel« auf Gran Canaria, von wo aus sie bei gutem Wetter durch die riesigen Glasfassaden bis zum Teide auf Teneriffa schauen konnte. Enno hatte sie bereits über diese Stine informiert, aber nun war es gewiss, Harry hatte geschrieben: »Zum Abschied habe ich dir 30.000 Euro überwiesen.«

Während sie nachdachte, cremte sie ihren tadellosen Körper mit einem sündhaft teuren, handgemachten ortstypischen Produkt ein, einem Aloe-Vera-Balsam. Anfangs hatte sie gehofft, Harry würde sie heiraten, doch dieser Illusion gab sie sich längst nicht mehr hin, im Gegenteil, auf ihren Job als entlohnte Freizeitgesellschafterin mit rituellem Bezahlfick hatte sie seit Ewigkeiten keinen Bock mehr. Sie wollte reisen, herumkommen, sich von jungen Männern ohne bizarre Ticks verwöhnen lassen …

30.000, empörend! Egal, sie würde Harry sowieso komplett melken. Dieser Esel war mit seinen Finanzen glücklicherweise unglaublich nachlässig – klar, er hatte ja genug. Passwörter hießen bei ihm *Loreley*, PINs waren das Geburts- oder Todesjahr Heines, auch den

Tresor in der Villa konnte sie öffnen, in dem Hunderttausende lagerten. Aber die brauchte sie lediglich für den Notfall und etwas davon für Enno, sie wollte Harrys komplettes Erbe.

Sie hatte Enno kennengelernt, als sie im Sommer mit ihrem Porsche beim Leuchtturm geblitzt worden war; sie hatte mit dem attraktiven Polizisten geflirtet und war mit ihm in der nächsten Düne gelandet. Irgendwann, bei der Zigarette danach, hatte Enno gefühlsduselig von seinen Sorgen erzählt. Unter anderen Umständen hätte sie ihm sofort den Laufpass gegeben, Rührseligkeit war nicht ihr Ding. In diesem Falle war es anders gewesen, da sie schnell begriffen hatte, dass der Polizist ihr von Nutzen sein könnte. Doch was, wenn ihr Plan scheiterte? Würde sie im schlimmsten Fall in einem Sauerländer Stundenhotel enden?

Außer der Gabe, ihren toughen Körper gewinnbringend einzusetzen, hatte sie als Talent ihre Gesangsstimme. Da ihre Eltern allerdings kaum über die Runden gekommen waren, hatte sie damals versucht, den Besuch der Musikhochschule mit Gesangsauftritten zu finanzieren, was jedoch nicht ausgereicht hatte. Eine Studienkollegin hatte sie an ein Escort-Unternehmen vermittelt, zunächst Begleitungen zu Geschäftsessen, Kulturveranstaltungen und so, später mehr. Irgendwann war keine Zeit fürs Studium übrig gewesen, die geile Männerwelt hatte ihr Verdienste verschafft, von denen sie an der Oper nur hätte träumen können. Ihrem Gesang war sie nur noch zum Vergnügen nachgegangen. Harry hatte sie in einer kleinen Stadt in Westfalen entdeckt, in Unna, wo auch sein Heinrich einmal übernachtet hatte und sie das Loreley-Lied sang. Harry war ein Sechser im Lotto, und deshalb hatte sie all seinen grotesken Zirkus mitgemacht. Bis jetzt!

Lorette stand auf und packte ihre Sachen. Sie schwor sich: Niemals mehr wollte sie tingeln gehen, schon gar nicht wieder gebucht werden, sie wollte buchen!

*

Zweites Kapitel

Er zeigte auf das ferne Wrack im Meer. Auf den Tag genau vor gut 50 Jahren, als er erstmals verführt worden war, war der Muschelbagger auf eine Sandbank aufgelaufen, beim Versuch, ein anderes Schiff zu bergen. »Schau genau hin«, sagte er zu der Sängerin, »das dort draußen sind zwar nicht der Rhein und kein Felsen, sondern das Meer und eine Sandbank. Dennoch, arglistige Nixen sind überall. Ich habe leidvoll lernen müssen, Zeichen zu erkennen, ich habe begriffen, was es bedeutet, dass ich so traurig bin.« Die Frau sah zum verunglückten Schiff hinüber. Insgeheim, da machte er sich keine Illusionen, lachte sie ihn aus, hielt auch sie sein Verhalten für eine verschrobene sexuelle Abstrusität. Und da hatte sie sogar recht, schlimmer noch: Er war ein Monster, doch das würde sie, wie die anderen, erst begreifen, wenn es zu spät war.

»Die Touristen auf der Insel sind meistens blutarm, da sie in ihrem 50 Wochen andauernden Festland-Leben irgendwelche geistlosen Arbeiten ausüben, von deren Entlohnung sie ihren Lebensunterhalt und monotonen sowie geschmacklosen Konsum bestreiten; zumeist sind ihre Tätigkeiten weisungsgebunden, und selbst wenn sie gut gehende Geschäfte besitzen oder einer anständigen Arbeit nachgehen, sind sie Opfer ihrer selbst gewählten Gefangenschaft, denn sie haben in der Regel einen Achtstundentag, der ihnen heilig ist. Nicht wenige von ihnen sind allerdings sehr stolz darauf, freiwillig mehr zu arbeiten, angeblich 18 Stunden am Tag, und sie verkünden dies lautstark und ungefragt in allen Kneipen, Restaurants, Hotels oder auf dem Golfplatz der Insel, wo sie mit Fairways und Grüns prahlen, die sie vorgeblich während ihrer so wenigen freien Zeit in aller Welt unter größten Anstrengungen aufsuchen. Schlaf kennt diese Spezies natürlich kaum. Ständig machen sie sich selbst und anderen weis, freie Bürger mit freiem Willen und freier Fahrt zu sein. Während ihrer Inselaufenthalte kleiden sich diese Menschen makellos. Ihr Inneres ist ihnen egal, aber auf ihr Äußeres legen sie gesteigerten Wert, etwa wenn sie am Strand ihre mitunter schlaffen, manchmal fetten Körper zeigen. In knappen oder fast gar keinen Kleiderstücken, sogenannten Tangas oder Bikinis, präsentieren sie sich an Strand und Promenade wie auf einem Laufsteg, so freizügig, dass den Zuschauern dieser Shows regelmäßig Schamesröte ins Gesicht schießt – dies jedoch weniger wegen der Nacktheit, mehr der vielen Falten und Speckschwarten wegen. Sollte die Sonne einmal nicht scheinen, was auf Norderney durchaus vorkommen kann, suchen sie sogenannte Light-Studios auf, aus denen ihre Körper unangenehm rot herauskommen und mit der Zeit kackbraun anlaufen, eine Mode, die in den letzten Jahrzehnten noch stärker wuchs als rapide wuchernde Hautkrebszellen. Zyklisch wiederkehrende Alt-Touristen suchen Norderney mit Vorliebe in den Sommermonaten heim und bilden sich ein, selbst bei 13 Grad und regnerischem Wetter im Korbsessel mit Decke und einem Weißwein Entspannung zu finden. Bei schlechtem Wetter leert sich der Strand und ganze Heerscharen marschieren durch das Städtchen im Bummelgalopp, stürmen die Geschäfte, kaufen zum Leidwesen der Ladeninhaber allerdings wenig. Und hinterher müssen diese ihren Kunden auch noch hinterherwischen, da jene mit ihren Gummistiefeln Sand und Wasser zuhauf in ihre Läden tragen. *Fortsetzung folgt zum Thema ›Besondere Spezies: Die GOSCHIANER.‹*«

Die Witwe Frauke Bakker de Buur, Inhaberin einer kleinen Pension in der Nähe des Leuchtturms, schmiss erbost und verbittert zugleich das »MAGAZIN« mit diesem schauderhaften Artikel in das Kaminfeuer, das ein Wohnzimmer wärmte, das auch als Maritimmuseum hätte durchgehen können. Überall standen, lagen und hingen Kompasse, Schatullen aus hochwertigem Holz mit nautischen Instrumenten, aber auch Taucherhelme,

kleine Bojen, Fischernetze und vor allem Schiffsmo-
delle aller Art, dazu Strandfunde wie große und kleine
Muscheln oder Seesterne, Flaschenpost, verwittertes
Holz und andere kleinere Schiffstrümmer. Dazwischen
Rumflaschen aus aller Welt, die Fraukes Mann gesammelt hatte; als Bootsmann war er weit herumgekommen,
bis er vor 30 Jahren bei einer Havarie mit einem riesigen Containerschiff vor Thailand tödlich verunglückte.
Viele seiner Ahnen hatten auf hoher See ihr Leben verloren, diese allerdings spektakulärer auf gefährlicher
Waljagd. Zeugnis davon gaben die kolossalen Knochen
der größten Säugetiere der Erde, die die Pension der
Witwe einhegten.

Frauke Bakker de Buur stocherte missmutig im
Kamin, damit das ekelhafte Blatt völlig verbrannte.
Von Dichtung und Literatur verstand sie nicht viel –
sie mochte Helene Fischer und den Wendler – doch
sie wusste: Touristen verspotten, unmöglich! Kurgäste
waren die Goldesel der Insel, ohne sie lief gar nichts.
Mit ihrer schmalen Witwenrente kam sie nicht über die
Runden, sie brauchte die Einkünfte aus der Pension, die
wegen ihrer etwas abgelegenen Lage und bescheide-
nen Ausstattung in den letzten Saisons immer weniger
gebucht wurde. Der letzte Anstrich lag 15 Jahre zurück,
sie hatte einfach kein Geld dafür. Und jetzt erschienen laufend diese Artikel, die ihre Gäste beleidigten.
Geschäftsschädigend war so etwas. Ihr Mann, der auf
den Namen Thor getauft worden war, hätte längst seinen Hammer herausgeholt. Verdammt, niemand scheißt

in den eigenen Garten, denn genau das war ihr Norderney, ein großer, wunderschöner Meeresgarten.

Diesem Nestbeschmutzer musste jemand das Handwerk legen. Sie hatte sich bereits im Rathaus lautstark beschwert, aber der Bürgermeister hatte abgewehrt. »Frauke, mäßige dich«, hatte er sie getadelt. »Professor Grillo spendet regelmäßig und großzügig für soziale Zwecke auf Norderney. Abgesehen davon, auch auf unserer Insel gilt das Recht der freien Meinungsäußerung, ob es dir gefällt oder nicht.«

Es gefiel ihr nicht. Erzürnt hatte sie den Bürgermeister angeschrien: »Wenn du nix tust, binde ich den an die Schiffsschraube der Fähre Richtung Norddeich, da kannst du Gift drauf nehmen.«

»Das tust du nicht, liebe Frauke«, hatte Enno gemeint, der just in dem Moment den Raum betrat, weil er mit dem Bürgermeister etwas Rechtliches zu besprechen hatte, »weil ich dich deshalb nämlich einsperren müsste.« Dann hatte er plötzlich gestutzt und sie ganz komisch angesehen.

Sie kannte Enno, den Nachbarsjungen, schon seit Ewigkeiten, er war ein guter Kerl mit einem ehrenwerten Beruf, leider hatte der Vater, der vor Jahren auf einer Werft in Leer seine Arbeit verloren hatte und niemals damit fertiggeworden war, mit Alkohol und Spielsucht das Familienvermögen auf den Kopf gehauen, bevor er sich umgebracht hatte. Gesine, Ennos Mutter, drohte nicht nur die Zwangsversteigerung ihres herrlichen reetgedeckten Hauses, das der Familie seit

Ewigkeiten gehörte, sondern auch ein Altenheim in Norden. Für eine Alt-Insulanerin bedeutete Festland Tod und Verderben. So sah Frauke Bakker de Buur das jedenfalls.

Die Türklingel ging, das musste Enno sein. Er hatte sie kurz nach ihrem Auftritt auf dem Amt angerufen und gemeint: »Wenn du wirklich etwas erreichen willst, musst du richtig Krach machen, immer wieder, nur so werden die Norderneyer wach!«

»Hilfst du mir, Enno?«, hatte sie gefragt.

Heute wollten sie weitere Leserbriefe verfassen.

Fertig! Professor Grillo schob die Tastatur ein Stück weit von sich weg und sah durch die Panoramafenster im Loft seiner Villa am Damenpfad den ersten Sonnenstrahlen entgegen. Als er seine Teetasse zum Mund führte, dachte er daran, dass seine Ikone über das ostfriesische Nationalgetränk geurteilt hatte, es unterscheide sich von gekochtem Seewasser nur durch seinen Namen. Er hatte andere Sorgen. Vorgestern hatte er eine weitere Drohung im Briefkasten gefunden, heute gar eine dritte: »Professor, du Hurensohn, meine Geduld ist am Ende.« Er hatte sich nun doch an die Polizei gewandt, zumal auch diese Leserbriefkampagne gegen ihn lief. Hatten die Briefe etwa den Zettelanonymus ermuntert, ihn noch mehr unter Druck zu setzen? Manchmal lasen sich die Zettel so, als ob sie aus den Leserbriefen abgeschrieben wären. Dass sich die Zeitung für so etwas hergab!

Die Polizei auf Norderney versah lediglich bedarfsorientiert Dienst, aber schließlich hatte er dort jemanden erreicht. Und der Polizist hatte ernst genommen, was er ihm erzählt hatte. Er und seine Kollegen würden ab sofort öfter als sonst durch den Damenpfad patrouillieren und gerne auch bei ihm nach dem Rechten schauen, wenn es ihm lieb wäre. Es war ihm lieb, er hatte dem Polizisten sogar den Code der Sicherungsanlage der Villa anvertraut. Falls ihm was passieren sollte und die Polizei schnell ins Haus müsste.

Als Professor Grillo las, was er eben verfasst hatte, huschte trotzdem ein Lächeln über sein Gesicht. Heute Nacht hatte er an seinem Roman weitergeschrieben und dann noch für sein »MAGAZIN« eine weitere Folge der Serie »Marienhöher Betrachtungen – Nachrichten von Harry« vollendet. Der neue Beitrag konnte vor seinem kritischen Auge bestehen. Kein Wunder, dass er an sich sehr gut drauf war, er hatte Stine gewonnen und Lorette hatte die Trennung mit der Abschiedszahlung klaglos akzeptiert, wo er mit viel Drama gerechnet hatte. Manchmal läuft es im Leben halt besser als erwartet. Wenn da nicht diese Drohungen wären.

Er war noch nicht wirklich müde und entschied, an die frische Luft und den kurzen Weg auf die Marienhöhe zu gehen. So früh morgens, vor sechs, war er dort alleine. Auf dem Hügel angelangt, setzte er sich in den Sand, schaute wie hypnotisiert auf die heranbrandenden Wellen, schlief schließlich doch ein und träumte von seiner Tante Eleonore, wie sie sang … auf der hohen

Düne ... er, der Junge, in ihrem Schoß ... im Ostland ...
wie sie ihn verführte, immer wieder, und ... und dann
verließ ... und er sich sehnte ... sehnte ...

Schweißgebadet wachte er auf, als die ersten Kurgäste im Café auf der Höhe einkehrten. Erneut, wie
so oft, hatte ihn dieser entsetzliche Albtraum gequält.

»Du bist ein ganz lieber Kerl, Enno«, sagte Frauke,
schlürfte am heißen Tee und mümmelte am Weih-
nachtsgebäck, das er ihr mitgebracht hatte. Sie saß
direkt neben ihm auf einem seltsam anmutenden Sofa,
dessen Enden durch zwei Steuerräder eingefasst waren.
Vor ihnen, auf einem Nierentisch aus den 50er-Jahren,
standen Blümchenteetassen und eine uralte Messing-
teekanne, der Trekpott, auf einem ebenso archaischen
Stövchen. Sie hatten gerade einen weiteren Leserbrief
aufgesetzt, in dem Enno im Auftrag Lorettes besonders
große Geschütze aufgefahren hatte: »Wenn du nicht
wegziehst, werde ich bei dir einbrechen und dich ausrauben. Und tun, was du sonst noch verdienst.« Dabei
war Enno überhaupt nicht wichtig, dass die Zeitung
den Brief veröffentlichte, die Hauptsache war, dass er
in der Redaktion gelesen wurde!

Enno tat es leid, dass er Frauke benutzte. Als er ein
kleiner Junge gewesen war, hatte sie ihm Kakao gemacht,
wenn der Vater mal wieder besoffen das Haushaltsgeld
verpokert hatte. Doch für Skrupel war es jetzt zu spät.
Enno tröstete sich mit dem Gedanken, dass Frauke lediglich als ihre – seine – Absicherung eingeplant war, falls

etwas schieflaufen sollte. Fraukes geharnischte Leserbriefe waren mittlerweile Gesprächsthema Nummer eins auf der Insel!

Er hatte keine Alternative. Seine Mutter würde vor Gram sterben, wenn sie aus ihrem Haus verjagt würde. Und von einem Polizistengehalt 75.000 Euro auf einen Schlag bezahlen, zumal sich letztes Jahr Eske von ihm hatte scheiden lassen? Anfang Januar musste er die Schulden begleichen, sonst wäre es zu spät. Er würde den Tresor leer machen, den verabredeten Anteil einstecken, keinen Cent mehr, und den Rest Lorette zukommen lassen.

Frauke ging in die Küche und machte neuen Tee. Das war die Gelegenheit. Mach jetzt, sprach Enno zu sich selbst, vergiss deine Schuldgefühle und Hemmungen! Er sah sich um, schließlich griff er nach einer der leeren Rumbotteln, öffnete sie und steckte vorbereitete Zettel hinein. In Zusammenhang mit ihren Leserbriefen wäre Frauke damit im Falle des Falles definitiv belastet.

*

Drittes Kapitel

Hinter dem Rücken der Nixe zog er aus seinem Rucksack ein Handbeil hervor. Ohne Ankündigung ließ er seiner Enttäuschung, seinem Hass und seiner Wut freien Lauf. Sein Verderben sollte ihr Verderben sein. Wellenartig schoss Blut aus ihrem Kopf, ihrem Hals, aus ihrem Herzen, aus ihrem Unterleib. Als der rote Strom ver-

siegte, steckte er einen Zettel in ein Metallröhrchen und dieses in ihre Vulva. Was darauf stand, kannte er auswendig: »Meine Tante musste sterben, weil sie mich in diesen Dünen verführte, als ich 13 war, und mich danach mit meinem Sehnen allein ließ. Ich bestrafe sie stets aufs Neue, es ist wie ein Zwang. Ich schreibe dies, damit alle wissen, wenn Meer, Wind und Sand ihr Grab einmal freigeben, warum ich es tat, warum sie hier alle ihren Tod fanden. Warum erlöst mich niemand? Dann hätte der unmenschliche Zwang zu lieben, zu hassen und zu töten endlich ein Ende.«

»Die Norderney regelmäßig stürmende Touri-Meute verhält sich zum Jahreswechsel noch seltsamer als zu anderen Jahreszeiten. Bei einer Wassertemperatur von fünf Grad stürzen sich mittags zu Neujahr Hunderte von Menschen freiwillig und fast nackt in die eisigen Fluten der Nordsee. Wird hier möglicherweise Courage mit Torheit verwechselt? Tausende Schaulustige stehen an der Uferpromenade und klatschen den Verrückten begeistert zu, ein verwerfliches Vergehen, das der Nötigung zum Massenselbstmord gleichkommt, da die psychogene Wirkung des starken Applauses die Fehlgeleiteten, die wohl kaum Badende genannt werden können, zu willigen Opfern der Menge macht, die sie mittels ihres blöden Beifallsgeschreis zwingt, den Aufenthalt im Eiswasser wie unter Drogenwirkung immer weiter zu verlängern. Bisher ist, soweit bekannt, stets alles gut gegangen, aber wird es auch diesmal so sein? Durch den Orkan ›Loreley‹ wurde auf Norderney jüngst ein Massengrab freigelegt, es wäre traurig, wenn ein noch kolossaleres, ein Nordseegrab, dazukäme und aus Norderney Morderney würde.«

Professor Grillo zog zufrieden den Sicherungsstick ab. Mit dem Schluss seiner Kolumne hatte er geschickt den Bogen gespannt zum Gesprächsthema, das die Insel seit Monaten fesselte: Wie waren die menschlichen Überreste in die Dünen des Ostlandes gekommen? Sein Roman war ebenfalls fast fertig, es fehlte lediglich die Überführung des Serienmörders. Doch nun musste er zu Stine, um einiges mit ihr durchzusprechen.

Lorette schob ihr Fahrrad, das sie bereits in Norddeich erworben hatte, von der Fähre und radelte Richtung Damenpfad. Schräg gegenüber der »Villa Loreley« gab es zwischen zwei Häusern eine Einbuchtung, die ihr und ihrem Rad Schutz gewährte. Sie kannte Harrys Abläufe gut, gleich würde er mit Stine aufbrechen, zum Parkplatz Ostheller, von da aus ging es zu Fuß weiter. Vier Stunden dauerte es bis zum Wrack. Das hatte Lorette nie etwas ausgemacht, ihr Körper war durchtrainiert. Außerdem spornte sie der Gedanke an, dass bald alles ihres wäre, was Harry gehörte.

Ein Notar, der sie früher oft als »Begleitung« gebucht hatte, hatte ein Testament zu ihren Gunsten aufgesetzt, Harrys Unterschrift mit ihrer Hilfe gefälscht, beglaubigt und beim Amtsgericht hinterlegt. Der Rechtsverdreher war ihr etwas schuldig gewesen, da er in einer

Nacht seine Gewaltfantasien nicht im Griff gehabt hatte. Lorette hatte ihn nicht angezeigt, aber den Vorfall mit Fotos, Krankenhausprotokoll und einer eidesstattlichen Versicherung dokumentiert. Man wusste ja nie.

Harry und Stine verließen die Villa, er hielt sich also an seine gewohnten Abläufe, sie hatte nichts anderes erwartet! Kurz darauf erschien Enno, der sich nach allen Seiten umsah. Er blickte in ihre Richtung, schien zu stutzen, hatte er sie entdeckt? Nein, er ging weiter. Lorette zückte ihre Kamera und machte Aufnahmen, wie Enno auf die Villa zuging und den Code eintippte, 1856, Heines Sterbejahr. Als der Polizist nach zehn Minuten wieder herauskam, schrieb er etwas in sein Smartphone. Kurz darauf piepte ihr Handy.

Enno hatte das Geld gefunden und mitgenommen. Gut so. Sobald er verschwunden war, ging Lorette in die Villa. Sie verwüstete die Wohnung, öffnete ein mitgebrachtes Plastiktütchen und legte mit Gummihandschuhen ausgerüstet die Haare aus, die sie auf dem schlafenden Enno nach ihrer letzten gemeinsamen Liebesnacht eingesammelt hatte. Die Ermittler würden die richtigen Schlüsse ziehen, wenn sie die Villa untersuchten! Skrupel hatte sie nicht, nicht mehr, beim Escort hatte sie gelernt, dass Männer über Leichen gingen. Okay, das konnte sie auch.

Das Meer war ein Meister der Verstellung, denn mit schlichter Plätscherei täuschte es Harmlosigkeit vor, dabei war ein Orkan angesagt. Enno war zur »Weißen Düne« hinausgefahren, er wollte Abstand gewinnen, doch das Lokal war trotz Sturmwarnung überlaufen. Merkwürdig fand Enno das nicht, denn Touristen taten oft seltsame Dinge. Jetzt saß er am Strand in der Nähe des schicken Ausflugslokals und hatte ein ungutes Gefühl. Irgendetwas stimmte nicht.

Lorette hatte in Las Palmas bleiben wollen. Das sei für alle Beteiligten besser, hatte sie gemeint. Wenn Gras über den Diebstahl gewachsen sei, solle er ihr das gestohlene Geld zukommen lassen, sie würde ihm vertrauen. Sicher war er sich da nicht mehr, denn er meinte, sie eben vor Grillos Haus gesehen zu haben. Falls das der Fall war, warum war sie entgegen der Absprache dennoch hier? Damals, als er in den Dünen nach einem Nickerchen danach seine Waffe nicht gefunden hatte, hatte er im tiefen Sand nach ihr gesucht. Dass Lorette sie entwendet haben könnte, hatte er bisher nie in Erwägung gezogen. Er sprang auf, er musste sofort zum Wrack.

Da für den späten Nachmittag Sturm angekündigt war, graute ihr schon jetzt vor dem Rückweg. Das Ostland war tückisch, insbesondere wenn man die markierten Wege verließ. Mit den Gezeiten und einem trennenden Priel war nicht zu spaßen. Endlich erreichte sie ihr Ziel und der Ostwind trug ihr den Gesang der Loreley zu. *»Ich weiß nicht, was soll es bedeuten, / Dass ich so traurig bin; / Ein Märchen aus alten Zeiten, / Das kommt mir nicht aus dem Sinn.«* Eine herrliche Stimme hatte Stine, das musste sie zugeben.

Sie lagen in der Sandkuhle an der Spitze der hohen Düne vor ihr, da, wo auch sie mit Harry stets gefickt hatte. Lorette stieg achtsam hinan und lugte über die Kuppe der Vertiefung. Die beiden wandten ihr den Rücken zu. In ihrem blau-grünen Kleid sah Stine wunderschön aus. Schade um sie, aber Kollateralschäden ließen sich nicht verhindern. Der Gesang verstummte, Harry lag nun auf Stine und vollzog seine typisch hektischen Bewegungen. Sollte sie Harry einen letzten Höhepunkt gönnen?

Nein, das könnte ja ewig dauern. Sie drückte ab, ein zweites Mal … wie wild, um sicherzugehen. Die Körper zuckten und lagen schließlich still da, Blut versickerte im Sand. Plötzlich packte sie jemand und wollte ihr die Waffe entreißen, doch Lorette wehrte sich, sie und Enno kugelten in die Mulde, Lorette drückte ab, traf Ennos Bauch, der rollte gegen die beiden Leichen. Aber er war nicht tot, noch nicht. Enno packte sie am Bein, riss sie zu sich herab und umschlang sie, als ob er sie mit in den Tod nehmen wollte. Lorette schlug um sich, löste sich, sprang auf und stand nun über ihm. Aber was war das? Enno hatte ihr die Waffe entwunden und drückte ab. Lorette brach zusammen und stürzte über Enno auf Harry und Stine.

Bevor sie das Bewusstsein verlor, bemerkte sie, wie Sand sie bedeckte. Der Orkan zog auf. Unwillkürlich kam sanfter Gesang über ihre Lippen: »*Und das hat mit ihrem Singen / Die Loreley getan.*« Als sie versuchte, zum Wrack hinüberzusehen, schien es ihr, als ob von dort eine Stimme herüberraunte: »*Nein, all das haben wir selbst getan.*«

*

Epilog

Der Kurgast, der sich seinen Unterhalt durch Schriftstellerei verdiente, es zumindest versuchte, hatte sich für das Anbaden ein Badekostüm des 19. Jahrhunderts besorgt und hüpfte wie Hunderte um ihn herum ausgelassen in der Brandung. Bewegung war bei diesem Spektakel Pflicht, wenn man im eisigen Wasser überleben wollte. Obwohl seine Einkünfte bescheiden waren, gönnte er sich jedes Jahr zwei Aufenthalte auf seiner Lieblingsinsel; die kleine Pension in der Nähe des Leuchtturms konnte er sich gerade leisten. Tolle Menschen hatte er auf der Insel kennengelernt, seit er hier vor Jahren für einen fiktiven Roman über Heinrich Heine recherchiert hatte, zum Beispiel Stine, die hässliche, aber wunderschön singende Köchin einer abgelegenen Hafenkaschemme.

Zusammen mit dem Orkan Loreley und den freigespülten Knochen hatten sie ihn zu einer Kurzgeschichte inspiriert, die er gestern seiner Pensionswirtin vorgelesen hatte, die darin ebenfalls verewigt war. Er liebte das Spiel von Fiktion und Wahrheit. So war in seine Story auch eingeflossen, dass seine Cousine vor 20 Jahren in den Sommerferien mit ihm einen Ausflug nach St. Goar unternommen hatte, als er in der Pubertät gewesen war. Er wäre der zehn Jahre Älteren am liebsten unter den Rock gekrochen, so schön hatte die Musikstudentin am berühmten Felsen das Loreley-Lied gesungen. Noch lange danach hatte er sich eine Wiederholung ersehnt, sie jedoch nie bekommen. Wie hatte ein großer deutscher Künstler einmal so oder ähnlich gesagt: »*Kunst muss mit dir, mit dem, was du erlebt oder gemacht hast, zu tun haben.*«

Plötzlich umringte ihn ein menschlicher Pulk, lachende Gesichter, von denen er einige kannte, darunter auch die von ihm so genannten »GOSCHIANER«, die ansonsten bei Fischbrötchen, Sekt und leerem Gebrabbel tagelang auf ihren rot-weißen Hochstühlen am Kurplatz festklebten und ihren Platz nur freigaben, wenn es überhaupt nicht anders ging. Warum bedrängten all diese Menschen ihn, das war kein Spaß, er schluckte Salzwasser. Sich wehren und um Hilfe schreien ging nicht mehr. Mit Gewalt hielten sie ihm den Mund zu, zogen ihn ins Meer, ins Tiefere hinaus und drückten ihn dort unter Wasser. Jetzt erinnerte er sich, dass seine Pensionswirtin wenig begeistert geguckt hatte, als er ihr heute Morgen nach dem Frühstück die Geschichte vorgelesen hatte. Sie war danach sofort kommentarlos verschwunden. Hatte sie nicht die tiefe Ironie begriffen, hatte sie nicht verstanden, dass seine Story in Wahrheit eine große Liebeserklärung an sie, an Norderneys Bewohner und die Insel an sich war? Hatte er sie auf eine Weise gezeichnet, die ihr nicht gefiel? Hatte sie sich für ihre Rache Verstärkung gesucht? Aber warum? Wegen Literatur bringt man doch niemanden um!

Der Kurgast und Autor bekam keine Antworten. Als das Meer endgültig seine Lungen verstopfte, waren die letzten, dumpfen Worte, die er hörte: »Hilfe, hier ertrinkt jemand, bestimmt hat bei der Kälte das Herz versagt.«

Umringt von Tausenden Gaffern bestätigte ein Inselarzt noch am Strand den Infarkt, der Inselpolizist sah keinen Anlass, Ermittlungen aufzunehmen, der Bürgermeister forderte per Megafon dazu auf, Ruhe zu bewahren.

Da der Kurgast keine Erben hatte, entsorgte ihn der »Geheimbund Inselschutz Norderney« still und heimlich eines Nachts am Fuße einer hohen Düne im Ostland. Nach ihrer jüngsten Erfahrung mit dem Orkan Loreley buddelten sie den Toten jedoch tiefer in den Sand ein, als sie es je zuvor mit ihren Opfern getan hatten, die sterben mussten, weil sie auf die eine oder andere Art ihrer Insel Schaden zugefügt oder sie besudelt hatten. Als sie fertig waren, hielt ein Literaturprofessor eine Grabrede und endete mit den Worten: »Der gemeine Krimiautor verwest, was bleibet aber, stiften die Dichter.«

SAND ZU SAND

SANDRA LÜPKES

Der deutsche Polizist nimmt mir den Gehstock ab und stützt meinen Arm, als wir die weiße Fähre verlassen und zum ersten Mal einen Schritt auf diese fremde kleine Insel machen, in deren sandigem Grund mein Mann seine letzte Ruhestätte gefunden hat.

»Sie hatten eine weite Reise von Dover nach Baltrum. Und nun sind es nur noch wenige Meter.« Der Polizist geht in Zivil. Er spricht manierliches Englisch und ist rührend besorgt um mich. Und ein wenig stolz. Immerhin war es seiner Hartnäckigkeit, seinem Gespür zu verdanken, dass nach sechs Monaten die männliche Wasserleiche von Baltrum identifiziert werden konnte. Ein Wäschezeichen am zerfledderten Kragen hatte den Provinzpolizisten bis nach Großbritannien geführt, wo er mich fand, die verzweifelte Ehefrau des Verschollenen. Und mitnahm. Zur Begutachtung der wenigen Indizien und zur bevorstehenden Exhumierung. Denn ich wolle die sterblichen Überreste doch sicher nach Hause überführen. Zurück an den Ort, wo ich mit meinem Mann jahrelang so glücklich gewesen sei.

So glücklich, dass ich seit vielen Jahren einen Krückstock brauche, nach einem Treppensturz, der keiner war. So glücklich, dass ich noch immer nachts die Tür zuschließe aus Angst, er könne doch noch am Leben sein und wieder über mich herfallen.

Es gibt auf der Insel keine Autos, überhaupt ist hier alles so leise und friedlich. Es passt nicht zu meinem Mann, dass er hier begraben liegt. Oder vielleicht eben gerade doch. Weil er jetzt endlich still ist.

Mit der Kutsche fahren wir die gepflasterte Straße entlang, ich höre die Möwen und das Meeresrauschen, genau wie in meiner Heimat. Nur dass es hier keine Klippen gibt, über die man gestoßen werden kann.

Der Friedhof liegt versteckt in den Dünen. Der Polizist weist mir den Weg zum Grab. Ich nähere mich langsam, mein Stock versinkt bei jedem Schritt im Sand. Jemand hat ein Holzkreuz aufgestellt. »Unbekannter Mann« steht darauf, darunter das Datum, an dem er an den Baltrumer Strand gespült wurde. Blumen liegen davor. Frische rote Rosen.

Der Polizist hinter mir räuspert sich. »Sie kommt beinahe täglich«, sagt er, und ich weiß, er meint die Frau, die das Grab pflegt. »Sie hat ihren Mann verloren. In Thailand, beim Tsunami. Man hat ihn nie gefunden. Sie fühlt sich für dieses Grab verantwortlich. Hoffentlich sind Sie nicht böse.«

Ich schüttle den Kopf. Ich weine. Um den Mann der fremden Frau.

Dann gehe ich fort. Die Papiere für die Exhumierung werfe ich in den Korb neben dem Friedhofstor.

WILLY'S UTKIEK

ULRIKE BAROW

Sie konnte den Anblick kaum ertragen. Martin weinte, ihr Mann, mit dem sie unendlich viele Jahre durch dick und dünn gegangen war. Eine Träne nach der anderen rollte über seine stoppeligen Wangen. Jeden Mittwochnachmittag, wenn diese Serie im Zweiten lief, saß er vor dem Fernseher und weinte. Vorsichtig strich sie ihm über die noch immer üppigen Locken und beugte sich zu ihm hinunter. »Ist gleich vorbei. Dann gehen wir in den Garten«, flüsterte sie.

Martin nickte knapp und verfolgte weiter, wie eine junge Frau in einen Sportwagen stieg, kurz winkte und losfuhr. Der Abspann folgte.

Er machte den Fernseher aus und erhob sich langsam. »War das schön«, seufzte er. »Nur dass sie ihre Familie verlässt, ist so tragisch. Aber vielleicht kommt sie zurück.«

Brigitte wusste, dass das nicht der Fall war. Sie hatte in der »HÖRZU« gelesen, dass genau diese Schauspielerin sich aus der Serie verabschiedet hatte, weil sie sich anderen Aufgaben zuwenden wollte. Doch das würde sie ihrem Mann nicht gerade jetzt erzählen. Schließlich war ihr klar, warum Martin so emotional reagierte. Natürlich ging es wieder mal um Lina, ihre eigene Tochter, die mit Johanne, der heiß geliebten Enkelin, eines Morgens von der Insel gefahren war und von der sie seit Monaten nichts gehört hatten. Allerdings hatte sich die Situation seit einer Woche verändert. Da hatte Lina sich gemeldet und ihr mitgeteilt, dass es am Festland ziemlich öde sei und sie gerne mit Johanne wiederkommen würde. Jedoch ginge das natürlich nur, wenn sie eine vernünftige Unterkunft hätten. Und da lag das Problem. Martin und sie lebten in einem alten Insulanerhaus, das mehr Jahre auf den Buckel hatte als sie beide zusammen. Da war kein Platz. Erschwerend kam hinzu, dass Lina angedeutet hatte, dass sie wohl ihren neuen Freund mitbringen würde.

Brigitte hatte kurzerhand beschlossen, ihrem Mann erst etwas von Linas Plänen zu erzählen, wenn alles wasserdicht war. Eine neue Enttäuschung wäre sein Ende. Also blieb es an ihr hängen, Wohnraum für die drei zu beschaffen.

Sie hatte kurz überlegt, mit Julia Coordes, der 1. Vorsitzenden der Baltrumer Wohnungsbaugenossenschaft GENOBA, zu sprechen, aber sie hatte es sich anders überlegt. Zunächst einmal nachdenken, war die Devise.

»Kommst du?« Martin stand vor ihr, wie üblich in kurzer Hose und T-Shirt, nahm sein heiß geliebtes rotes Basecap und ging hinaus. Natürlich folgte sie ihm. Gartenarbeit war das, was sie am liebsten machte. Sie hatten sich ein wunderschönes Fleckchen Erde geschaffen. Mit Staudenbeeten, die in allen Farben leuchteten. Dazwischen Rasen, auf dem zwei gemütliche Liegen auf sie warteten, nachdem sie den Mangold von Unkraut befreit hatten. Sie zuckte zusammen. Da war es wieder, das Unwort. Es gab kein Unkraut. »Grünkraut« nannte Martin es, und das hatte seinen Platz. Selbst wenn er auf dem Kompost war. Sie schaute auf die andere Seite des Zaunes.

Dort lief Andrea hin und her. »Muggel? Muggel, wo bist du?«, schallte es zu ihnen herüber. Schließlich kam ihre Nachbarin an den Zaun. »Habt ihr den Hund gesehen? Er hört einfach nicht.«

Martin richtete sich auf und stützte sich auf den Grubber. »Nein. Wir sind gerade erst rausgekommen. Der taucht bestimmt gleich auf. Auf der Insel geht nichts verloren.«

»Den Satz hättest du dir sparen können. Schließlich wohnen wir schon ein paar Jahre hier. Trotzdem ist er weg«, erwiderte Andrea spitz. »Wenn ihr ihn seht, sagt bitte Bescheid.« Damit verschwand sie im Haus.

Andrea und ihr Mann waren keine Gartenfreunde. Sie saßen lieber auf ihrem Balkon zur Straße hin und beobachteten die Menschen, die vorbeikamen. Nur Muggel, dieser grässliche Mopsverschnitt, durfte hinten toben und bellen. Und das nervte. Jetzt nicht mehr. Brigitte musste lächeln. Es war wunderbar ruhig.

Sie arbeiteten weiter, bis es Zeit für Tee war.

Brigitte ging hinein, tat das, was sie immer machte, und kam kurz darauf mit dem Tablett wieder heraus. Martin hatte es sich bereits bequem gemacht. Er nahm die Tasse mit dem traditionellen Rosenmuster, legte einen Kluntje hinein und goss Tee darauf. In diesem Moment gellte ein schrecklicher Schrei aus dem Nachbargarten herüber. Ein weiterer folgte. Dann noch einer.

»Was ist da los?«, fragte Martin.

»Keine Ahnung.« Brigitte gab einen Löffel Sahne auf den Tee. Das Wulkje, wie der Ostfriese es nannte. Das verlieh dem Tee den richtigen Geschmack. Natürlich war Umrühren verboten. Aber das war bekannt.

Wieder ertönte ein Schrei. »Ich denke, wir sollten mal nachsehen«, meinte Martin und stand auf. Er ging zum Zaun und stieg hinüber. Früher hatte er das oft gemacht, als seine Eltern dort gewohnt hatten. Seitdem sie das Haus verkauft und nach ein paar Jahren im Seniorenstift das Geld abgewohnt hatten und verstorben waren, hatte Martin das Grundstück nicht betreten.

»Andrea, wo steckst du?«, hörte sie ihn rufen, dann kam nur lautes Schluchzen über den Gartenzaun. Auch das wurde mit der Zeit leiser.

Brigitte goss sich eine zweite Tasse Tee ein und nahm eines der Ingwerplätzchen aus der silbernen Dose. Die waren zu lecker. Es dauerte eine Weile, bis Martin auftauchte. Sie wunderte sich ein wenig. Was hatte er drüben gemacht?

»Muggel ist tot«, sagte er mit ernstem Gesicht. »Andrea wollte die Restmülltonne für die Abfuhr morgen an die Straße stellen und da lag er drin.«

»Was ist passiert? Wie kam er da rein?« Sie hoffte, dass der Traueranteil in ihrer Stimmlage hoch genug war.

»Er wurde getötet. Der Kopf ist halb ab.«

»Und du hast Andrea getröstet?«

»Was sollte ich anderes machen als ordentlicher Nachbar? Aber nur so lange, bis Jakob aus dem Haus kam.«

»Setz dich und trink deinen Tee. Ich schlage vor, wir machen später einen Spaziergang und lassen uns die frische Luft um die Nase wehen.«

»Willy's Utkiek«. So stand es auf dem Schild zur Erinnerung an Willy Gerstenkorn, der die Idee zu diesem wunderbaren Platz gehabt hatte. Häufig zog es sie hierher. Von der Bank auf der Dünenanhöhe hatte man den allerbesten Blick zum Meer. In der Ferne zogen zwei Containerschiffe vorbei. Am Strand aalten sich die Menschen in der Sonne. Kinder tobten durch die leichte Brandung und in der Ferne spielten sich ein paar ältere Männer einen dicken Ball zu. Direkt unter ihnen bauten einige Väter mit ihren Kindern Monumente aus Holz und Steinen. Sie bohrten Pfähle, die das Meer mitgebracht hatte, in den Sand und schichteten Steine in allen Größen und Farben drum herum. Die Kinder fanden kein Ende und brachten unermüdlich neue herbei. Brigitte war sich sicher, dass sowohl Väter als auch Kinder abends rechtschaffen müde sein würden. Was war es schön hier.

Sie atmete tief in den leichten Wind, der über den Höhenweg zog. Wenn man auf dieser Trauminsel wohnte, brauchte man keinen Urlaub auf Malle oder den Kanaren. »Ich liebe diesen Ausblick«, sagte sie, wohl wissend, dass ihr dieser Satz beinahe jedes Mal über die Lippen kam, wenn sie eine Pause einlegten.

»Genieß ihn«, antwortete Martin. »Ich gehe nach Hause und decke den Tisch fürs Abendessen.«

Erstaunt schaute Brigitte ihren Mann an. Das wäre, wenn sie sich recht erinnerte, erst das zweite oder dritte Mal während ihrer Ehe, dass er sich dafür hergab. Sie würde ihn sicher nicht an seiner selbst auferlegten Arbeit hindern. »Gut. Ich bleibe ein Viertelstündchen.«

Ohne ein weiteres Wort verschwand ihr Mann. Sicher hatte er eine Zigarette aus der Jackentasche geholt und sie angezündet. Besser auf dem Heimweg als hier auf dem Rondell, das sie nun ganz für sich alleine hatte.

Ihr Blick fiel auf den Inselmarkt. Dort schien ordentlich was los zu sein. Ständig verließen Kunden mit gut gepackten Einkaufstaschen das Grundstück. Sie hatte Lina vorgeschlagen, sich dort zu bewerben. Johanne ging morgens in den Kindergarten und nachmittags könnte Brigitte auf ihre Enkelin aufpassen. Lina hatte nur »Lass mich man machen« geantwortet. Zumindest hatte sie die Idee nicht gleich verworfen.

Brigitte schaute auf die Uhr. Noch fünf Minuten. Sie hatte keine Lust, Willy's Utkiek zu verlassen. Ihr Blick glitt ein weiteres Mal über den Strand. Wie schön wäre es, wenn sie mit Johanne im Sand buddeln würde. Hoffentlich klappte alles. Der erste Schritt war getan. Sie stand auf, reckte sich und folgte ihrem Mann. Wenn er schon das Abendessen zubereitete, sollte er nicht warten müssen.

Als sie zu Hause ankam, war Martin nicht etwa im Haus, sondern stand am Zaun und unterhielt sich mit Andrea. Ihre Nachbarin klammerte sich an den Apfelbaum, dessen Äste weit über den Zaun zu ihrem Grundstück ragten.

Martin hatte es bisher abgelehnt, Jakob und Andrea aufzufordern, die Äste zu kürzen. »Nur weil es nicht unser Baum ist, müssen die Zweige nicht fallen«, hatte er argumentiert. »Sie nehmen uns keine Sonne weg. Stattdessen gibt es den einen oder anderen Apfel. Alles bleibt, wie es ist.«

Zu guter Letzt hatte sie zugestimmt. Er störte wirklich nicht. Es ging eigentlich auch mehr um den Garten an sich. Ihre Nachbarn harkten kein Laub, Rasenmähen war ebenfalls nicht angesagt und der Weg, der zum Gartenhäuschen führte, wuchs weiter zu. All das schien die beiden nicht zu stören.

Andreas Augen waren rot vom Weinen und sie konnte kaum sprechen. »D… d… der Röder hat gesagt, er kümmert sich«, stotterte sie, »und d… d… dann ist er weg und hat mich mit Muggel allein gelassen. Ich habe gefragt, ob der Hund nicht ans Festland soll zur Obduktion, da hat er mich ganz seltsam angesehen und den Kopf geschüttelt. Immerhin hat er ein paar Fotos gemacht. Der kriegt den Mörder nie!«

»Unser Inselpolizist wird sich kümmern. Ganz bestimmt«, erwiderte Martin.

»Ich werde Muggel im Garten begraben. Ich ... ich will eine richtige Beerdigung. Jakob sagt, ich bin verrückt. Aber ich brauche einen Platz, an dem ich um den Hund trauern kann«, sagte sie sehr bestimmt.

Brigitte war sich nicht sicher, ob es erlaubt war, Tiere auf dem eigenen Grundstück zu vergraben. Doch wenn Andrea es so wollte – sie wäre die Letzte, die die Nachbarin davon abbringen würde. Schließlich konnte man den Hund ausbuddeln, falls nötig. »Ist das Abendessen fertig?«

»Steht bereit.« Martin wandte sich zum Gehen, nicht ohne Andrea einen freundlichen Blick und ein »Alles Gute« zu schenken.

Während des Essens war er recht still. Er war nie besonders redselig, doch heute war er auffällig schweigsam. Sie hatte keine Lust, ihn aus der Lethargie zu reißen, und schwieg ebenfalls.

Nach einer knappen halben Stunde stand sie wohlig gesättigt auf. »Ich fahre zum Friedhof«, sagte sie knapp, legte die Gartenharke in einen Eimer, packte alles in den Korb hinten auf dem Gepäckträger und fuhr los. Die roten Klinkerstraßen waren um diese Tageszeit sehr belebt. Die Gäste kamen vom Strand und waren auf dem Weg zu ihren Hotels und Ferienwohnungen. Auf dem Friedhof dagegen war nichts los, die meisten Insulaner hatten um diese Jahreszeit anderes zu tun, als sich um die Gräber ihrer Lieben zu kümmern. Dazu kam, dass der Friedhof immer leerer wurde, denn es wurde dort kaum noch jemand bestattet. Die meisten Toten wurden heutzutage verbrannt und für die Urne brauchte man eben nur ein kleines Plätzchen. Viele Urnen wurden inzwischen dem Meer übergeben. In diesem Fall fand man nur eine Namensplakette an dem hölzernen Pfahl hinten bei den Gräbern der Männer, die kurz nach dem Krieg mit ihrem Schiff auf eine Mine gefahren waren. Das Schiff war explodiert und die Besatzung auf dem Baltrumer Friedhof bestattet worden. Eigentlich könnte man den Teil des Geländes, der inzwischen ungenutzt war, zum Hunde- oder Katzenfriedhof umfunktionieren, dachte Brigitte und musste lachen. Dort würde man bestimmt öfter trauernde Angehörige finden als bei den anderen Gräbern.

Sie stellte ihr Rad ab, nahm Eimer und Harke und ging dorthin, wo Martins Eltern begraben lagen. Sie waren kurz nacheinander gestorben und hatten es sich nicht nehmen lassen, den dringenden Wunsch zu äußern, auf Baltrum beerdigt zu werden. So richtig im Sarg, wie ihr Schwiegervater gerne erwähnt hatte. Brigitte kam bis heute eine gewisse Wut hoch bei dem Gedanken an die beiden. Erst hatten sie das Haus verkauft, dann wie die Fürsten gelebt und nach dem Tod musste sie sich um die Gräber kümmern. Martin hatte dazu keine Lust. Noch nie gehabt. Es nützte nichts. Im letzten Jahr hatte sie auf der Hälfte des Doppelgrabes die Pflanzen herausgenommen und den Boden mit Muscheln bedeckt. Die hatte sie extra aus den Niederlanden bestellen müssen. Einfach vom Strand holen war verboten. Sie war eigentlich kein Freund dieser Muschelgeschichte, Pflanzen waren ihr viel lieber. Aber so war es einfacher und ordentlicher. Sie zog die kleinen grünen Halme heraus, die sich seit der letzten Woche herausgewagt hatten, und warf sie in den Eimer. Einen nach dem anderen. Das Nachbargrab sah wohlgepflegt aus. Hier kümmerte man sich. Offensichtlich hatten Müllers, denen das Grab gehörte, jedoch einen anderen Weg gefunden. Sie sah eine Flasche Unkrautgift hinter dem Grabstein stehen. Nein, das war etwas, was sie zutiefst verabscheute. Sie reckte sich und schaute sich um. Eigentlich sah alles sehr gut aus. Tim Seebald, der Totengräber, hielt seine schützende Hand über das Fleckchen Inselerde. Ein paar Gräber weiter leuchteten ihr von einem kleinen Strauch mit rutenförmigen Zweigen rote Beeren entgegen. Einfach wunderschön. Sie nahm den Eimer, leerte ihn auf dem Komposthaufen außerhalb des Friedhofsgeländes aus und ging zurück. Ihre Harke hatte sie neben dem Grab liegen lassen.

Zu Hause machte sie es sich auf dem Sofa gemütlich. Morgen würden sie Johannisbeeren pflücken.

*

Martin war bereits fleißig. Er stand zwischen den Sträuchern und prüfte wohl, an welchen die reifsten Beeren zum Pflücken einluden. Es wurde Zeit. Sie stand auf, schlüpfte in ihre bequeme Freizeithose und den bunten Sweater und ging hinunter in die Küche. Er hatte den Tisch bereits gedeckt. Sie stellte Wasser für den Kaffee an, kochte zwei Eier und schob die ersten zwei Scheiben in den Toaster. »Martin, es ist so weit!«, rief sie durch das offene Fenster.

»Bin gleich da!«, war die Antwort.

Beim Reinkommen nickte er knapp und stellte einen halb vollen Eimer auf die Arbeitsplatte. »Das ist der Anfang. Du kannst mit der Marmeladenherstellung loslegen.«

»Das werde ich. Soll ich dir vorher beim Pflücken helfen?« Die Küchenarbeit konnte sie danach machen. Es war bestes Wetter. Grund genug, sich draußen aufzuhalten.

»Wie du möchtest.« Martin schmierte die übliche dicke Schicht Leberwurst auf seinen Toast. Sie hatte nie begreifen können, dass Ei und Leberwurstbrot zusammenpassten. Ihm schien es zu schmecken. Sie bevorzugte Marmelade. Selbst gemachte natürlich. Eine halbe Stunde später nahmen sie sich einen Strauch nach dem anderen vor. Brigitte stellte allerdings fest, dass Martins Blick immer häufiger dem Nachbargrundstück denn den Beeren zugewandt war. Allerdings war von Jakob und Andrea nichts zu sehen.

Als alle Beeren frisch gepflückt in der Küche standen, hatte sie eine Idee. »Willst du den beiden nicht ein Schälchen Johannisbeeren rüberbringen?«, fragte sie Martin. »Das hellt ihre Laune vielleicht ein wenig auf. Und sie merken, dass sie nicht allein mit ihren Sorgen sind.«

»Kann ich machen«, sagte Martin. »Ich wasche mir eben die Hände.« Er verschwand im Badezimmer, während sie drei Handvoll Beeren in ein leeres Joghurtglas füllte.

Zurück in der Küche nahm er das Glas und verschwand. Nun kann ich mich ganz entspannt an die Marmeladenzubereitung begeben, dachte Brigitte. Sie nahm die »Flotte Lotte« vom Küchenschrank und drehte alle Beeren durch das Sieb. Oben blieben die Reste hängen und im Topf sammelte sich der Saft, aus dem sie das Gelee zauberte.

Am Nachmittag war alles verarbeitet. Der Vorrat würde bestimmt einige Monate reichen. Zumal sie auch Brombeeren – oder »Kroatzbeeren«, wie Martin sie nannte – in den Dünen ernten würden. Im Osten der Insel hinter den Randdünen wuchsen diese Beeren in großen Mengen an Sträuchern, die flach den Sandboden bedeckten. Und da mangels Füchsen kein Fuchsbandwurm zu erwarten war, konnten sie die Früchte gefahrlos ernten. Hunde verirrten sich nicht in die abgelegenen Täler. Gäste durften dort keine Früchte ernten, lediglich Insulaner besaßen automatisch einen Beerensammelschein, der sie berechtigte, das Naturschutzgebiet zu betreten. So war es mit der Nationalparkverwaltung geregelt.

Nun war Ausspannen angesagt. Martin hatte keine Lust auf einen Spaziergang, also ging sie allein los. Erst um die Strandmauer, dann über den Höhenweg mit der unvermeidbaren Pause auf Willy's Utkiek. Als ihr

Magen zu knurren anfing, machte sie sich auf den Weg nach Hause.

Von Weitem bemerkte sie die blinkenden Lichter des Rettungswagens. Als sie näher kam, sah sie Ellen Neubert, die Ärztin, und die Rettungsassistenten mit der Trage aus dem Haus ihrer Nachbarn kommen. Gleich dahinter lief Jakob mit einer kleinen Reisetasche. Sie hörte Maik Bernhardt, einen der Sanitäter, sagen: »Stell die Tasche ins Fahrzeug. Wir müssen los. Der Hubschrauber landet jeden Moment.« Sie schoben die Trage in den Krankenwagen und waren gleich darauf unterwegs zum Flugplatz.

Jakob glich einem Häuflein Elend, wie er auf dem dicken Stein saß, den Andrea und er nach dem Kauf des Hauses an die Grundstücksecke gesetzt hatten. Auch die andere Ecke hatten sie mit Steinen belegt und dazwischen einen Metallzaun mit aufragenden Spitzen gezogen. Das passte so gar nicht hierher. Auf der Insel waren weiße Holzzäune Tradition. Aber kaum einer interessierte sich noch für die alte Sitte. Jeder umzäunte sein Grundstück so, wie es ihm passte. Ob Buchsbaumhecken, Plastikzäune – alles egal. Und die Verwaltung erhob nicht einmal Einspruch. Unmöglich! Das alles gehörte nicht hierhin! Sie setzte sich vorsichtig neben Jakob. »Was ist los?«

»Sie … sie hat starke Kopfschmerzen bekommen. Und Schwindelgefühle. Ihr Herz raste und ihr Kreislauf brach zusammen. Außerdem war ihr schlecht und sie glaubte, sich übergeben zu müssen. Dabei haben ihr die Johannisbeeren so gut geschmeckt. Ich habe den Rettungsdienst angerufen. Ach, und ihr Hals tat auf einmal ziemlich weh. Ich weiß nicht, wie das alles so schnell passieren konnte. Ich habe gedacht, es ist wegen Muggel. Dass sie das einfach nicht verkraftet. Aber warum sollte ihr deswegen der Hals wehtun?«, fragte er verzweifelt.

»Die Ärzte werden ihr bestimmt helfen können«, sagte Brigitte und stand auf. »Was hast du vor?«

Er zuckte mit den Schultern. »Keine Ahnung. Ich würde das nächste Schiff nehmen, aber Ellen Neubert hat gesagt, dass ich heute Abend vermutlich nicht zu ihr dürfe. Also werde ich morgen fahren.«

»Gut. Wenn du etwas brauchst, melde dich.«

Ihr Mann erwartete sie bereits, und sie berichtete, was sie von Jakob erfahren hatte. »Die trifft es ganz schön«, sagte er und ließ sich auf die Liege fallen. »Ich werde heute Abend mal nach ihm sehen.«

Genau das machte Martin und blieb recht lange. Brigitte hätte nie vermutet, dass Männergespräche so ausdauernd sein konnten, doch es war bereits nach zehn Uhr, als Martin in der Tür stand.

»Was gibt es Neues?«, fragte sie.

»Nicht viel. Vom Krankenhaus gab es keine Nachricht. Weder eine gute noch eine schlechte. Jakob fährt morgen rüber.« Er nahm sich ein Bier aus dem Kühlschrank und trank mit schnellen Zügen. »Sag mal, könnte es sein, dass mit den Johannisbeeren etwas nicht in Ordnung war? Ich kann es mir zwar nicht vorstellen, aber ich möchte nicht, dass dir etwas passiert, wenn du das

Gelee isst.« Er nahm eines der Gläser und schraubte es mit einem Ruck auf, bevor sie ihn zurückhalten konnte.

»Blödsinn«, schnaubte sie. »Was sollte damit sein? Wir haben sie aus unserem Garten, biologisch einwandfrei, so wie jedes Jahr.«

»Du hast recht«, stimmte er ihr zu. »War ein dummer Gedanke. Ich gehe ins Bett. Kommst du?«

»Natürlich.« Sie stellte das Gelee in den Schrank. Nein, damit war wirklich alles in Ordnung. Sie war sich sicher. In Kürze wären die Brombeeren dran. Die Stachelbeeren würde sie einfrieren. Die kamen in den Quark, den sie so gern zum Nachtisch aßen. Ein fertiges Gemisch aus dem Supermarkt kam ihnen nicht auf den Tisch.

*

»Brigitte, steh auf. Jakob ist da.« Martin stand vor ihrem Bett und rüttelte an der Decke.

»Was will er denn?«, flüsterte sie schlaftrunken.

Ihr Martin sagte nur »Komm runter!« und ging.

Sie zog sich an und folgte ihm. In der Küche saß ihr Nachbar beinah unbeweglich und sprach ganz leise. »Sie ist tot. Vergiftet vermutlich. Sie wird im Laufe des Tages obduziert. Die haben mich gefragt, ob ich etwas mitgekriegt habe, aber das habe ich nicht!«

»Du solltest abwarten, was die genaue Untersuchung ergibt. Noch wissen wir gar nichts«, sagte Martin. »Du kannst so lange bleiben, wenn du möchtest.«

»Ich weiß nicht. Der Arzt hat so eine seltsame Bemerkung gemacht. Er deutete an, er müsse den Fall gegebenenfalls zur polizeilichen Ermittlung weitergeben. Jetzt warte ich die ganze Zeit, dass Michael Röder bei mir auftaucht. Hoffentlich verhaftet der mich nicht.« Jakob schaute Martin mit großen Augen an. »Ich habe nichts getan.«

»Wir glauben dir! Wir machen es so: Du gehst rüber und ich komme mit. So ist jemand bei dir, falls der Inselpolizist auftaucht. Brigitte bringt uns sicher gerne einen Kaffee und ein paar Toastbrote rüber, nicht wahr, mein Schatz?«

»Kein Problem«, erwiderte Brigitte. »Ich bereite alles vor.«

Als sie mit dem Tablett im Nachbarhaus ankam, überfiel sie eine tiefe Wohligkeit. Zwar war es im Laufe der Jahre dem Geschmack der neuen Bewohner angepasst worden, aber es strahlte nach wie vor die Gemütlichkeit aus, die Martins Eltern damals dort hatten einziehen lassen.

Michael Röder war bereits da. Gut, dass sie in weiser Voraussicht etwas mehr Kaffee gemacht hatte. Sie stellte das Tablett ab und wollte gehen, als Röder sie um ein Glas Johannisbeergelee bat. »Nur um sicherzugehen, dass damit alles in Ordnung ist.«

»Gerne. Ich bringe sofort eines«, sagte sie und verließ das Haus. Darin würde selbst der genaueste Chemiker keine Giftrückstände finden. Sie frühstückte und ging in den Garten. Dort gab es nicht viel zu tun. Alles war akkurat und sauber. Nebenan, ja, da gab es Arbeit für viele Tage, aber das war nicht ihre Aufgabe. Noch nicht. Sie nahm eines der Gläser, ging zurück und gab es Michael Röder. »Wenn es dir schmeckt, kannst du gerne mehr haben«, sagte sie lächelnd.

Das Lächeln wurde nicht erwidert. Weder vom Inselpolizisten noch von Martin oder Jakob. Sie war wohl ein wenig zu weit gegangen. »Ich bin dann mal weg.« Sollten sie zusammenglucken und trauern. Brigitte würde das nicht tun. Sie zog ein Jäckchen an. Die Sonne schien zwar, aber für einen Spaziergang am Strand war es ohne an diesem Morgen ein wenig zu kühl. Natürlich steckte sie ihre Sammeltasche ein. Es fand sich immer irgendetwas am Spülsaum, das entsorgt werden musste.

Der Badestrand war bereits voller Menschen. Sie zog es in den Osten. Dort war es ruhiger und sie konnte ihren Gedanken nachhängen. Hatte sie alles richtig gemacht? Diese Frage hatte sie in den letzten Tagen überhaupt nicht beschäftigt. Jedoch waren ihr mit dem Auftauchen des Inselpolizisten Zweifel gekommen. Da war die Sache mit dem Hund. Hätte sie Muggel besser erst nachts in die Tonne stecken oder ihn gleich irgendwo vergraben sollen? Sie hatte nicht damit gerechnet, dass ihre Nachbarn die Tonne bereits am Tag vor der Abfuhr an die Straße stellten. Das wurde nämlich gar nicht gern gesehen. Außerdem wunderte sie sich, dass Andrea darin herumgewühlt hatte. Schließlich hatte sie den Hundekörper mit jeder Menge Rasenschnitt bedeckt. Was im Nachhinein wohl keine gute

Idee gewesen war, denn ihre Nachbarn mähten nicht. Immerhin hatte sie das Messer ordentlich gesäubert, nachdem sie Muggel die Kehle durchgeschnitten hatte.

Tja, und was Andrea anbetraf – die hatte selbst Schuld. Wenn sie neben ihrer Heulerei wegen des Köters wenigstens einmal einen Satz wie »Ich will weg. Wir ziehen aus« ausgesprochen hätte, wäre nichts weiter passiert. Schließlich hatten sich Martins Eltern auf das Drängen ihres Sohnes auf einen Zusatz im Vertrag eingelassen, in dem ein Vorkaufsrecht für Martin eingeräumt war. Das Geld lag auf der Bank und wartete darauf, eingesetzt zu werden. So hatte sie handeln müssen und hin und her überlegt, wie sie den beiden erneut Feuer unter dem Hintern machen konnte. Da war ihr der Besuch auf dem Friedhof gerade recht gekommen. Und natürlich ihr Wissen über Pflanzen. Der Echte Seidelbast mit seinen roten Beeren, der ihr auf einem der Gräber aufgefallen war, war die mit Abstand giftigste Pflanze, die es gab. Besonders der Samen wirkte tödlich. Von den Beeren reichten 15 Stück, um einem erwachsenen Menschen qualvoll das Leben zu nehmen. Natürlich hatte sie ein paar Beeren – mehr als ein paar – in ihrem Eimer mitgenommen und unter die Johannisbeeren gemischt, die sie Martin für Jakob und Andrea mitgegeben hatte. Dabei war es ihr ziemlich egal gewesen, ob nun der eine, die andere oder beide davon naschten. Sie hatte nur gehofft, dass Martin nicht davon versuchte. Aber schließlich war er heil und gesund aufgetaucht. Wenn sich alles ein wenig beruhigt hätte, so in drei, vier Tagen, würde sie Jakob fragen, ob er gewillt war zu verkaufen. Wenn er ablehnte, was sie nicht hoffte, gab es sicher andere Möglichkeiten, ihr Versprechen gegenüber Lina einzuhalten.

Sie bog ab in die Dünen. Es reichte. Zu Hause war es gemütlich.

Martin saß im Garten und rauchte. Was hatte sie nicht alles versucht, ihn davon abzubringen! Vergeblich. »Wie geht es Jakob?«, fragte sie.

»Nicht gut. Was denkst du denn?«, fragte Martin zurück. »Er ist nicht ans Festland gefahren, sondern wartet ab, was mit Andreas Leiche geschieht.«

Sie ging hinein, räumte hier, putzte dort und musste feststellen, dass der Spaziergang ihr nicht die gewünschte Entspannung gebracht hatte. Den ganzen Tag lief sie unruhig von einem Zimmer ins andere und rechnete jeden Moment damit, dass Röder vor der Tür stand. Nach dem Abendessen hielt sie es kaum aus. Sie musste noch einmal los, sonst würde sie nie zur Ruhe kommen. Fast panikartig lief sie zu Willy's Utkiek, blickte auf das Wasser und schaute der Sonne zu, die langsam im Meer versank. Erst als es dunkel war, stand sie auf.

Genau in diesem Moment fühlte sie sich von kräftigen Händen gepackt und zur Brüstung gedrängt. Sie fand keinen Halt, schrie, dann fiel sie die hohe Düne hinunter und schlug auf einem der Steinhaufen auf. Den Schmerz spürte sie nicht mehr.

Zwei Monate später war Jakob bei Martin eingezogen. Draußen im Garten war es zu kühl, so saßen sie gemütlich im Wohnzimmer und gönnten sich einen Rotwein. Wie so oft in den letzten Wochen hatten sie sich gegenseitig bestätigt, alles richtig gemacht zu haben, indem sie das Recht ein wenig in die eigene Hand genommen hatten.

Wochenlang hatten sie sich seit dem Frühjahr irgendwo auf der Insel getroffen und überlegt, wie sie möglichst problemlos ihr Leben ändern konnten. Dann hatte, sehr zu ihrer Freude, Brigitte gehandelt. Muggels Tod war der Anfang gewesen. Jakob hatte Brigitte vom Fenster aus beobachtet und sein Wissen gleich mit Martin geteilt. Als sein Freund mit den Johannisbeeren rübergekommen war, hatte Jakob nichts davon angerührt. Natürlich hatten sie am Tag nach Brigittes Tod das Messer, das Martin im Gartenhäuschen gefunden hatte, und den Rest der Johannisbeerenmischung in dem Glas der Polizei übergeben. Leider hatten sie die Beweismittel nicht eher gefunden. Damit war für die Ermittler klar, dass Brigitte etwas mit den Todesfällen zu tun haben musste. Sonst hätte sie sich schließlich nicht von der Düne gestürzt. Der Abschiedsbrief, den Martin ganz eindeutig als von Brigitte per Hand geschrieben identifiziert hatte, zeugte ebenfalls von ihren Schuldgefühlen. So waren die Ermittlungen vorerst eingestellt worden.

Martin und Jakob waren glücklich. Sie spendeten sich gegenseitig Trost, wann immer ihnen danach war. Den

Garten hatten sie auf Vordermann gebracht und den Zaun zwischen den Grundstücken beseitigt.

Das Nachbarhaus war für Lina und Johanne frei geworden, und so oft es ging, kam Johanne rüber und hielt ihre beiden Opas auf Trab.

DER FRAUENVERSTEHER

KLAUS-PETER WOLF

Langeoog war seine Lieblingsinsel. Er hatte viele Affären dort begonnen und auch wieder beendet. Vielleicht war es die Meeresluft. Diese Ruhe in der Seele, die das Fehlen von Autolärm mit sich brachte. Vielleicht auch der Geruch nach frischen Waffeln auf der Barkhausenstraße oder die langen Spaziergänge an der Wasserkante. Jedenfalls hatte auf Langeoog noch jede »Ja« gesagt und seine Pläne unterstützt.

Frauen aus Großstädten liebten das Fahrradfahren im Pirolatal. Die gestressten Damen aus den Chefetagen kamen bei Dickmilch mit Sanddorn in der Meierei so richtig gut runter.

Langeoog war genau die Insel, auf der er sich in Szene setzen konnte. Bodenständig genug, um nicht abgehoben zu erscheinen, und doch ausreichend extravagant, um aufzufallen. Er musste eine Atmosphäre schaffen, in der es leicht fiel, ja selbstverständlich war, großzügig zu sein.

Eine Insel war immer eine Welt für sich. Auf Langeoog bekam man schon nach kurzer Zeit das Gefühl, der Rest der Welt sei verrückt. Die Festlandregeln galten hier nicht wirklich. Bereits nach wenigen Tagen, ja oft nach Stunden, kam dieses Inselfeeling. Einige nannten es »Easy Living«. Flanieren. Schauen. Atmen. Essen.

So verliebten sich vernachlässigte Herzen am leichtesten.

Dieser Lockdown hatte seine Arbeit echt unnötig schwer gemacht. Die Inseln waren praktisch geschlossen gewesen.

Das Kennenlernen von Frauen war – außer im Netz – zum Problem geworden.

Dabei waren bestimmt gerade jetzt viele sehr einsam. Den ganzen Tag im Homeoffice und nach Feierabend gab es weder Restaurants noch Cafés. Kein Tänzchen. Keinen Drink an der Bar. Nicht einmal ein Wellnesswochenende war drin.

Er konnte, anders als viele andere, bei seinem Gewerbe nicht unter irgendeinen Rettungsschirm kriechen oder Hilfen beantragen. Trotzdem fiel er weich. Er hatte einiges zurückgelegt. Das ergaunerte Geld steckte er in Ferienwohnungen, die andere für ihn verwalteten. Normalerweise warfen diese Investitionen gutes Geld ab, außer wenn eben niemand mehr Urlaub machen durfte. So war er heilfroh, im Internet auf seiner üblichen »Fischertour«, wie er es nannte, Inge kennenzulernen.

Inge war süchtig. Langeoog-süchtig. Über eine Langeoog-Gruppe hatte er sie gefunden. Während dieser schier endlosen Pandemie hatte sie sich das Essen nicht wie andere bei der Pizzeria nebenan bestellt, sondern ließ sich Speisen in Einweckgläsern von Langeoog kommen. Der »Seekrug« belieferte sie mit Sauerbraten, Tafelspitz, Chili con Carne oder Gulasch, Hauptsache, vom Langeoog-Rind. Natürlich alles bio.

Bei der »Inselrösterei« hatte sie ein Abonnement für Kaffee und Gin. Ja, sie verstand es, ihre Leidenschaften zu leben.

Zunächst trafen sie sich zweimal in Hannover und gingen gemeinsam am Maschsee spazieren. Mehr war nicht drin. Auch für professionelle Betrüger waren es schwere Zeiten.

Zu reden hatten sie genug. Sie teilten drei Leidenschaften: Sie liebten beide den »schönsten Sandhaufen der Welt«, wie sie Langeoog nannte, und sie beobachteten gerne Vögel, außerdem aßen sie gerne gut.

Inge erkannte viele Vogelarten nicht nur am Gezwitscher, sie konnte sogar einige Stimmen nachahmen.

Der Sex mit ihr war nicht besonders aufregend, aber er wusste zu schätzen, wie anspruchslos sie im Bett war.

Sie hatte ihn in ihre Stadtwohnung in den Herrenhäuser Kirchweg eingeladen. Allein den Wert der 180-Quadratmeter-Eigentumswohnung schätzte er auf knapp eine Million Euro. So wie sie »Stadtwohnung« aussprach, hatte sie garantiert auch noch ein Landhaus, wenn nicht gar mehrere, und sie tat zwar so, als würde sie auf ihrer Lieblingsinsel nichts besitzen, aber das glaubte er ihr nicht. Er hielt es für Tiefstapelei. Einsame Frauen mit Geld hatten oft Angst, nur wegen ihres Vermögens geliebt zu werden. Darum verschwiegen sie es geradezu verschämt. Die, die richtig damit auftrumpften, waren schwierig und schwer zu haben, außerdem meist selbst auf der Suche nach einem mit noch mehr Geld oder einem Adelstitel. Diese Frauen mied er.

Er war kein Heiratsschwindler im eigentlichen Sinne. Auch wenn er alleinstehenden Damen gern die Ehe versprach, so waren ihm doch verheiratete Frauen lieber. Je gebundener sie waren – am besten mit Kindern und gemeinsamer Firma mit ihrem Ehemann –, umso mehr sorgten sie selbst dafür, dass alles geheim blieb. Keine ging später die Peinlichkeit ein, ihn anzuzeigen. Bisher war er ungeschoren davongekommen.

Nur einmal hatte es eine Anzeige gegeben, und die war rasch wieder zurückgezogen worden. Seine Kunst lag darin, ein Bekanntwerden der Affäre für die Frau einfach undenkbar zu machen. Es musste so schrecklich kompromittierend für sie werden, dass ihr jedes Opfer gerechtfertigt erschien, um alles zu verheimlichen.

Die einen taten es, um ihre Ehe zu retten, die andern für ihren guten Ruf. Das waren die Unkompliziertesten. Doch es gab auch welche, die wollten Rache. Eine Managerin aus Köln, die mit einem hoffnungslosen, aber hochsensiblen Maler verheiratet war, dessen Bilder leider niemand kaufen wollte, hatte ihm zwei Schläger auf den Hals gehetzt. Ein Nasenbeinbruch und eine Gehirnerschütterung hatten ihm den sonst stets besonders lukrativen Sommer verhagelt. Und dann war auch noch Corona gekommen.

Inge war zwar schlank, schien jedoch eine fette Beute zu sein. Leider alleinstehend. Kein Ehemann und keine minderjährigen Kinder. Normalerweise wäre er da vorsichtiger gewesen, aber in der Pandemie nahm er, was er kriegen konnte. Diese verdammte Kölner Managerin mit ihrem miserablen Maler verlangte ihr Geld zurück. Nein, nicht sie selbst. Ihre bodybuilding-gestählten Laufburschen erledigten so etwas für sie.

Sie hatte ihm 50.000 Euro gegeben, mit denen er zwei Bilder ihres Ehemanns in einer Galerie erwerben sollte, um dem Versager ein Erfolgserlebnis zu verschaffen oder um seinen Marktwert zu steigern, das wusste er nicht mehr so genau. Außerdem wollte sie die 80.000 zurück, die sie ihm geliehen hatte. Er hatte die Bilder nur angezahlt, aber nie abgeholt.

Er plante, Inge dazu zu bringen, für ihn ihre Stadtwohnung zu verkaufen oder wenigstens zu beleihen, falls ihr Barvermögen nicht ausreichte. Er wollte sie um mindestens eine halbe Million erleichtern. Die UH-Nummern machte er nicht mehr. UH bedeutete für ihn »unter Hunderttausend«. Die UH-Geschichten waren genauso kraft- und zeitraubend wie die ganz großen Fische, deswegen lohnten sie sich nicht.

Er war 54, machte aber, je nach Alter der Frau, auch auf 48 oder 62, ganz wie es passte. Da war er flexibel. Zu großer Altersunterschied war den meisten unangenehm. Zehn Jahre waren die Schallmauer. Fünf sehr günstig. Zwei ideal.

Jetzt hatte Langeoog endlich wieder geöffnet. Er saß mit Inge in der »Weinperle«. Bernd Frech hatte ihnen einen Rosé empfohlen, der seiner Meinung nach zu ihrer verliebten Stimmung passte: »Love and Hope«. Inge behauptete, Bernd habe ein Gespür dafür, was für einen Wein seine Gäste bräuchten. Ein Wein habe Einfluss auf die gesamte Situation. Er könne eine Stimmung verstärken oder zum Kippen bringen. Es ginge bei Wein keineswegs einfach nur um den Geschmack, und Bernd wüsste einfach, welcher der richtige war. Er musste sich eingestehen, dass da etwas dran war.

Er begann nach dem zweiten Glas sein Geständnis. Er habe einen schlimmen Fehler gemacht. In Berlin, nachts, nach einem Theaterbesuch, habe er einen Unfall gehabt. Es sei alles ziemlich unglücklich gelaufen. Er hätte einen 17-Jährigen angefahren. Der Junge habe zunächst überlebt, sei aber dann im Krankenhaus gestorben. Es handele sich um den Sohn eines Clanchefs. Der verlange nun Wiedergutmachung. Zwei Millionen oder Blutrache.

Er habe sich an die Polizei gewandt, die hätten den Clanchef sogar vorgeladen, aber der streite alles ab. Seine Familie sei das Opfer und nun würde er auch noch beschuldigt. Das habe alles noch teurer gemacht. Jetzt würde er ihn gar nicht mehr los. Der Clanchef habe den Preis auf drei Millionen Euro erhöht.

Er versicherte Inge, er hätte alles zu Geld gemacht, was er besaß, doch nun sei er am Ende seiner Möglichkeiten angekommen.

Inge legte ihre Hand auf seine: »Und jetzt hast du Angst, dass sie dich umbringen, Liebster?«

Er lächelte gequält: »Bisher war mir mein Leben gar nicht viel wert. Ich habe es halt einfach so gelebt. Aber jetzt, da ich dich kenne, Inge, hat sich vieles für mich verändert …«

Neue Gäste betraten gut gelaunt die Weinstube. Unter ihnen der Lichtkünstler Jan Philip Scheibe, dessen Installationen in den Holzdielen auf dem Weg zum Hauptstrand leuchteten: *Wenn die Flut geht, sind meine Schritte die ersten im Sand.*

Auch die Künstlerin Swaantje Güntzel war dabei. Inge kannte sowohl Jan Philip als auch Swaantje. Beide kamen an den Tisch und begrüßten sie, wollten aber nicht stören.

Inge schwärmte von Swaantjes Kunstaktion, bei der sie von einer Kutsche aus mit Grandezza Müll auf die Straße geworfen habe. Ja, auf Langeoog. Sie sei dabei gewesen und habe es großartig gefunden.

Er wollte nicht über Kunst reden, sondern über Geld, das er dringend brauchte. Er schlug einen Strandspaziergang vor und übernahm die Rechnung. Bernd Frech präsentierte gerade einen neuen Rum mit solcher Begeisterung, dass selbst Inge Lust darauf bekam, obwohl Rum sonst nicht so ihr Ding war. Aber Bernds Worte waren ein kleines literarisches Kabinettstück für sie. Er goss ein und schwärmte: »Der Rum wurde nach Santos Dumont benannt. Der Luftfahrtpionier umflog mit einem Zeppelin den Eiffelturm. Das Preisgeld spendete er den Armen von Paris.« Bernd hielt das Glas gegen das Licht. »Diese dunkle Bernsteinfarbe kündigt schon die Geschmacksexplosion an.« Er roch am Rum. »Vanille. Holz. Bananen. Und ein Hauch von … Kokos …«

Inge hörte Bernd gern zu. Sie mochte den Klang poetischer Texte mindestens so gern wie den Geruch von Himbeeren, den Geschmack frischer Waffeln oder das Rauschen der Wellen.

Sie gingen die Barkhausenstraße runter bis zum Anna-See-Gebäude, in der sie die große Ferienwohnung mit zwei Schlafzimmern gemietet hatten. Er war sicher, dass die Wohnung ihr gehörte. Die Bilder an der Wand entsprachen absolut ihrem Geschmack und sie bewegte sich so selbstverständlich in den Räumen, achtete so sehr darauf, die Dinge nicht zu beschädigen und an ihren rechten Ort zu schieben, wie es eigentlich nur jemand tat, der die Sachen selbst ausgesucht und auch selbst bezahlt hatte.

Sie kochten dort gemeinsam mit viel Spaß, was bei seinen Allergien und Lebensmittelunverträglichkeiten gar nicht so einfach war, doch sie nahm Rücksicht und veränderte Gerichte so fantasiereich, dass alles – selbst Pizza mit laktosefreiem Käse – gut schmeckte.

Als sie am »Haus der Insel« vorbei in Richtung Strand gingen, legte er einen Arm um sie. Schließlich zogen sie die Schuhe aus und liefen Hand in Hand an der Wasserkante entlang. Die Wellen leckten an ihren Füßen und der Wind frisierte sie auf seine sehr ostfriesische Art.

»Ich kann dir helfen«, sagte sie.

»Das kann und werde ich nicht annehmen«, beteuerte er. Er hatte es bisher noch immer geschafft, die Frauen dazu zu bringen, ihm das Geld praktisch aufzudrängen. Am Ende waren sie ihm noch dankbar und fühlten sich geehrt, dass er es überhaupt annahm und sie ihm helfen durften. Das war wichtig, denn es erhöhte die Peinlichkeit, wenn alles herauskam. Irgendwann erzählte doch jede es irgendwem. Meist einer Freundin oder Schwester. Die streuten dann gerne den Verdacht, etwas sei mit ihm nicht in Ordnung. In diesem Fall war es wichtig, dass die Frauen sich daran erinnerten, wie schwierig es gewesen war, ihn zu überreden, Geld von ihnen zu nehmen, und wie lange er sich dagegen gesträubt hatte. Es machte aus ihm erst den richtigen Gentleman. Umso abwegiger war dann der Verdacht gegen ihn.

Er machte es ihr nicht leicht, ihn zu überzeugen. Um es zu schaffen, deckte sie jetzt ihre Vermögensverhältnisse auf. Er schmunzelte, denn er hatte recht behalten. Die Ferienwohnung auf Langeoog gehörte ihr und ein Landhaus in der Eifel besaß sie ebenfalls.

Sie setzten sich in einen Strandkorb und sahen lange schweigend aufs Meer. Es entstand ein inniger Moment zwischen ihnen, eine Art tiefes Verstehen. Am schönsten war es immer, wenn alles ausgesprochen war und durch Schweigen vertieft wurde. Was waren schon Worte gegen Taten? Und Taten manifestierten sich heutzutage meist in Zahlen.

Eine hatte ihm mal, nur wenige Meter von diesem Platz entfernt, Kontovollmacht geben wollen. Ihr sei das ganze Ding mit den Banken sowieso lästig. Er solle ihr Vermögen verwalten. Er hatte natürlich abgelehnt. Er wollte bei keiner Bank etwas unterschreiben. Für nichts verantwortlich sein. Nein! Er hatte sich sogar damit interessant gemacht, so etwas gar nicht richtig zu können.

Da sie von Leuten umgeben war, die ihr Vermögen nur zu gern verwaltet hätten, vertraute sie ihm dann erst recht.

Sie hieß Waltraud oder Edeltraud oder so ähnlich. Er hatte ihren Namen vergessen und konnte sich auch nicht mehr wirklich an ihr Gesicht erinnern. Er hatte sie um 250.000 erleichtert, bevor sie bei einem Autounfall ums Leben kam. Schade, diese Kuh hätte er gern länger gemolken.

Anschließend hatte er es mit irgendwelchen Schwiegersöhnen und Enkelkindern zu tun bekommen, die gern geerbt hätten, von ihr aber immer als »die Drecksbande« bezeichnet worden waren. Er war froh, keine Vermögensverwaltung an den Hacken gehabt zu haben.

Mit Inge würde alles leichter werden, da gab es keine poplige Verwandtschaft.

Beschwingt gingen sie zurück in die Ferienwohnung. Immer wieder blieben sie unterwegs stehen, drehten sich um und sahen aufs Meer.

Sie liebten sich in dieser Nacht auf eine merkwürdig verbissene Art, die ihn völlig erschöpft zurückließ.

Das war immer so. Wenn sie ihm erst versprochen hatten, ihn zu retten, dann musste auch eine besonders heiße Liebesnacht folgen. Die Retterin zu spielen machte Frauen an. Nicht jedes Mal schaffte er das ganz ohne Medikamente.

Am anderen Tag gingen sie ins »Café Leiß« frühstücken. Sie stärkten sich richtig, denn Inge hatte vor, einen Ausflug mit ihm ans Ostende zu machen.

Auch das kannte er. Nachdem die Frauen ihm Hilfe versprochen hatten, wollten sie immer noch etwas Besonderes unternehmen. Den Ort aufsuchen, an dem sie sich kennengelernt hatten, ein romantisches Abendessen in einem guten Restaurant oder, wie Inge, einen Ausflug ans zweifellos schöne Ostende der Insel.

Da es hinter der »Meierei« keine Möglichkeit mehr gab, einzukehren, hatte sie einen Proviantkorb gepackt.

In so etwas waren Frauen gut. Darum hatte er sich nie kümmern müssen.

Die Insel tat ihm gut. Er hatte sein Spray bisher nicht gebraucht.

Ein traumhafter Inseltag begann. Am Himmel keine Wolken. Vogelschwärme in ihren Flugformationen vermittelten ein Gefühl von Freiheit und gleichzeitig sich verändernder Ordnung. Auf dem Radweg Richtung Osten erlebten sie ein wundersames Schauspiel. Hunderte Nonnengänse mit ihren schwarzen Hälsen hielten eine Versammlung ab. Sie kamen ihm vor wie Vorboten einer drohenden Katastrophe. Geflügelte Truppen. Planten sie einen Überfall? Wollten sie den nächsten

Lebensmitteltransport von der Fähre zum Supermarkt angreifen und ausrauben?

Am liebsten wäre er dieser unüberschaubaren Zahl von Tieren ausgewichen. Einfach umzudrehen erschien ihm logisch, ins Dorf zurück und vielleicht zum Hafen oder zum Flinthörn. Doch Inge hielt unbeeindruckt auf den Schwarm zu.

Er musste an Hitchcock denken.

Ja, er mochte Vögel. Aber so viele Gänse ließen ein mulmiges Gefühl in ihm wach werden. Trotzdem versuchte er, den Helden zu spielen. Sollte er Inge wirklich überholen und an ihr vorbei in den Pulk hineinradeln? Wie würden die Tiere reagieren? Sie waren groß und fett und verdammt viele.

Er zögerte. In Frankfurt hatte er erlebt, wie zwei Kanadagänse ein Kind angegriffen hatten. Vermutlich hatten sie es nur auf das Eis des kleinen Mädchens abgesehen gehabt. Das Kind hatte geschrien und geweint. Er war eingeschritten, noch bevor die alleinerziehende Mutter helfen konnte. Sie hatte sich schockverliebt in ihn, als hätte er nicht zwei Gänse verjagt, sondern einen Drachen getötet.

Leider war bei ihr nicht viel zu holen gewesen. Sie sah toll aus. Ihr Konto leider gar nicht.

Inge war schneller als er. Sie raste laut johlend mit links ihr Halstuch überm Kopf schwenkend auf die Wildgänse zu. Was dann geschah, hätte er zu gern fotografiert. Es war ein unglaubliches Spektakel. Wie ein Theatervorhang, der gelüftet wurde, flatterten die Gänse in einer Gruppenbewegung hoch. Als würde der Dirigent im Orchestergraben seine Musiker anspornen, aus ihren Instrumenten alles herauszuholen, schwoll das Schnattern zu einer Lärmwand von beängstigenden Ausmaßen an. Crescendo!

Sie radelten beide in einen beweglichen Tunnel aus Federvieh. Der Himmel über ihnen bestand aus Gänsebäuchen. Im Inneren des Schwarms hörte es sich an, als würden die Gänse bellen. Das lang gezogene »Guak« und das pochende »Kok« wurden zu einem Lärmbrei. Er zog unwillkürlich den Kopf ein. Federn flogen durch die Luft wie Schneeflocken. Vor Aufregung erleichterten sich einige Gänse. Ihr Kot traf ihn auf Schulter, Kopf und Ärmel.

Inge schien das alles außerordentlichen Spaß zu machen und er wollte kein Spielverderber sein. Das wäre spießig gewesen.

Er lieh ihr sein Handy, denn sie wollte ein paar Aufnahmen von dem Nonnengänsekonvent machen und hatte ihr Smartphone im Anna-See-Appartement liegen lassen.

Bei den zotteligen Langeoog-Rindern mit den mächtigen Hörnern ruhten sie sich aus. Sie legten sich ins Gras und sahen den Tieren zu. Inge nannte es »Kuh-Meditation« und forderte ihn auf mitzumachen. Dazu suchte sich jeder ein Highlandrind aus und setzte sich ganz still hin. Wer sich als Erster bewegte, hatte verloren. Entweder Mensch oder Rind.

Er wählte ein Kalb. Das hatte mehr Bewegungsdrang, hoffte er. Sie suchte für sich das Rind mit den dekorativsten Hörnern aus. Das schwere Tier sah sie aus seinen glasklaren Augen an.

»Ob die Kuh weiß, dass ich einige ihrer Artgenossen gegessen habe?«, fragte Inge.

Hinter der »Meierei« ging es irgendwann mit den Rädern durch den tiefen Sand nicht mehr weiter. Sie stellten sie an einem Baumstumpf ab, der hier verrottete. Ab jetzt gingen sie zu Fuß.

Inge kannte eine schwer zugängliche, einsame Stelle. Das Betreten war vermutlich nicht ganz legal in diesem Vogelparadies. Das machte es für die beiden nur noch spannender. Von hier aus konnten sie Spiekeroog sehen.

Er war durchgeschwitzt und hatte Hunger, hätte gern hier und jetzt gepicknickt. Sie hatte ja genug für beide eingepackt. Aber sie bat ihn noch einmal um sein Handy. Da spielten Seehunde. Sie waren jetzt bei Ebbe ganz nah an der Wasserkante. Inge schlich sich über den harten Sand nah ran. Schließlich ging sie bis zu den Knien ins Wasser. Er blieb im Sand liegen und sah ihr zu, wie sie Fotos machte. Leider stürzte sie und verlor sein Handy.

Untröstlich über dieses Missgeschick kam sie zu ihm zurück. Sie tranken Kaffee und aßen Brote, belegt mit Liebe, Wurst, Tomaten- und Gurkenscheiben.

Das Brot hatte sie selbst gebacken. Glutenfrei, aber leider wohl doch nicht ganz ohne Haselnüsse. Er schmeckte es nicht. Er bemerkte es erst, als sein Hals anschwoll und sein Atem rasselte.

Sie sah die Flecken in seinem Gesicht. Er keuchte und suchte mit nervösen Fingern das Notfallspray in seinem

Rucksack, fand aber nur ein Deodorant, wo sonst sein Inhalator auf den Einsatz wartete.

Er glotzte Inge mit weit aufgerissenen Augen an. Sie lächelte milde: »Oh, da musst du wohl versehentlich etwas verwechselt haben. Tja, wenn man nicht immer ganz genau aufpasst ... Ich würde ja gerne Hilfe rufen, aber mein Handy liegt auf dem Nachtschränkchen und deins ist wohl leider in der Nordsee ertrunken.«

Er begriff, dass er keine Chance hatte, und streckte die rechte Hand nach ihr aus. Sie wich zurück und spottete: »Wie war das noch mal? Hätte ich keine Haselnüsse oder keine Erdnüsse für den Teig verwenden dürfen? Oder überhaupt keine Nüsse? Es ist einfach so viel, was du nicht verträgst. Jedenfalls sind welche drin. Ganz klein gerieben. Wollte ich dir eigentlich noch sagen. Aber was viel wichtiger ist, schöne Grüße von Gunhild, Jutta und Heidrun! Ich erledige den Job für sie, damit sie endlich Ruhe vor dir haben. Weißt du, die große Angst ist bei allen, dass du irgendwann doch noch auffliegst und dann die Polizei herumschnüffelt ... Das wollen wir alle nicht ... Schade, dass Edeltraut es nicht mehr erlebt ...«

Er wälzte sich röchelnd im Sand. Zwei Möwen näherten sich.

»Sieh an«, sagte Inge, »die Geier der Küste. Aasfresser. Ich wette, das Erste, was sie sich holen, sind deine Augen, was meinst du? Ich fahre jetzt zurück und komme mit Hilfe wieder. Es wird höchstens zwei, drei Stunden dauern. So lange hältst du durch, oder? Oh, hoffentlich bist du nicht zu nah an der Wasserkante, sonst nimmt dich die Flut mit.«

Er sah sie nur noch verschwommen. Sie ging in Richtung Westen.

Bevor sie ihren Bekannten als vermisst meldete, nahm sie in der »Weinperle« Bernd Frechs Angebot an und probierte diesen Rum. Danach wusste sie, warum man sagte, Rum sei der Whisky von heute.

Und ein bisschen fühlte sie sich, als hätte sie gerade den Eiffelturm umflogen …

EINE VON UNS BEIDEN

CHRISTIANE FRANKE

»Ohne Insel geht die Emmi nie ins Bett, nie ins Bett, nie ins Bett ...« Etwas abgewandelt trällert Emilie den alten Song, als sie die Webcam von Langeoog öffnet. Laut singt sie, Helmut ist ja nicht da. Jeden Abend vor dem Zubettgehen wirft sie einen Blick auf »ihre« Insel. Schließlich ist sie dort geboren und hat in ihrem Elternhaus an der Kaapdüne gelebt, bis sie auf dem Festland in einer Musikalienhandlung eine Ausbildung begann. Wenn Helmut auf Konzertreise ist, saugt sie das Inselflair besonders ausgiebig in sich auf und singt ihre Lieblingslieder.

Ihr Gatte behauptet, sie könne nicht singen. Aber das stimmt überhaupt nicht. Zugegeben, Emilies Stimme taugt weder zum Mezzosopran noch zum Alt, und natürlich kommt sie nicht ansatzweise an Lale Andersen heran, aber die Inbrunst, mit der sie die Lieder schmettert, macht leichte Dissonanzen wett.

Es dauert ein wenig, bis ihr Computer die Seite öffnet. Er ist eben nicht mehr der Jüngste. Genau wie sie. Aber sie fühlt sich innerlich quicklebendig, auch wenn sie mit 70 inzwischen das eine oder andere Wehwehchen ertragen muss. Als sie vor drei Jahren festgestellt hat, dass sie ihre Arme nur noch mit Mühe lange genug hochhalten kann, um sich die Haare einzudrehen, hat sie kurzerhand die Frisur geändert. Pferdeschwanz statt Lockenwickler. Man muss sich nur zu helfen wissen. Helmut meint zwar, dass das langweilig aussehe, aber Emilie findet, sie wirkt damit klassisch edel. Und das Grau verleiht ihr eine gewisse Würde.

Endlich ist der Computer hochgefahren. Mit zwei Klicks öffnet Emilie die Webcam am Langeooger Hauptstrand. Ach, ist das schön! Ihr Herz wird weit vor Heimweh! Das Meer rauscht mit schaumbewehrten Kronen an den Strand, wie gern würde sie jetzt dort sein! So wie das Paar, das eng umschlungen die Düne zur Strandhalle hinaufläuft. Die Kamera zieht weiter, schwenkt auf den Sportboothafen und wieder zurück zum Hauptstrand. Das Paar scheint direkt auf die Kamera zuzulaufen, es ist viel deutlicher zu sehen.

Emilie blinzelt. Das kann nicht sein.

Sie muss sich irren.

Der Mann sieht fast aus wie Helmut. Und die Frau erinnert sie an Marleen. Sie will genauer hinschauen, aber die Kamera schwenkt weiter und die beiden sind aus dem Bildausschnitt verschwunden. Irritiert starrt

Emilie auf die folgende Strandansicht. Das war bestimmt nur eine zufällige Ähnlichkeit. Nicht mehr. Alles andere kann nicht sein.

*

Emilie war bereits 28, als sie Helmut heiratete, einen Konzertklarinettisten, den sie im Geschäft kennengelernt hatte. Eine Musikerehe sei gefährlich und brotlos, warnte ihr Vater damals, der in fünfter Generation das Restaurant »Zum goldenen Anker« an der Langeooger Hauptstraße betrieb. »Du solltest dir einen Beamten nehmen. Oder einen Koch. Mit dem hast du wenigstens ein geregeltes Einkommen.«

Emilie hat gelacht und Helmut geheiratet. Gern hätte sie Flower-Power-mäßig am Langeooger Strand gefeiert, in einem bunt flatternden Kleid, mit Blumen im Haar. Und Helmut in Schlaghose mit Baumwollhemd. Doch sie konnte sich mit ihrer Idee nicht durchsetzen. Ihr Hochzeitsbild zeigt sie steif lächelnd im weißen Brautkleid mit einem Schleier, den der Friseur ihr aufs Haupt geklatscht hat. Neben ihr ein angestrengt dreinblickender Helmut im schwarzen Beerdigungsanzug mit Weste. Immerhin aufgepeppt durch Blumen im Knopfloch. Dennoch: Sie kann das Bild bis heute nicht anschauen, ohne traurig zu werden. Sie hat ihre Träume damals am Altar abgegeben. Aber das ist lange her und sie hat sich damit abgefunden. Inzwischen nähern sie sich der Goldenen Hochzeit und haben sowohl gute als auch schwierige Zeiten gemeistert.

Zugegeben, kritisch wurde es, als Helmut in Rente ging. Die ersten Wochen, die er zu Hause verbrachte, waren die Hölle.

»Kann ich dir helfen?«, hat er gefragt, als sie das Badezimmer putzte. Seine Versuche, die Wäsche zu bügeln, hatten Einkäufe beim örtlichen Herrenausstatter zur Folge, wobei Emilie immer noch argwöhnt, dass er das Eisen bewusst zu lang auf den Oberhemden gelassen hat. Wie man es auch dreht und wendet: Egal, was Helmut im Haushalt hat übernehmen wollen, es endete in einer Katastrophe.

Darum ist sie mehr als dankbar, dass weiterhin Anfragen für Konzerte kommen. Gut, es sind überwiegend Veranstalter, die sich Helmuts frühere Gage nicht haben leisten können, aber er kommt ihnen mit einem Special-Offer-Rentner-Honorar entgegen. Helmut lebt eben für seine Musik.

Emilie starrt immer noch auf den Bildschirm. Endlich fängt die Kamera den Blick den Dünenweg hinunter auf die Helgoländer Holzbuden ein, die seit einigen Jahren die Strandpromenade zieren.

Und da sind sie wieder, die beiden. Arm in Arm schlendern sie zur Strandhalle hinauf. Inzwischen hat Emilie ihre Lupe in der Hand und keinen Zweifel mehr: Die Frau ist unverkennbar Marleen und der Mann, der besitzergreifend seine Hand um ihre Schulter legt, ist

Helmut. Die Jacke haben sie zusammen bei ihrem letzten Langeoog-Aufenthalt in der Buddelei gekauft. Sie würde ihn unter Tausenden erkennen. Dabei hat er gesagt, er sei in Bad Füssing. Und Marleen ... Emilie kann sich nicht daran erinnern, dass ihre Freundin davon sprach, verreisen zu wollen. Sie greift zum Telefon. Doch Marleen geht nicht ran.

Emilie und Marleen haben sich vor drei Jahren auf dem Golfplatz kennengelernt und spielen seitdem regelmäßig in der Dienstags-Damen-Golfrunde zusammen. Am Wochenende oft gemeinsam mit Helmut und Marleens Mann Jochen, beide gehören der Herrenmannschaft des Clubs an.

Beziehungsweise gehörten. Jochen ist vor einem Jahr verstorben. Tragisch war das. Sie haben zu viert eine Woche Golfurlaub auf Langeoog gemacht. Helmut und sie haben dort ja eine Wohnung über der Gaststätte, die heute ihr Neffe Frank unter einem flotteren Namen betreibt. Marleen und Jochen haben sich im Appartementhaus »Anna See« einquartiert.

Marleen hatte zum Abendessen eingeladen und Kabeljau zubereitet, den hatte es im Angebot gegeben. Emilie hat innerlich geflucht – sie selber kauft nur Fischfilet – und nie zuvor hat sie so lange an einem Fisch rumgefriemelt. Jochen jedoch hatte ordentlich Appetit und sich nicht lang mit dem Rauspulen aufgehalten, sondern zugelangt. Und deshalb wohl diese große Gräte verschluckt. Der Notarzt konnte nur noch

Jochens Tod feststellen. Beerdigt wurde er auf dem Inselfriedhof. In der Nähe von Lale Andersens Grab. Was war das für eine würdige Trauerfeier. Als der Sarg hinabgelassen wurde, hat Helmut auf der Klarinette gespielt. Das Lied »Lili Marleen«. »Vor der Kaserne, vor dem großen Tor.«

Marleen hat sich noch und nöcher Vorwürfe gemacht. Natürlich haben sich Emilie und Helmut um sie gekümmert und sie getröstet. Emilie presst die Lippen aufeinander. Helmut anscheinend ganz besonders intensiv, wie es aussieht.

Die beiden bleiben im Visier der Kamera. Emilie macht einen Screenshot. Das ist ihr neustes Hobby. Ihre Enkelin Sarah hat ihr gezeigt, wie das geht. Emilie blinzelt erneut und versucht, jedes Detail zu erfassen. Marleens Hüftgelenks-OP ist gerade fünf Wochen her. So ganz rund läuft sie noch nicht. Ohne groß zu überlegen, schickt Emilie ihrer Enkelin per Whatsapp das Bild. »Guck mal, wer da ist …«, schreibt sie und hofft, dass Sarah mit Fragezeichen antwortet. Vergeblich.

»Ihr habt's gut! Ich möchte auch mal wieder auf die Insel«, schreibt Sarah zurück. »Grüß Opa und Marleen schön!«

Also hat sie sich nicht geirrt. Emilie atmet schwer durch. Sie wird etwas unternehmen müssen.

*

Am nächsten Morgen wacht Emilie wie gerädert auf. Lediglich zwei Stunden hat sie schlafen können. Die Nacht war ein einziger schwarzer Sumpf aus Gedanken an Lug und Betrug. Marleen und Helmut gemeinsam auf Langeoog. Wie lange läuft das schon? Bandelten sie schon an, als Jochen noch gelebt hat? Ist er dahintergekommen und Marleen hat ihn hinterrücks mit dem Kabeljau aus dem Weg geräumt? Wohl wissend, dass Jochen sein Essen immer hinunterschlingt, statt vernünftig zu kauen? Hat Marleen Emilie und Helmut an diesem Abend nur aus dem Grund bekocht, damit sie Zeugen dieses vermeintlichen Unglücks wurden? War es in Wahrheit ein heimtückischer Gräten-Mord? Je länger Emilie darüber nachdenkt, umso sicherer ist sie sich. Sonst aßen sie nämlich immer getrennt in ihren Wohnungen, wenn sie schon den ganzen Tag über zusammen am Strand wanderten oder mit dem Rad ans Ostende fuhren, um hinterher in der Meierei Dickmilch mit Sanddorn zu essen.

Das ist ein solcher Verrat. Sowohl von Helmut als auch von Marleen. Aber Verräter gehören bestraft.

»Na, wie war es in Bad Füssing?«, fragt sie säuselnd ihren Gatten, als der wieder zurück ist. »Ich habe versucht, euren Orchesterauftritt im Internet anzugucken, aber ich hab dich nicht entdeckt.«

Tatsächlich hat sie auf der Suche nach Entlastung für Helmut auch die Füssinger Webcam angeklickt. Das Bild war jedoch sehr unscharf.

»Och, wie immer. Nichts Besonderes. Geregnet hat's. Waren nicht so viele Gäste da.«

Insgeheim zollt Emilie ihrem Gatten Respekt. Der musste sich ebenfalls im Internet schlaugemacht haben.

»Ich bin jedenfalls froh, wieder zu Hause zu sein. Wahrscheinlich werde ich langsam doch zu alt für diese Konzertreisen.«

Das glaubt Emilie gern. Ein Insel-Liebeswochenende mit der Freundin muss für einen Mann in den 70ern eine körperliche Herausforderung darstellen. Sie würde ihn testen … Männer sind ja recht einfach gestrickt.

Genau wie sie es geahnt hat! Da läuft heute nichts mehr, obwohl sie sich Helmuts »Ich geh dann mal ins Bett«-Aktion um kurz nach neun anschließt. Beim Zähneputzen – sie haben einen Doppelwaschtisch im Badezimmer, bahamabeige – wiederholt er, dass er sein Alter schmerzlich spüre. Dass es im Rücken ziehe und zwacke. Im Ehebett scheitern ihre sanften Versuche, ihn durch gezielte Berührungen unterhalb der Gürtellinie zu erregen. Statt sie zu streicheln, beginnt er zu schnarchen.

Dafür blinkt ihr Handy auf. Eine Whatsapp. »Hallo, Emilie. Habe gesehen, dass du versucht hast, mich zu erreichen. War spontan für ein wunderbares Wochenende auf Langeoog. Wollen wir uns die Woche mal auf einen Tee treffen? Ganz liebe Grüße, Marleen.«

Diese verlogene Schlange. Aber zumindest das mit Langeoog stimmt. Hinterhältig hoch zehn ist dieses Weib!

Mit Argusaugen beobachtet Emilie Helmut in den nächsten Wochen. Was ist das nur für ein ausgefuchster Kerl! Übt täglich mehrere Stunden konzentriert auf seiner Klarinette, lässt sie ihrer Wege gehen und stört überhaupt nicht mehr. Das macht sie noch misstrauischer, auch wenn sie sich eingesteht, dass sie seine Musik genießt, während sie den Hausputz erledigt oder kocht.

*

Es war ja klar, dass diese Harmonie nur die Ruhe vor dem nächsten Sturm sein konnte.

»Ich muss morgen für ein paar Tage nach Langeoog«, sagt Helmut ganz nebenbei, als Emilie mit einer fiesen fiebrigen Sommergrippe das Bett hüten muss.

»So überraschend?«

»Ein Kollege des Orchesters ist krank geworden und das ist für zwei Auftritte im Haus der Insel gebucht. Ihn hat ein Magen-Darm-Virus erwischt.«

»Was wird denn dann aus mir? Ich bin doch noch krank!«

»Ich koch dir einen großen Pott Hühnersuppe. Du isst ja sowieso nur wie ein Spatz«, versucht ihr Gatte sie zu beruhigen und streichelt ihr beiläufig über den Kopf.

Emilie kneift die Augen zusammen und presst die Kiefer aufeinander. Da stimmt doch was nicht. Kaum hat Helmut das Schlafzimmer verlassen, greift sie zum Telefon. Marleen meldet sich nach dem dritten Klingeln.

»Helmut muss auf Konzerttour«, beginnt Emilie ohne große Vorrede. »Kannst du nicht bei uns im Gästezimmer schlafen, solange er weg ist?«

»Ach, Emilie, so gern ich das machen würde, aber das geht nicht«, antwortet Marleen bedauernd. »Dieses Wochenende bin ich nicht da. Ich fahre morgen schon weg und bin erst am Sonntag zurück.« Sie lacht dabei glücklich.

Keine Frage: Emilie muss handeln.

Helmut ist ebenso extrem gut gelaunt beim Kofferpacken. Auch das tragbare Golfbag stellt er bereit. Ihren Vorstoß, ihn nach Langeoog zu begleiten, weist er von sich. »Emmy. Du bist noch nicht wieder fit. Kurier dich ordentlich aus und werd schnell wieder gesund.«

Da verschwindet Emilies letzter Zweifel. Ganz klar, der hinterhältige Kerl hat schon eine Begleitung: Marleen.

Die Wut, die in Emilie brodelt, setzt ungeahnte Kräfte frei. Als sie Helmuts Tablettensammlung für die nächsten Tage zusammenstellt – er hat sich noch nie darum gekümmert –, beschleicht sie allerdings doch ein schlechtes Gewissen. Weil sie die blutdrucksenkenden Pillen gegen Blutgerinnungshemmer austauscht. Die hatte sie nach der Venenoperation im letzten Jahr noch als Thromboseprophylaxe im Badezimmerschrank. Helmut wird das nicht merken, er schluckt, was sie ihm in den Blister füllt.

Es ist ein Vabanquespiel, das ist Emilie durchaus bewusst. Aber sollte Helmut mit Marleen irgendwelche exotischen Gymnastikübungen vollführen und sich dabei stoßen … würde er innerlich verbluten. Neben Marleen. Dann hätte er seine gerechte Strafe und Marleen geriete in Erklärungsnot.

Mit gemischten Gefühlen winkt Emilie ihrem Mann hinterher, als der am Donnerstag ins Auto steigt und nach Bensersiel fährt.

*

Die Stunden schleichen im Schneckentempo dahin. Emilie packt das schlechte Gewissen. Am liebsten würde sie alles rückgängig machen. Ist doch egal, ob Helmut und Marleen sich ab und zu ein nettes Wochenende gönnen. Solange sie in Ruhe ihr Leben fortsetzen kann, ist alles in Ordnung. Die Wohnung auf Langeoog können sie ja abwechselnd nutzen. Und scheiden lassen wird er sich mit Mitte 70 schon nicht. Andererseits: Wenn sie ihm gesteht, dass sie an seinen Medikamenten herumgepfuscht hat, liefert sie ihm ein Eins-A-Motiv, sich doch von ihr zu trennen. Hach, es ist so verzwickt!

Das Warten auf seine Nachrichten grenzt an Psychoterror. Ahnt er tatsächlich nichts? Oder macht es sich bemerkbar, dass er seine Blutdrucktabletten nicht nimmt? Ach was, ein, zwei Tage ohne die Dinger werden bestimmt nicht so schlimm sein.

»Überraschung!«, schreibt er am Freitag. »Habe Marleen getroffen. Sie ist auch bis Sonntag hier.«

Überraschung. Jaja. Helmut scheint tatsächlich keine Ahnung zu haben, dass sie weiß, was zwischen ihm und Marleen läuft. Verreck, du Mistkerl, denkt sie und das schlechte Gewissen fällt schlagartig von ihr ab.

Allerdings nur bis Samstagabend. Da schickt Marleen ein Foto. Sie zwischen zwei Helmuts auf dem Golfplatz am Flughafen. Mit Golfschlägern und in gleichen Jacken im Licht der untergehenden Sonne, im Hintergrund ist der Wasserturm zu sehen.

»Huhu, guck mal! Kannst du herausfinden, wer von den beiden Helmut ist? Der andere ist Kurt! Ich habe ihn übers Internet kennengelernt und bin so glücklich! Bis bald, du Süße! PS: Hatte meine Blutdrucktabletten in der Aufregung zu Hause vergessen, aber glücklicherweise hat Helmut mir seine gegeben, er hat ja die gleichen und immer genug in Reserve dabei. Freu mich auf zu Hause. Dann lernst du Kurt persönlich kennen. Du wirst ihn mögen.«

Ach du grüne Neune!

Hektisch greift Emilie zum Telefon. Sie muss Helmut warnen. Sie kann ja vorgeben, es sei ein Versehen gewesen, dass sie die Tabletten vertauscht hat. Aber Helmut geht nicht ran.

In der Nacht kriegt sie kein Auge zu.

Früh um acht klingelt ihr Handy.

»Marleen ist tot«, sagt ihr Mann fassungslos.

»Um Gottes willen, was ist passiert?« Hitze breitet sich in Emilie aus.

»Wir waren gestern Nachmittag zusammen golfen. Sie, ihr neuer Freund und ich. Der ist blutiger Anfänger, hat gerade erst die Platzreife. An Loch acht ist ihm ein Schlag total missglückt und seitwärts geflogen. Marleen stand leider nicht hinter ihm, sondern war ein paar Schritte in Richtung ihres Balles gegangen. Kurt hat zwar noch ›Fore‹ gerufen, sie hat sich umgedreht, doch im gleichen Moment hat der Ball sie mitten in den Bauch getroffen. Zuerst waren wir alle total erschrocken, aber dann wirkte es gar nicht so schlimm. Wir waren nur froh, dass es sie nicht am Kopf erwischt hat. Natürlich wusste ich, dass sie nach der Hüft-OP noch immer Gerinnungshemmer nimmt, aber dass das solche Folgen haben könnte, daran hat keiner von uns gedacht. Wir hätten sie sonst zum Inselarzt gebracht …«

Oh Schiete. Das ist nun wirklich dumm gelaufen. Und eigentlich müsste Emilie jetzt ein schlechtes Gewissen haben. Andererseits kann *sie* ja nichts dafür. *Sie* hat Marleen die Tabletten ja nicht gegeben. Kurz überlegt sie, Helmut ihren »Irrtum« mit den Tabletten zu gestehen. Wie er wohl reagieren würde, wenn er wüsste, dass es seine Tabletten waren, die die Wirkung von Marleens eigenen verdoppelt haben? Nein. Das wird Emilie besser für sich behalten. Stattdessen wird sie ihm Labskaus kochen, wenn er zurückkommt. Das isst er für sein Leben gern.

Automatisch singt sie, als sie den Einkaufszettel schreibt. Es muss wohl doch ein Schicksal geben. Schließlich ist allein die Tatsache, dass Marleen sich einen Mann ausgesucht hat, der haargenau wie Helmut aussieht, höchst verdächtig. Wer weiß, wie sie gehandelt hätte, wäre ihr der Kurt von der Fahne gesprungen. Nein, es hat schon alles so sollen sein. »Marleen, eine von uns beiden musste gehn ...«, singt sie spontan das Lied von Marianne Rosenberg mit abgewandeltem Text, »Marleen, wie gut, dass du es warst, Marleen ...

OSTERN AUF SPIEKEROOG

JÜRGEN EHLERS

Die Sonne schien, aber es wehte ein kühler Wind. Ich war auf dem Weg nach Spiekeroog, um eine Leiche zu entsorgen. Normalerweise tue ich so etwas nicht, doch ein Freund hatte mich darum gebeten, und einem guten Freund kann man keine Bitte abschlagen. Gero ist ein guter Freund. Ich kenne ihn seit der Schulzeit. Genau wie ich ist Gero ein friedlicher Mensch, nicht gewalttätig, solange man tut, was er will.

»Du stammst doch von der Insel«, hatte er gesagt.

Ja, das stimmte.

»Du hast bestimmt oft genug diesen Vortrag über die Sturmfluten gehört. Mit Farblichtbildern.«

»Ja.« Das war lange her.

»Und was hat er gesagt, der alte Wattführer, dieser Fehnwortel? Dass das Meer zwar am Westende der Insel nagt, dass es aber am Ostende von Spiekeroog den Sand in doppelter Menge zurückbringt. Und dass sich da, wo vor hundert Jahren nichts als eine kahle Sandbank lag, heute immer neue Dünen bilden.«

Ja, das hatte er gesagt. Und das war auch richtig. Als ich ein Kind gewesen war, vor 60 Jahren, da waren die Dünen im Osten der Insel noch klein und völlig kahl. Heute bedeckten sie fast die ganze Fläche.

»Ja, das hat er gesagt«, antwortete Gero sich ärgerlich selbst. »Aber was er vergessen hat zu erwähnen, das ist, dass auch am Ostende von Spiekeroog der Rand der Dünen abgetragen wird.«

»Das weiß ich nicht«, sagte ich.

»Doch, das ist so. Da überwiegt die Abtragung. Am Rand der Dünen und auch am Strand. Wie oft bin ich auf der Insel gewesen? 50-mal, 100-mal? Niemals habe ich die Wracks gesehen, die am Ostende seit über hundert Jahren am Strand liegen. Immer waren sie von Sand begraben. Und jetzt? Guck dir diesen Film an, den sie auf Youtube gestellt haben! Alles liegt frei!«

»Das ist doch gut. Die Touristen lieben so etwas …«

»Ja, die Touristen. Die lieben auch die Dünen. Und die Vogelschützer. Die sorgen dafür, dass niemand in die Dünen hineingeht. Nur deshalb habe ich den Dr. Steinhauer den ganzen Weg bis in die Dünen vor mir hergetrieben. Deshalb habe ich ihn erst da draußen erschossen und eingegraben. Und jetzt? Alles für die Katz! Das Meer kommt und legt die Leiche wieder frei.«

Ich wusste zwar, dass Gero ein Haus auf Spiekeroog hatte, seine Zweitwohnung, aber ich wusste nichts von diesem Dr. Steinhauer. »Was ist das für eine Geschichte mit diesem Kerl?«, fragte ich.

»Ein ganz übler Bursche, Kai. Ein ganz übler Bursche. Sei froh, dass du ihn nicht kennengelernt hast. Ein Steuerberater. Er hat geglaubt, dass er mich erpressen könnte. Mich! Den König von St. Pauli!« Gero lachte.

Gero war nicht wirklich der König von St. Pauli, aber er war einer der ganz Großen in der Hamburger Unterwelt. Ich mochte ihn nicht, aber ihn zum Freund zu haben war jedenfalls besser, als ihn zum Feind zu haben. Zumindest dachte ich das.

»Ziemlich genau fünf Jahre ist das jetzt her. Ich hatte ihn nach Spiekeroog eingeladen, zu einer Aussprache. Er hatte sich um den Kurbeitrag gedrückt. Das vereinfachte das Verfahren. Niemand wusste, dass er auf der Insel gewesen war. Niemand wusste, wo er abgeblieben ist. Er war weg und ich hatte meine Ruhe. Bis jetzt. Bis ich plötzlich begriffen habe, dass das Meer gerade dabei ist, den Verblichenen wieder freizulegen.«

Ich zuckte mit den Achseln. »Eine Leiche, die mehrere Jahre lang im Dünensand gelegen hat, von der ist doch heute nicht mehr viel übrig. Ein unbekannter Toter und fertig.«

Gero schüttelte den Kopf. »Du hast keine Ahnung«, sagte er.

*

Die Gemeinde Spiekeroog hatte rechtzeitig vor Ostern einen Aufruf ins Internet gestellt. Darin hieß es: »Ein Osterfest ohne Sie ist für uns alle besser.« Ich fühlte mich persönlich angesprochen. Eigentlich richtete sich der Text an Zweitwohnungsbesitzer und sonstige Freunde der Insel, doch ich war vermutlich gleichermaßen unerwünscht. Ich war zwar auf Spiekeroog geboren, aber ich lebte schon lange nicht mehr dort und besaß weder eine Erst- noch eine Zweitwohnung auf der Insel.

Bevor ich übersetzen durfte, musste ich den obligatorischen Fragebogen ausfüllen. Name, Heimatanschrift, Telefonnummer – alles frei erfunden. Hatte ich Fieber, Husten, Atemnot? Nein, hatte ich nicht. Angst hatte ich, aber danach wurde nicht gefragt. Grund der Reise: Arbeitsaufenthalt. Zum Beweis hatte ich den Spaten mitgebracht. Den würde ich auf der Insel brauchen.

Für die Schiffe galt ein Sonderfahrplan. Ich fuhr am Donnerstagvormittag um 11.50 Uhr ab Neuharlingersiel mit der »Spiekeroog IV«, dem kleinsten Schiff der Flotte. Mir war die ganze Geschichte unheimlich. Dieser Eindruck verstärkte sich noch, als ich an Bord der Fähre ging und eine Gruppe von Passagieren mit ihren weißen Masken um mich herum sah. Es sah ein bisschen aus wie eine Versammlung des örtlichen Ku-Klux-Klans. Und ich mit meiner weißen Maske gehörte natürlich dazu.

Als das Schiff ablegte, kam eine junge Frau mit roten Haaren nach oben. Die Maskenmänner begrüßten sie mit lautem Hallo. Die Rothaarige beachtete sie nicht. Stattdessen stellte sie sich neben mich an die Reling und sagte: »Danke.«

Ich sah sie an. »Wofür?«

»Du hast damals den Fußball aus dem Wasser geholt«, sagte sie. »Ich weiß nicht mehr genau, wann das gewesen ist. Ich war jedenfalls noch ein kleines Mädchen und habe am Strand mit dem Ball herumgekickt, mit dem Ball von meinem Bruder, und auf einmal lag der teure Fußball im Wasser und wurde von der Strömung weggetrieben. Und du, du bist hinterhergelaufen und hast ihn wieder herausgeholt.«

Ich schüttelte den Kopf. Ja, ich hatte mal einen Fußball aus dem Wasser geholt, aber da war kein rothaariges Mädchen gewesen.

»Ich habe mich nicht einmal bedankt damals. Es war mir peinlich, dass ein erwachsener Mann für mich in das Wasser gerannt ist, in voller Kleidung, und den Ball geholt hat. Und gefährlich war es auch. Die Querströmung ist nicht zu unterschätzen.«

»Und du bist das damals gewesen?« Ich konnte es kaum glauben. »Die roten Haare …«

»Die Haare sind gefärbt«, sagte die junge Frau. »Ich heiße übrigens Laura. Und du, du bist Kai.«

Ja, ich war Kai. Aber das sollte eigentlich niemand wissen. Diese Laura hatte mich trotz der Maske erkannt.

*

Der Plan, den Gero sich ausgedacht hatte, gefiel mir nicht. Ich wollte nichts mit dieser Leiche zu tun haben, es war schließlich nicht meine Leiche. Ich hatte gesagt: »Falls der Dr. Steinhauer wirklich inzwischen von der Flut freigespült worden ist, warum lässt du ihn nicht einfach am Strand liegen? Niemand kennt ihn hier. Man wird ihn also wie so viele andere Unbekannte vor ihm schlicht und ergreifend auf dem Friedhof der Namenlosen beisetzen.«

»Das geht nicht«, sagte Gero. »Die Geschichte ist ganz klar geregelt. Wenn auf Spiekeroog eine Wasserleiche gefunden wird, dann kommt die Kripo aus Wittmund und übernimmt den Abtransport. Da wird der Tote identifiziert und die Todesursache festgestellt. Und unbekannte Tote gibt es heute fast gar nicht mehr. Wenn wirklich jemand von einem Schiff über Bord gespült wird, dann wird der Vorfall natürlich sofort gemeldet. Und wenn der Mann tatsächlich nicht gerettet werden kann, sondern irgendwann als Leiche angespült wird, findet man schnell heraus, wer das ist. Das Zahnbild, die DNA. Nein, Kai, die Leiche muss verschwinden. Und das ist eine ganz einfache Sache. Du gräbst sie aus und gräbst sie auf dem Friedhof wieder ein.«

*

Als ich am nächsten Morgen aus dem Fenster guckte, erlebte ich eine Überraschung. Draußen lag Schnee. Ich hatte mir extra eine Bundeswehr-Parka besorgt, um in den Dünen gut getarnt und ungestört graben zu können. Die war nun wertlos. Ich brauchte ein Schneehemd. Also riss ich das Federbett aus seiner Umhüllung, schnitt Löcher für Kopf und Arme in den Bettbezug und zog ihn über die Parka. Ja, so könnte es gehen.

Ich war früh genug aufgestanden. Draußen war noch kein Mensch. Niemand sah mich, wie ich als weißes Gespenst mit einem Spaten in der Hand quer durch das Dorf in Richtung Osten marschierte. Von der Aussichtsdüne hätte ich einen freien Blick auf das ganze junge Dünengelände weiter östlich haben können, aber ich sah nicht viel. Leichtes Schneetreiben hatte eingesetzt.

Zum Glück wusste ich genau, wo ich hinwollte. »Von der Aussichtsdüne aus gehst du einfach geradeaus«, hatte Gero gesagt. »Nach knapp 200 Metern kommst du an eine Kreuzung. Da gehst du geradeaus weiter, bis du vor dir die hohen Dünen siehst. Du folgst dem Weg so lange, bis die Dünen aufhören. Und da ist es auf der linken Seite. Fünf Meter vom Rand der Dünen. Und dann siehst du ja, entweder liegt der Doktor noch da oder nicht.«

Ich folgte dem Weg. Er wurde breiter und breiter. Im Schneetreiben hätte ich fast die Orientierung verloren. Zum Glück gab es auf der rechten Seite etwa alle 50 Meter eine hohe Stange, und ich brauchte nur diesen Markierungen zu folgen. Dass ich aus den Dünen heraus war, merkte ich erst, als ich schon zu weit gegangen war. Ich kehrte um und suchte den Rand des Dünengürtels. Gero hatte behauptet, dort gäbe es eine steile Abbruchkante. Die gab es aber nicht. Die Spuren der letzten größeren Sturmflut waren längst verwischt, und vor dem alten Kliff hatten sich kleine neue Dünen gebildet. Gero hatte mir auf Fotos gezeigt, wie das Gelände ausgesehen hatte, in dem der Doktor verscharrt worden war. Heute war alles anders. Ratlos stocherte ich mit dem Spaten im Sand herum.

»Was machst du denn da?«, rief plötzlich jemand hinter mir.

Ich fuhr zusammen. Da stand die junge Frau, die ich auf der Fähre getroffen hatte.

»Ich suche nach Wattwürmern«, behauptete ich. Etwas Besseres fiel mir auf die Schnelle nicht ein.

Laura lachte. »Das ist eine gute Idee«, sagte sie. »Da muss erst einmal jemand drauf kommen. Im Schneehemd nach Wattwürmern suchen, damit sie einen nicht rechtzeitig sehen und davonlaufen können!«

Was sollte ich sagen?

»Allerdings wirst du hier keine finden. Die Wattwürmer sind auf der Wattseite. Das sagt ja schon der Name. Du bist auf der Seeseite der Insel. Und dieser Sand, Kai, das ist eine Düne. Man merkt, dass du lange nicht mehr auf Spiekeroog gewesen bist.«

Ich wusste nicht, was ich machen sollte. Gero hatte zwar gesagt, wenn irgendjemand dazukäme, wenn ich die Leiche ausgrub, dann solle ich rücksichtslos von der Schusswaffe Gebrauch machen. Es dürfe keine Zeugen geben. Aber ich würde niemals im Traum daran denken, eine nette junge Frau einfach niederzuschießen, auch wenn sie mich jetzt veräppelte. Stattdessen erzählte ich ihr, warum ich wirklich hier war.

Sie sah mich mit einem spöttischen Lächeln an. »Hat dir niemand erzählt, dass du das nicht weitersagen darfst?«, fragte sie und wartete meine Antwort nicht ab. »Ich helfe dir.«

»Danke.«

»Es gibt zwei Möglichkeiten. Entweder hat dein Gero die Leiche damals so dicht am Dünenrand vergraben, dass das Meer sie inzwischen freigespült und weggeschwemmt hat, oder sie liegt noch immer unter dem Sand. Wenn hier auf Spiekeroog irgendeine Leiche gefunden worden wäre, dann hätte ich davon gehört. Deswegen glaube ich, dass sie noch da ist. Aber mit dem Spaten wirst du sie nie finden.«

»Ich darf nicht aufgeben«, sagte ich. »Das habe ich versprochen. Und was man versprochen hat, das muss man halten.«

»Ja, das muss man. Ich weiß, wie wir deine Leiche finden können. Dazu muss ich noch einmal kurz ins Dorf zurück. Bleib hier und warte auf mich. Und zieh diesen lächerlichen Bettbezug aus. Die Geisterstunde ist längst vorüber.«

Ich tat, was sie gesagt hatte. Nach einer knappen Stunde kam sie mit einem Handwagen zurück. Darin lag ein Metallsuchgerät. »Damit finden wir ihn.«

»Der Mann besteht nicht aus Eisen«, wandte ich ein.

Sie schüttelte den Kopf. »Dein Freund wird ihn doch nicht nackt begraben haben, oder? Dann gibt es ganz sicher Dinge aus Metall, auf die dieses Gerät anspricht. Eine Gürtelschnalle zum Beispiel.«

Sie schaltete das Metallsuchgerät ein. Es sah alles sehr professionell aus. Es pfiff grausig, als der Detektor meine Pistole entdeckte.

»Oh«, sagte Laura.

»Bist du eine Schatzsucherin?«, fragte ich.

Sie nickte und kramte in ihrer Tasche. »Hier, das habe ich neulich gefunden.« Sie zeigte mir eine Münze. 1 Pfennig, Deutsches Reich, 1914. Auf der Rückseite der Adler mit der Kaiserkrone. »Die Münze stammt wahrscheinlich aus dem Wrack des Fischdampfers *Moltke*. Der ist am 2. Januar 1916 hier auf Spiekeroog gestrandet.«

Ich kannte die Geschichte des Fischdampfers. »Ist das alles, was du gefunden hast?«

Sie lachte. »Normalerweise suche ich nach neueren Münzen. Euros und Cents. Münzen, die die Badegäste im Sommer verloren haben und die unter einer dünnen Sandschicht begraben sind. Manchmal werden sie vom Wind freigelegt. Wenn nicht, finde ich sie mit dem Metallsuchgerät. Manchmal 30 Euro an einem Tag, meistens weniger.«

»Das ist nicht viel«, sagte ich.

Sie grinste. »30 Euro sind 30 Euro«, sagte sie. »30 Euro haben oder nicht haben, das ist schon ein Unterschied.«

In dem Augenblick gab das Metallsuchgerät einen hässlichen Pfeifton von sich. Wir hatten den toten Doktor gefunden.

Das war genau der Augenblick, in dem Onno auftauchte. Onno war der Dorfpolizist.

»Na, ihr beiden Hübschen, was macht ihr denn hier?«, fragte er.

»Schatzsuche«, sagte Laura.

»Ist verboten«, brummte Onno.

Laura schüttelte den Kopf. »Stimmt nicht«, sagte sie. »Nur im Bereich von Bodendenkmälern, ehemaligen

Handelswegen, ehemaligen Ortschaften und so weiter. So was gibt es hier alles nicht.«

»Das ist mir egal«, sagte Onno. »Für Bodendenkmäler bin ich nicht zuständig. Und für alte Siedlungen auch nicht. Aber ihr seid hier im Nationalpark Niedersächsisches Wattenmeer, und zwar in der Zone I, der sogenannten Ruhezone. Und da darf man nicht mit einem Metallsuchgerät herumpiepen. Da piepen nur die Möwen.«

»Aber das Betretungsverbot gilt doch nur im Sommer«, wandte ich ein.

Onno schüttelte den Kopf. »Von April bis Juli gilt das. Und jetzt haben wir bereits den 2. April. Ihr stört die Möwen beim Brüten.«

»Bei Schneeregen brüten die nicht«, erwiderte ich.

Laura schüttelte den Kopf. »Das brauchen wir gar nicht zu diskutieren«, sagte sie. »Wir gehen nicht in die Dünen. Wir bleiben am Strand. Die wirklichen Schätze liegen dort.«

»Ach was!«, brummte Onno. »Hier am Strand gibt es keine Schätze. Bernstein vielleicht, aber den könnt ihr mit dem Metallsuchgerät nicht finden. Ich habe einen gefunden, der war so groß!« Er deutete mit den Händen ein etwa kürbisgroßes Objekt an.

»Toll!«, sagte Laura wunschgemäß. »Aber wie kommt es, dass du bei diesem schlechten Wetter und noch dazu am Karfreitag hier draußen spazieren gehst?«

»Ich gehe nicht spazieren. Das ist ein Dienstgang. Ich habe einen Anruf bekommen. Von der Kripo in Wittmund. Und die haben wiederum einen Anruf von der Kripo in Hamburg gekriegt. Angeblich soll hier heute eine Leiche ausgegraben werden!«

»Eine Leiche?« Wir lachten beide.

Laura fragte: »Onno, wann ist denn dieser Anruf gekommen?«

»Heute Morgen natürlich. Ich bin gleich losgestiefelt.«

»Und wann haben die Hamburger in Wittmund angerufen?«

»Das weiß ich nicht. Wahrscheinlich schon gestern Abend.«

Laura schüttelte den Kopf. »Onno«, sagte sie. »Da hat dich jemand auf den Arm genommen. Wenn der Anruf schon gestern gekommen ist, dann war das der 1. April. Da haben die Hamburger Polizisten ihre Kollegen in Ostfriesland in den April geschickt. Dass die Nachricht auf Spiekeroog erst am 2. April ankommen würde, das konnte ja schließlich keiner wissen.«

»Meint ihr wirklich?« Damit hatte Onno nicht gerechnet.

Wir nickten beide. »Ganz bestimmt!«

*

Wir warteten, bis Onno verschwunden war, ehe wir Dr. Steinhauer ausgruben. Viel war nicht von ihm übrig geblieben. In sandigem Boden zersetzt sich eine Leiche innerhalb von zwei Jahren. Was wir fanden, sah daher so aus wie Fundstücke bei einer archäologischen Ausgrabung. Da waren die Knochen, da waren Stoffreste, Knöpfe natürlich, der Ledergürtel mit der Metallschnalle und die Kunststoffsohlen der Turnschuhe. Laura nahm den Schädel in die Hand und betrachtete ihn nachdenklich. Das kreisrunde Loch, das die Pistolenkugel hinterlassen hatte, war nicht zu übersehen. Zum Glück hatten wir ja das Betttuch dabei. Darin sammelten wir alles und legten es in den Handwagen. Das Metallsuchgerät kam obendrauf, damit klar war, dass wir auf Schatzsuche gewesen waren. Niemand sollte dumme Fragen stellen.

»Was machen wir jetzt mit ihm?«, fragte ich.

Es hatte aufgehört zu schneien und die Sonne schien. Dennoch war es empfindlich kühl. Wir saßen auf der Terrasse vor der Inselbäckerei bei Kaffee und Kuchen und diskutierten darüber, wie wir mit der Leiche vorgehen sollten. Wir hatten sie erst einmal mit dem Handwagen zu Geros Haus gebracht und bei ihm in die Garage gestellt. Dort war viel Platz. Da es auf Spiekeroog keine Autos gab, war die Garage vollkommen überflüssig. Gero nutzte sie als Geräteschuppen.

»Steinhauer muss weg«, sagte ich. »Es gibt doch den ›Friedhof der Namenlosen‹ ...«

Ja, den gab es. Er war im Winter 1854 nach dem Untergang des Auswandererschiffes »Johanne« angelegt worden.

»77 Tote«, wusste Laura. »Männer, Frauen und Kinder. Eine Katastrophe.«

Da diese vielen Leichen unmöglich auf dem normalen Friedhof von Spiekeroog hatten bestattet werden können, hatte man in aller Eile ganz am Rande des Dorfes im Osten einen neuen Friedhof angelegt. Aber das Dorf hatte sich inzwischen gewaltig ausgedehnt und der kleine Friedhof lag jetzt mitten zwischen den Häusern.

»Gegenüber vom Friedhof liegt die Polizeistation Spiekeroog«, sagte Laura. »Nun ist es natürlich möglich, dass der Onno nicht den ganzen Tag im Wohnzimmer sitzt und durch die Gardine guckt, ob sich draußen vor seinem Haus vielleicht irgendein Verbrechen abspielt. Aber man sollte das Schicksal nicht herausfordern.«

Laura biss von ihrem Mandelhörnchen ab. Dann sagte sie: »Du hast ein Problem, Kai. Der Anruf bei der Polizei, das ist natürlich kein Aprilscherz gewesen.«

Nein, das war mir klar. Es gab im Grunde nur eine Möglichkeit: Gero hatte die Polizei eingeschaltet. Er hatte gewollt, dass der Inselpolizist mich beim Ausgraben der Leiche ertappen und festnehmen würde. Deswegen hatte er auch so gedrängt, dass ich eine Schusswaffe mitnehmen solle. Wenn der Polizist mich mit einer Pistole angetroffen hätte, wäre ich natürlich noch verdächtiger gewesen.

»Die Leiche muss verschwinden«, sagte ich.

»Ich denke darüber nach«, versprach Laura.

*

Den Nachmittag verbrachte ich damit, dass ich den schönen Rasen in Geros Garten umgrub. Das war notwendig, denn die Gemeindeverwaltung hatte angekündigt, Kontrollen durchzuführen. Besucher müssten nachweisen, dass sie nicht etwa als Touristen auf die Insel gekommen seien. Die Nachbarin staunte darüber, was ich da machte, fragte aber nicht nach. Zum Glück wurde es früh dunkel. Bis dahin hatte ich den gepflegten Garten von Geros Haus vollständig ruiniert.

Ich hatte anschließend eigentlich nur etwas essen wollen, doch die meisten Gaststätten hatten geschlossen. Vor dem »Capitänshaus« saßen die vier Männer beim Bier, die mir schon auf dem Schiff unangenehm aufgefallen waren. Ihre weißen Masken hatten sie vom Gesicht gezogen. »Da ist ja der Schatzgräber!«, rief einer, als er mich entdeckt hatte. »Komm rüber, setz dich zu uns!«

Ich ließ mich überreden und bestellte ein Bier.

»Du musst nicht glauben, dass wir jeden Abend hier sitzen«, sagte einer der Männer. »Dazu ist es viel zu teuer. Aber heute, wo Feiertag ist …«

»Was macht die rote Hexe?«, fragte ein anderer.

»Rote Hexe?«, fragte ich zurück. Ich wusste nicht, was er meinte.

»Na, die Laura, mit der du immer durchs Dorf ziehst.«

»Sie ist keine Hexe«, sagte ich. »Sie ist eine nette junge Frau.«

Die Männer lachten. »Das glauben alle«, sagte einer. »Aber so sind sie, die Hexen. Sie ziehen dich in ihren

Bann, und dass sie dich gefangen haben, merkst du erst, wenn es zu spät ist.«

»Unsinn.«

»Sie hat rote Haare wie alle Hexen!«, wusste ein anderer.

»Sie hat blonde Haare«, erwiderte ich. »Sie hat sie rot gefärbt.«

Erneut lachten die Männer. »Wenn du das sehen konntest«, sagte der eine, »bist du ihr schon viel zu nahe gekommen. Dann kannst du ihr nicht mehr entrinnen. Du bist verloren!«

»Ich habe es ja immer gesagt!«, rief ein anderer. »Wenn ein neuer Deich gebaut wird, muss etwas Lebendiges hinein. Nicht einfach bloß ein Hund wie beim Schimmelreiter von Storm, sondern ein Mensch. Ein Kind oder eine Hexe.«

»Sei still!«

»Das Deichschart muss erneuert werden. Sonst darf die Pferdebahn nicht mehr fahren. Das wäre die Gelegenheit, unseren Deich noch sicherer …«

»Sei still!«

*

Als ich zu Gero nach Hause kam, stand Laura vor der Tür. Sie war zu mir gekommen. »Lass mich rein«, sagte sie. »Ich habe Hunger.« Sie war immer sehr direkt.

Ich schloss die Tür auf und machte Licht. »Ich weiß nicht, ob ich etwas zu essen habe«, sagte ich. »Das ist ja schließlich nicht mein Haus, und Gero ist auch lange nicht mehr hier gewesen, so wie es aussieht.«

Wir inspizierten den Kühlschrank. Er war leer. In der Speisekammer standen zum Glück einige Konserven. Und für Getränke war auch gesorgt. Gero hatte ein paar Flaschen Champagner gelagert. Ich lud Laura ein zu Ravioli mit Schampus.

»Was hast du eigentlich auf dem Festland gemacht?«, fragte ich.

»Geklaut natürlich. Guck nicht so, von irgendetwas muss ich ja schließlich leben.« Laura war Taschendiebin. Wenn sie Geld brauchte, fuhr sie nach Bremen und besorgte sich welches. Die Corona-Masken waren gut für Taschendiebe, der Mindestabstand dagegen war schlecht. Aber in der Bremer Innenstadt spielte das keine große Rolle.

»Das ist doch kein Leben«, sagte ich.

Sie zuckte mit den Achseln. »Es ist kein Beruf, wenn du das meinst. Aber Leben, das heißt nicht Beruf und Sicherheit, sondern das heißt Freiheit. Ich nehme mir die Freiheit, die ich brauche. Der Rest ist egal.«

Ich fragte sie, ob sie eine Hexe sei.

»Vielleicht«, sagte sie.

»Im Ernst?«

»Das kommt darauf an, was du unter einer Hexe verstehst. Wenn eine Hexe eine Frau ist, die sich von den Männern nicht alles gefallen lässt. Wenn eine Hexe sich nicht verprügeln lässt, sondern stattdessen den Mann verprügelt. Wenn eine Hexe den hinterhältigen Kriechern und Duckmäusern ganz offen ins Gesicht lacht und ihnen notfalls auf die Schnauze haut, ja, dann bin ich eine Hexe.«

»Die Männer reden darüber, dass beim Bau eines neuen Deichscharts am besten eine Hexe mit eingegraben werden sollte«, sagte ich.

Laura lachte. »Ich werde nicht als Deichopfer enden. Verlass dich drauf.«

Wahrscheinlich hatte sie recht. Eher würde sie im Gefängnis landen als in irgendeinem Deich. Und ich auch. Ich machte mir allmählich ernsthafte Sorgen. Vor ein paar Stunden hatte ich noch geglaubt, wir könnten die sterblichen Überreste von Dr. Steinhauer einfach nachts auf dem Inselfriedhof begraben. Doch eine Ortsbesichtigung hatte rasch gezeigt, dass das nicht gut möglich war. Das Gelände war einfach zu offen. Die Gefahr, beim Eingraben der Leiche erwischt zu werden, war zu groß. Und selbst wenn es uns gelingen sollte, unerkannt zu entkommen, würde man doch innerhalb weniger Tage feststellen, dass auf dem Friedhof jemand unerlaubt gegraben hatte, und dann würde man die Knochen von Dr. Steinhauer entdecken.

Ein Begräbnis auf hoher See kam auch nicht infrage. Niemand würde uns in dieser Jahreszeit ein Boot leihen, mit dem wir weit genug hinausfahren könnten, um die Knochen an einer Stelle loszuwerden, wo sie in den nächsten Jahren oder Jahrzehnten mit Sicherheit nicht an den Strand gespült würden.

»Die Kühltruhe«, sagte Laura schließlich.

Das war eine Möglichkeit. Theoretisch zumindest. In Geros Haus gab es eine große Kühltruhe. Die hatte er früher benutzt, als er fast ganzjährig hier gewohnt hatte. Aber seit er seinen Wohnsitz nach Hamburg verlagert hatte, war die Kühltruhe leer und ausgeschaltet.

»Wir schütten alles da hinein«, sagte Laura. »Dann ziehen wir den Stecker aus der Wand, sodass man vielleicht glauben könnte, Gero hätte seinerzeit diesen erpresserischen Dr. Steinhauer erschossen, in die Kühltruhe gelegt und vergessen.«

»Du unterschätzt die Polizei«, sagte ich. »Der Onno mag ja ein netter Kerl sein, aber diese Geschichte kauft er uns nicht ab. Und bei einem Mord werden sicher sowieso die Spezialisten aus Wittmund eingeschaltet, und dann wird sich sehr schnell herausstellen, dass Dr. Steinhauer viele Jahre lang im Dünensand gelegen haben muss.«

»Ja und? Was spielt das für eine Rolle? Es ist völlig egal, wo er gelegen hat. Der Mann ist erschossen worden. Es ist allgemein bekannt, dass er ein Erpresser war. Es ist allgemein bekannt, dass er versucht hat, deinen Gero zu erpressen. Und jetzt liegt er tot in Geros Haus. Da wird Gero einiges zu erklären haben. Gero, ein Mann, der sich immerhin selbst als König von St. Pauli bezeichnet!«

»Gero ist in Hamburg«, sagte ich. »Und die Knochen von Dr. Steinhauer sind hier.«

Die Ravioli hatten inzwischen lange genug auf dem Herd gestanden. Ich öffnete die Dose. Die Nudeln schmeckten etwas metallisch. Wahrscheinlich überlagert. Ich gab einen Esslöffel Zucker dazu. So ging es.

Ich fuhr zusammen, als es hinter mir knallte. Laura hatte den Champagner geöffnet. »Schnell, ein paar Gläser!«, rief sie. Ich wusste nicht, wo Gero seine Sektgläser aufbewahrte. Ich fand überhaupt keine Gläser. Wir tranken den Champagner kurzerhand aus der Flasche. Es war ein wunderbares Abendessen. Und Laura hatte einen Plan.

»Gero muss herkommen«, erklärte sie. »Du rufst ihn an. Du sagst, dass du aussteigst. Mit Mord willst du nichts zu tun haben. Du denkst gar nicht daran, für ihn irgendwelche Leichen auszugraben. Über Ostern hat die Polizei hier auf der Insel geschlossen, sagst du, aber am Dienstag gehst du gleich nach dem Frühstück zur Wache und erzählst alles, was du weißt. Du lässt dich auf keine Diskussion ein und beendest einfach das Gespräch. Ich möchte wetten, dass dein Gero vor dem Frühstück hier auf der Insel ankommt. Die ›Spiekeroog IV‹ fährt am Dienstag schon um 7.10 Uhr ab Neuharlingersiel. Und wenn das Schiff anlegt, nimmt Onno deinen Gero fest.«

Ich hatte Bedenken. »Selbst wenn die Polizei ihn festnimmt, wird er bei seinen Beziehungen sehr schnell wieder aus dem Gefängnis herauskommen und sich an mir rächen. Ich müsste untertauchen.«

»Wäre das so schlimm?«, fragte Laura. »Du hast mich vorhin gefragt, was ich für Pläne habe. Du hast gesagt, Taschendiebin, das sei doch kein Leben. Taschendiebin und Schatzsucherin. Wahrscheinlich hast du recht damit. Aber Rentner, das ist doch auch keins. Mach etwas aus dir, Kai!«

Laura schenkte mir noch ein Glas Champagner ein und drängte weiter: »Wir tauchen zusammen unter. Wir machen im Ausland gemeinsam eine Firma auf. Vergiss nicht: Ich habe ein Minensuchgerät und du hast einen Spaten. Es gibt viele wunderschöne Länder, in denen niemand Urlaub machen will, selbst wenn irgendwann einmal Corona vorbei ist, weil dort alles voller Minen liegt. Da können wir Abhilfe schaffen …«

»Du spinnst«, sagte ich. Aber eigentlich war es gar keine so schlechte Idee.

»Wir bleiben zusammen«, versprach Laura.

Das klang verlockend. »Wir bleiben zusammen«, bestätigte ich.

Laura gab mir einen Kuss.

Ja, wir würden zusammenbleiben. Vielleicht bis zum Ende aller Tage, vielleicht auch nur bis zum Osterdienstag, wenn Gero hier auftauchte und festgenommen würde. Ganz egal, es war eine wunderbare Perspektive.

WIE ZU HAUSE, NUR ANDERS

CHRISTINE BONVIN

»Und, wie waren die Ferien auf dieser Insel im Norden des großen Kantons?«

Eine Gruppe der Pfeifer und Tambouren saß nach der Musikprobe im Restaurant Alpenrösli am Stammtisch. Erwartungsvoll musterten sie ihren Kollegen.

»Auf Spiekeroog, dieser ostfriesischen Insel, ist es wie in unserem Walliser Bergdorf, nur anders«, brummte Hanspeter.

»Willst du uns für dumm verkaufen?« Josef schlug mit der Faust auf den Tisch. Mit Adleraugen nahm er seinen Kollegen ins Visier.

»Wenn ich es doch sage«, verteidigte sich der Angesprochene.

»Das nehmen wir dir nicht ab. Erklär uns das.«

Dass sie ihn als Lügner bezeichneten, lockte Hanspeter aus der Reserve. Nichts hielt ihn zurück. Er legte los: »Wie bei uns wohnen da die Einheimischen und es kommen Touristen. Die sind einerseits willkommen, da sie Geld bringen. Andererseits sieht man sie nicht gern, weil einige von ihnen im Urlaub über die Stränge schlagen und sich unflätig benehmen. Zudem kaufen Investoren die schönsten Immobilien und Grundstücke. Der Preis des Grundeigentums steigt in schwindelerregende Höhen. Insulaner, die eine Wohnung suchen, bleiben auf der Strecke.«

»Ja, das kennen wir.« In der Runde nickten alle mit dem Kopf wie der Mann auf der Missionskasse der Sonntagsschule.

»Die Insel ist autofrei wie unser Bergdorf«, fuhr Hanspeter fort.

»Haben die auch eine Seilbahn?« Gusti wusste nicht viel über die Welt außerhalb des Bergtals, dafür kannte er jeden Grashalm auf der Alpe, und er war der beste Trommler in der Region.

»Natürlich nicht, aber ein Fährschiff. Das ist im Prinzip dasselbe. Wegen der Gezeiten fährt es nicht so oft und regelmäßig wie unsere Bahn.«

»Gezeiten?« Gusti glotzte Hanspeter an.

»Unser Dorf ist von den Bergen umgeben, eine Insel vom Meer. Alle zwölfeinhalb Stunden ist Hochwasser, danach zieht sich das Wasser zurück, es ist Ebbe und anschließend Niedrigwasser. Dann können die Schiffe nicht fahren.«

»So wie unsere Seilbahn bei starkem Wind oder Lawinengefahr ausfällt. Nur ist das eher von den Jahreszeiten und nicht von den Gezeiten abhängig.« Egon kommentierte und korrigierte die Kollegen wie immer ungefragt.

»Genau so, nur anders«, bestätigte Hanspeter.

»Und sonst? Was hast du den ganzen Tag getrieben, ohne Arbeit?«

»Ich habe dem Dorfpolizisten geholfen, einen Entführungsfall zu lösen.«

»Was?«

Die Münder der Dörfler öffneten sich alle gleichzeitig.

Egon runzelte die Stirn und zupfte an seinem struppigen Vollbart. Fassungslos starrte er seinen Kollegen an. Dass der sonst so wortkarge Hanspeter eine Geschichte von einem Kriminalfall auftischen konnte, überraschte ihn. Skeptisch forderte er ihn auf zu berichten.

»Das ist eine abendfüllende Geschichte. Wir bestellen besser eine weitere Runde. Zeit haben wir. Unsere Weiber sind heute Abend ja in der Chorprobe.«

Die Kollegen drängten ihn, er solle schleunigst weitererzählen. Aber sie brachten kein Wort mehr aus ihm heraus, bis alle vor vollen Gläsern hockten.

»So funktioniert das nicht, Hanspeter. Du kannst uns nicht den Speck durch den Mund ziehen und uns dann schmoren lassen. Komm, verrat uns etwas von deiner Polizeiarbeit.«

»Also, wie zu Hause begab ich mich im Morgengrauen auf die Pirsch.«

»Du hältst uns wieder zum Narren! Hast du den Feldstecher mitgenommen, um Fische zu beobachten?«

Ein Riesengelächter erfüllte den Raum. Der Lärm dröhnte bis auf die Dorfgasse.

»Klar! Das Fernglas ist immer dabei. In dieser faszinierenden Landschaft von Strand, Sanddünen und Gras beobachtete ich Seehunde, Feldhasen und Fasane. Für Fische wäre wohl eher eine Taucherbrille nötig.«

»Kann man die Viecher da essen?« Gustis kulinarisches Interesse war geweckt.

»Seehunde nicht, aber Meerestiere und Fische landen selbstverständlich auf den Tellern. Heidi hat alles gekostet, ich habe Schnitzel und Pommes verdrückt.«

»Hör auf, Fabeln zu erzählen. Wir warten gespannt auf den Krimi.« Josef trommelte ungeduldig mit den Fingern auf die Tischplatte.

»Am ersten Morgen unserer Ferien spazierte ich durch die Dünen zum Strand. Wie ich es seit meiner Kindheit gewohnt bin, wollte ich Tiere beobachten. Auf einmal hörte ich ein eigenartiges Geräusch. Es kam aus einem dieser komischen Strandkörbe, die sie für die Gäste aufstellen.«

»Die stellen am Strand Körbe auf?« Gusti verstand die Welt nicht mehr.

»Das sind keine Einkaufskörbe, du Blödian, das sind Sitzmöbel aus Holz mit einem gewölbten Überdach aus Korbgeflecht. Die sind mit wetterfestem Stoff ausgekleidet und schützen die Strandgäste vor Wind und Wetter.« Egon gab erneut sein Wissen zum Besten.

»Möbel?« Gusti sperrte die Augen auf. Die anderen fuhren ihm über den Mund, bevor er die nächste Frage stellen konnte.

»Wir pochen jetzt auf den Krimi, Erklärungen folgen später.«

»Wie gesagt«, fuhr Hanspeter brummig fort. »Ich hörte ein Geräusch aus einem dieser Strandkörbe.« Nachsichtig warf er einen Blick auf Gusti und fügte hinzu: »Ich zeige nachher Fotos davon.«

Gusti hob sein Glas und prostete Hanspeter zu.

»In einem großen Bogen schlich ich darum herum. Von vorne spähte ich hinein. Und ihr glaubt nicht, was ich gesehen habe.«

»Eine Leiche?«

»Tote geben keine Geräusche von sich«, fuhr Egon dazwischen.

Das Geplänkel nahm Fahrt auf. Besserwisser warfen Vorschläge in die Runde, aber niemand fand die richtige Lösung.

Hanspeter winkte mit einem müden Lächeln ab.

»Komm.« Josefs Ungeduld war nicht zu überhören. »Was war es? Müssen wir dir alle Würmer aus der Nase ziehen?«

Mit steinerner Miene antwortete Hanspeter: »Den Toten habe ich später gefunden.«

»Was? Entführung und Mordfall?«

»Ja, genau so.«

»Jetzt lasst ihn endlich ausreden!«

»In diesem Strandkorb saß ein Riese von einem Mann, der wimmerte wie ein Schlosshund.«

»Ein Kerl, der weint? Hanspeter, du machst dich über uns lustig.«

»Haltet mal eure Schnauzen, sonst sind wir morgen noch da. Diese Heulsuse trug eine Polizeiuniform und hatte die Hände vors Gesicht geschlagen. Sein Körper schüttelte sich, und die Tränen rannen zwischen den Fingern durch. Die Hosenbeine waren klitschnass. Er plärrte fortwährend: ›Lotte, Lotte.‹ Aus sicherem Abstand beobachtete ich die Szene und überlegte, ob ich ihn ansprechen solle.

›Sind Sie der Schurke?‹, schrie er mich urplötzlich an.

›Sehe ich so aus?‹

›Kommen Sie her!‹, befahl er barsch.

Langsam trottete ich auf ihn zu, blieb aber in sicherer Distanz vor ihm stehen. Mutig fragte ich nach, ob ich ihm helfen könne. Er zerrte ein Taschentuch aus dem Hosensack, wischte sich Augen und Nase und musterte mich eindringlich. ›Sie sind nicht von hier?‹, fragte er herablassend.

Ich erklärte ihm, dass ich aus der Schweiz stamme und zusammen mit meiner Frau beim Preisausschreiben eine Woche Urlaub in Spiekeroog gewonnen hatte. In seinem Kopf rauchte es, das sah ich ihm an. Nach einer Weile knurrte er: ›Sie schickt der Himmel. Ein Ausländer ist die Lösung meines Problems. Dass ich nicht vorher darauf gekommen bin. Genau.‹

›Worauf?‹, erkundigte ich mich.

›Hier kennt man Sie nicht. Sie könnten unverdächtig rumgehen und nach Lotte Ausschau halten.‹

›Wer ist Lotte?‹

Er zeigte mir ein Foto der rothaarigen Polizeiassistentin. Dann verriet er mir, dass er Enno heiße und vom Festland komme. Zwei Wochen springe er zur Aushilfe für den Inselpolizisten ein. Gerhard sei ans Nordkap verreist. Er hatte ihm garantiert, dass er eine ruhige Kugel schieben könne, sofern er sich mit Lotte verstehe. Einen Tag nach Antritt seiner Aushilfsstelle wurde diese allerdings entführt.«

»Entführt?«, entfuhr es Egon.

»Enno bekam einen Telefonanruf von einem Unbekannten mit verzerrter Stimme. Dieser forderte von ihm 10.000 Euro in Banknoten, keinen Einsatz von Polizei und Insulanern, ansonsten würde Lotte umgebracht. Weitere Details erhalte er später.«

»10.000 ist keine enorme Summe für eine Entführung. In den Krimis verlangen die meisten bedeutend größere Beträge«, warf Josef ein.

»Für die Höhe der Forderung gab es einen Grund. Aber davon hatten wir zu diesem Zeitpunkt keine Ahnung.«

»Aufregend. Und dann? Wie hast du Lotte gefunden?«

»Nicht gleich. Dafür einen Toten.«

Die Kollegen betrachteten ihn sprachlos. Ihre Blicke deuteten an, dass sie nicht alles für bare Münze nahmen, was sie zu hören bekamen.

»Ja, ihr habt recht gehört. Auf der Suche nach Lotte habe ich eine Leiche gefunden. Enno beauftragte mich, auf der Insel rumzugehen und in Winkel und Ecken zu schauen, ungefragt in Gärten reinzugehen und manchmal aus Versehen eine Schuppen- oder Garagentür zu öffnen. Vor allem solle ich mit einem harmlosen Vorwand allerhand Leute ansprechen, sie dies und jenes fragen und den Anschein erwecken, meine Kenntnisse über die Insel erweitern zu wollen.«

»Du schweifst ab. Wo hast du einen Toten gefunden und was war die Todesursache?«

»Möchtet ihr die kurze oder die ausführliche Version hören?«

»So gerafft wie möglich, aber dass wir alles verstehen«, brummte Josef.

»Demzufolge bin ich *gezwungen*, ein wenig auszuholen. Zuerst marschierte ich zurück in die Pension und setzte mich mit Heidi an den Frühstückstisch. Selbstverständlich nahm ich die Arbeit gleich auf. Ich befragte die Besitzerin des Gasthauses über Kriminalfälle auf der Insel. Zuerst schaute sie mich erstaunt an, darauf lachte sie mitleidig. ›Sie sind ein Krimifan und haben all die Bücher gelesen und Filme geschaut, die hier im Norden spielen? Ich versichere Ihnen, diese Vorfälle finden nur zwischen den Buchdeckeln und auf der Leinwand statt. Bei uns ist es ungefährlich. In Spiekeroog kann man sich frei und unbeschwert bewegen. Die hiesige Polizei schlägt sich nicht mit Gewaltverbrechen herum.‹

Einem Unschuldsengel gleich hakte ich nach: ›Haben Sie überhaupt eine Polizeistation auf der Insel?‹

›Natürlich. Aber wenn ich recht informiert bin, ist Gerhard im Moment im Urlaub. Ein Ersatz springt für ihn ein.‹

Heidi wunderte sich. Sie hatte ja keine Ahnung von meinem Auftrag. Nach dem Essen klärte ich sie auf, natürlich ohne sachdienliche Details. Es kam ihr gelegen, dass ich eine Entdeckungstour auf der Insel plante. Sie weiß zu gut, dass ich nicht den ganzen Tag herumsitzen kann. Sie liebt es, stundenlang lesend im Strandkorb zu verbringen. So trennten wir uns im Anschluss an das Frühstück. Ich besorgte mir im Tourismusbüro eine detaillierte Karte und fragte unverfänglich nach abgelegenen Orten. Anschließend schlenderte ich durch das Dorf und schaute mich um. Leer stehende Gebäude markierte ich auf der Karte. Der erste Tag als Landstreicher war unergiebig. Nichts gefunden, was einen alten Fuchs wie mich vom Stuhl gerissen hätte. Am nächsten Morgen schien die Sonne so strahlend wie bei uns. Auf dem Weg in die dünner besiedelten Landstriche fiel mir ausgangs des Dorfes ein ortstypisches Backsteinhaus auf. Die Vorhänge waren zugezogen und das Licht hinter den Gardinen schimmerte durch. Das kam mir verdächtig vor. So unschuldig und unauffällig wie möglich schritt ich durch das Tor auf das Haus zu. Der gepflegte Vorgarten nahm mich sofort in Beschlag. Die Insulaner hatten ihr eigenes kleines Paradies geschaffen. Eine Augenweide sondergleichen. Gleichzeitig überkam mich ein mulmiges Unbehagen. Ich fühlte mich beobachtet. Ein Rascheln in der Hecke zum Nachbargarten bestätigte meinen Verdacht. Ich drehte mich langsam um. Eine ältere Frau mit einem blumigen Kopftuch äugte argwöhnisch durch das Blätterwerk. Bevor ich sie ansprechen konnte, huschte sie weg. Spontan betätigte ich die Türklingel. Kein Schimmer, in welcher Form ich mich beim Hausbewohner vorstellen sollte. Außer dem schrillen Ton der Glocke drang kein Geräusch nach draußen. Durch das Fenster mit dem geschlossenen Vorhang war nichts zu erkennen. Angetrieben von meiner wichtigen Aufgabe, streifte ich, ohne mich umzusehen, hinter das Gebäude. Und siehe da, ich wurde fündig. Durch das Küchenfenster erspähte ich zerbrochene Gegenstände und ein umgekipptes Gestell. Da …«

»… bekamst du einen Schlag auf den Schädel«, preschte Egon dazwischen.

»Halt die Klappe«, wurde er von Josef zurechtgewiesen.

»Da erkannte ich die Umrisse einer Person, die im Wohnzimmer lag. Ich zückte mein Telefon und rief sofort Enno an. Zum Glück hatten wir unsere Nummern ausgetauscht.«

»Und?«

Die Anspannung der Zuhörer war beinah mit Händen zu fassen. Die Nerven lagen blank und die Gläser waren erneut leer. Genüsslich lehnte sich Hanspeter mit gespielt ernster Miene zurück, bis Nachschub da war.

»Eine Viertelstunde später stand der Freund und Helfer Enno mit dem Rettungsdienst da. Sie fanden einen Toten im Wohnzimmer.«

»Gefunden – dank dir!« Gustis Brust schwoll an.

»Ermordet?«, fragte Josef.

»Über die Todesursache gaben sie keine Auskunft.«

»Ui, ui, ui«, ertönte es von der rechten Ecke des Tisches.

Ein Pfiff zwischen den Zähnen erklang von der anderen Seite.

»Aber der Gipfel der Geschichte kommt erst noch. Enno befragte mich im Vorgarten. Und zwar so laut, dass es alle Gaffer mitbekamen. Ich kam mir vor wie ein gestraftes Schulkind. Er untermauerte seine Amtsbefugnis mit lautstarken Worten: ›Sie verlassen auf keinen Fall die Insel, bis wir alles abgeklärt haben.‹ Er nahm mich mit zur Dienststelle. Zum Glück ohne Handschellen. Die Menschenmenge ließ uns nicht aus den Augen. Ab diesem Zeitpunkt war ich bekannt auf Spiekeroog. Die Leute tuschelten hinter vorgehaltener Hand. Im Hotel wartete Heidi genervt auf mich. Sie war stinksauer und gedachte sofort abzureisen. ›Einen halben Tag lasse ich dich allein und schon haben wir Ärger. Warum kannst du nicht wie andere Feriengäste am Meer entlangwandern, die Natur erkunden und dich im Strandkorb ausruhen?‹ Ich versuchte, sie zu beruhigen, erfolglos. Zähneknirschend wandte ich mich von ihr ab. Sie ahnte nicht, welch wichtiger Aufgabe ich nachging. Den Rest des Tages strafte sie mich mit Nichtbeachtung, die Wirtsfrau ebenso. Nur Enno und ich kannten die wahren Hintergründe, aber die durfte ich aus ermittlungstaktischen Gründen unter keinen Umständen preisgeben. Am Nachmittag schlich ich aus dem Hotel. Nach diesem Geplänkel musste ich mich auf die Socken machen, um das Versteck von Lotte so schnell wie möglich aufzuspüren.«

»Das ist eine Abenteuergeschichte, die du uns da auftischst. Red endlich Klartext. Wie war das mit der Entführung? Stand die im Zusammenhang mit dem Toten?«

Seine Kollegen wurden zunehmend ungeduldig. Der Alkohol tat das Seine dazu.

»Ihr habt mir gesagt, dass ich ausholen kann, damit auch der Letzte im Saal der unglaublichen Geschichte folgen kann. Bald kommt Licht in die Finsternis.«

»Hoffentlich. Ich muss nämlich aufs Klo.« Gusti rutschte auf seinem Stuhl hin und her.

»Also, wo war ich stehen geblieben? Ach ja. Ich streifte durch die Gegend und bestaunte den Sanddorn. Vor meinem inneren Auge sah ich die gleichen Büsche am Rhonestrand. Das Summen des Telefons riss mich aus dem idyllischen Tagtraum. Enno berichtete mir hastig, dass sich der Entführer gemeldet habe. Lotte werde unter Auflagen freigelassen.«

»Welche?«

»Enno solle das Lösegeld an den Fähranleger Neuharlingersiel bringen ...«

»Wo ist das denn wieder?«

»Das ist so quasi die Talstation bei uns oder dort eben der Abfahrtsort der Fähre zur Insel«, erklärte Hanspeter. »Dort müsse er die genau abgezählten Banknoten, in Zeitungspapier verpackt, in den Abfalleimer bei der Bushaltestelle legen und sofort mit der nächsten Fähre zur Insel zurückschippern. Sollte das ohne Einsatz der Polizei klappen, würde Lotte bei seiner Rückkehr nahe der Polizeistation freigelassen. Wenn nicht, werde sie nie wieder auftauchen.«

»Donnerwetter!« Josef zeigte sich beeindruckt. »Und?«

»Wir Profis haben sofort geschaltet«, prahlte Hanspeter. »Lotte hielt sich demzufolge auf der Insel auf. Der Täter hatte mindestens einen Komplizen auf Spiekeroog. Wie sonst könnte sie freigelassen werden, wenn zeitgleich eine andere Person das Lösegeld in Neuharlingersiel in Empfang nimmt und damit verschwindet.«

»Ist ja klar«, bestätigten alle im Chor.

»Ich halte es nicht mehr aus. Ich muss mal raus.« Gusti erhob sich und bestellte auf dem Weg eine weitere Runde für alle.

»Bis er zurück ist, berichte ich von anderen Gemeinsamkeiten der Insel und unserem Bergdorf. Das Wattenmeer gehört zum Weltnaturerbe wie der Aletschgletscher. Und hier wie dort spielen Wind und Wetter eine bedeutende Rolle. Die Luftströmung kommt immer von der Seite, in die man gehen möchte, und die Wetterlage ändert sich schneller als die beste Prognose.«

Die Männer schmunzelten und nickten.

»Habe ich etwas verpasst?«, fragte Gusti.

»Nein, er hat wiederholt, dass es dort gleich ist wie bei uns, halt anders. In der Zwischenzeit haben wir das kapiert. Erzähl weiter, Hanspeter.«

»Enno und ich schmiedeten einen gerissenen Plan. Er beabsichtigte, das notwendige Geld aufzutreiben, um Lotte nicht in Gefahr zu bringen. Am nächsten Morgen würde er mit der ersten Fähre ans Festland fahren und das Paket gemäß Anweisung platzieren. Ich hatte die Aufgabe, in der Nähe der Polizeistation Schmiere zu stehen. Konkret hieß das, auf einer Ruhebank zu sitzen, ein Buch zu lesen und diskret zu beobachten, ob und mit wem Lotte auftauchte. Bis zum nächsten Morgen würden wir uns nicht mehr treffen. Meine Entdeckungsreise über die Insel setzte ich fort. So wanderte ich bis zum Zeltplatz am anderen Ende des Eilands. Das ist eine kleine Oase, sag ich euch. Die haben einen eigenen Strandabschnitt, ein Sanitärhaus mit Toiletten und Duschen, Waschmaschinen, einen Kiosk, einen Grillplatz und für die Enkel gäbe es sogar einen Spielplatz. Die Menschen waren offen und redselig, weil sie realisierten, dass ich Ferien auf dem Campingplatz ins Auge fasste. Sie zeigten mir alles, ließen mich sogar in ihre Zelte schauen. Von Lotte fand ich keine Spur. Beim Abendessen schwärmte ich Heidi von der heilen Welt vor und von meinem Wunsch, einmal Zeltferien zu verbringen.

Die Begeisterung schwappte nicht auf sie über. ›Auf dem Boden schlafen und immerzu Sand in den Schuhen und Kleidern. Nein danke. Dieses Alter liegt hinter mir‹, schnauzte sie mich an.

»Hanspeter, komm zurück zur Entführungsgeschichte. Wir müssen morgen zur Arbeit.« Die Kollegen wurden zappelig.

»Ja gewiss, das Kidnapping. Ich fand Lotte an diesem Tag nicht.«

»Aber am nächsten?«

»Eins nach dem anderen. Ihr kennt mich ja, wenn ich etwas im Kopf habe, gebe ich nicht so schnell auf.«

»Und ob wir das kennen. Das ist manchmal echt mühsam«, bestätigte Josef.

»Enno bestieg am nächsten Morgen die Fähre mit einer Reisetasche unter dem Arm. Ich schlenderte am Hafen herum und musterte ihn und alle, die zuschauten. Außer mir waren drei ältere Männer dort. Sie saßen auf einer Ruhebank, ohne miteinander zu plaudern, und beobachteten die Abfahrt des Schiffes. Stellt euch Julian, Hermann und Max vor, die immer neben der Seilbahnstation Ausschau halten, wer kommt und abreist. Ich steuerte auf die Bank zu, doch die drei rückten keinen Zentimeter zusammen, um mir Platz anzubieten. Darum stellte ich mich dahinter. Das gefiel ihnen gar nicht. Alle drei drehten den Kopf und starrten zu mir hoch.

›Grüezi.‹

›Moin‹, brummten sie alle gleichzeitig und wendeten sich von mir ab. ›Heute sind viele Zuschauer am Hafen‹, knurrte einer.

›Fremde und Einheimische‹, ergänzte der Zweite. ›Fremde, die zuhören, und der Fischer Klaas, der zusieht.‹

Ich wagte zu fragen, ob der sonst nicht hier sei.

Einer wendete sich mir zu und zischte zwischen den Zähnen durch: ›Sie nicht und der nicht.‹

›Und gibt es denn heute etwas Besonderes zu sehen?‹, hakte ich nach, mit dem Risiko, von einem Blick erschlagen zu werden.

›Komisch! Der Aushilfspolizist verlässt die Insel, bevor Gerhard vom Urlaub zurückkommt.‹

›Aha‹, antwortete ich bloß.

Dieses kurze, jedoch nützliche Palaver brachte mich auf eine Idee. Gemütlich schlenderte ich zu dem Boot, auf dem sich der Fischer Klaas mit seinen Netzen beschäftigte.

›Moin‹, grüßte ich wie ein Einheimischer.

Er schaute kurz auf und nickte mir knapp zu.

›Haben Sie etwas gefangen?‹, fragte ich, um ins Gespräch zu kommen.

›Das Übliche‹, gab er zur Antwort.

›In der Schweiz bin ich Hochwildjäger. Auf Spiekeroog würde ich gerne Hochseefischen. Gestatten Sie, dass ich einmal mit Ihnen rausfahre?‹

›Morgen früh?‹

›Gern. Erlauben Sie, dass ich das Schiff anschaue?‹

›Jetzt nicht. Ich muss weg. Sie sehen es ja morgen. Um drei Uhr treffen wir uns. Bis dann!‹

Er ließ die Netze fallen und verschwand in die Kajüte. Mein Verdacht erhärtete sich. Der Fischer hatte etwas zu verstecken. Die Bank der Dorfältesten war inzwischen verwaist. Ich setzte mich auf den Beobachtungsposten und nahm einen Prospekt aus der Tasche. Zum Schein vertiefte ich mich darin. Wenig später sah ich, wie Klaas Richtung Dorf davonstampfte. Unauffällig trottete ich zu seinem Schiff. Zufälligerweise flatterte mein Prospekt von Spiekeroog auf das Deck. Für mich ein triftiger Grund, um an Bord zu klettern. Ich rief: ›Hallo!‹, in der Hoffnung, eine Reaktion zu hören, falls Lotte auf dem Schiff versteckt wäre.«

»Und?«

»Nichts. Und dummerweise kehrte in diesem Moment Klaas zurück. Er schnauzte mich an: ›Was fällt dir ein?‹

›Der Prospekt ist mir runtergefallen. Ich habe gerufen, aber Sie waren nicht da.‹

›Jetzt hast du ihn ja. Runter von meinem Schiff! Und das mit dem Mitfahren kannst du dir von der Backe putzen. Ich habe im Dorf gehört, dass ein Schweizer etwas mit dem Todesfall von Pit zu tun hat. Dampf ab!‹

»Dumm gelaufen! Von Erfolg keine Spur«, spottete Egon.

»Wartet, ich komme bald zum Höhepunkt. Dann seht ihr, was für ein Held an eurem Tisch sitzt.« Hanspeter wölbte seine Brust, atmete tief ein und erzählte weiter: »Etwas frustriert spazierte ich Richtung Pits Haus. Es blieb genügend Zeit, bis ich meinen Platz vor der Polizeidienststelle einzunehmen hatte. Am Vortag war mir aufgefallen, dass eine Katze im Garten herumschlich. Ich fragte mich, ob sich jemand nach dem Tod des Besitzers um das Tier kümmerte. Vorsorglich kaufte ich im Dorfladen ein paar Leckerli. Die Verkäuferin bemerkte in bissigem Ton: ›Haben Sie Ihre Katze aus der Schweiz mitgebracht?‹

Die Buschtrommeln funktionierten auf dieser Insel einwandfrei. Ich verkniff mir eine Antwort. Ihre Augen durchbohrten mich. Sie schaute mir nach, bis ich um die Ecke verschwunden war. Durch den Vorgarten marschierte ich hinter das Haus des Verstorbenen. Keine Geräusche. Nichts. Der Vierbeiner ließ sich nicht blicken. So probierte ich es einmal mit: ›Miez-miez-miez.‹

Dabei schüttelte ich die Schachtel mit dem Futter. Tatsächlich kam das Tigerchen angerannt. Es strich mir um die Beine und miaute lauthals, ließ sich jedoch von mir nicht anfassen. Die Katze wandte sich ab und tappte Richtung Gartenhaus.«

»Von dir würde ich mich auch nicht streicheln lassen!«
Die Männerrunde grölte.

»Du und deine Sprüche, Josef. Hör zu. Es war, als wolle sie mir etwas zeigen. Und tatsächlich vernahm ich aus dem Gartenhaus ein Wimmern. Da musste ich nachsehen. Den Schlüssel für die Tür fand ich schnell. Wie bei Herrn Jedermann lag er unter dem Blumentopf neben dem Eingang. Während ich am Schloss hantierte, verstärkte sich das Geheul im Innern. Bevor ich den Schlüssel drehen konnte, packte mich jemand unsanft an den Schultern: ›Einbrecher und Mörder!‹, wurde ich angebrüllt. Die Verkäuferin und ein Begleiter standen hinter mir. ›Ich habe geahnt, dass Sie etwas im Schilde führen. Da der Ortspolizist unerreichbar ist, nehmen wir Sie mit und schließen Sie vorläufig in unserem Lager ein.‹

Die beiden hielten mich laienhaft fest, ich riss mich los und rannte weg. Das Buschtelefon war effizienter. Ich hatte die Rechnung ohne die Dorfbewohner gemacht. Die Nachricht, dass der Schweizer auf der Flucht war, ging wie ein Lauffeuer über die Insel und bald umringte mich eine Gruppe von Einheimischen. Bedrohlich kamen sie mir näher. Ich sah nur eine Möglichkeit, meine Haut zu retten. Das Risiko war groß, aber ich musste es eingehen. Ich ließ die Katze aus dem

Sack. ›Ich bin einer Entführung auf die Spur gekommen. Lotte wurde gekidnappt und ich bin sicher, dass ich den Aufenthaltsort kenne. Vertrauen Sie mir!‹

›Lotte von der Polizeiwache? Entführt? Das wüssten wir‹, blaffte einer aus der Menge.

›Die Zeit drängt. Folgt mir zu Pits Gartenhaus. Dort wird Lotte festgehalten. Sie wäre bereits befreit, wenn mich die Verkäuferin vom Dorfladen nicht daran gehindert hätte.‹

Stirnrunzeln war zu erkennen. Bis der Rädelsführer meinte: ›Nachschauen kostet ja nichts. Los, gehen wir.‹

Der Weg dahin war ein Spießrutenlauf. Einerseits, weil sich die Gruppe dicht um mich herumdrängte, andererseits, weil ich hoch gepokert hatte. Ich mochte mir nicht ausmalen, was geschehen würde, falls die Laube leer wäre.

›Wir rufen Enno an und informieren ihn‹, meinte jemand aus dem Kreis. Aber der Aushilfspolizist nahm den Anruf nicht entgegen.

Von Weitem sahen wir, dass die Tür zum Gartenhaus sperrangelweit offen stand. Ruckartig blieben alle stehen.

›Und?‹

›Ich bin mir sicher, dass die Frau aus dem Verkaufsladen und ihr Begleiter das Entführungsopfer befreit haben‹, entgegnete ich schlagfertig.

›Kuno, du schaust mal nach, ob du da drin etwas findest. Lars, du rufst im Laden an. Wir bleiben und bewachen diesen dubiosen Ausländer.‹

Gerald hatte sich selbst zum Anführer ernannt und verteilte Befehle. Mir schien eine Ewigkeit vergangen, bis die erlösende Antwort eintraf. Es waren erfreuliche Nachrichten.

›Lotte wurde tatsächlich im Schuppen gefunden. Jemand hatte sie angebunden und sie wäre beinah verhungert und verdurstet. Jetzt ist sie bei Lisa. Die kümmert sich um sie.‹

Ich atmete auf. Die Erleichterung war allerdings von kurzer Dauer.

›Den Einbrecher lassen wir nicht laufen. Es ist nicht klar, ob er hinter der Entführung steckt. Wir schließen ihn in das Gartenhaus ein. Zwei Mann stehen Wache. Und wir versuchen nochmals, Enno zu erreichen. Nehmt ihm sicherheitshalber das Telefon ab und bindet ihn an einen Stuhl.‹

Mein Protest verhallte ungehört. Sie drohten gar, mir den Mund zu verkleben. So kam es, dass ich bald darauf selbst Opfer war und gefesselt in dem Schuppen saß. Ich hinterfragte mein Handeln. Die Ermahnungen von Heidi dröhnten mir in den Ohren. Das einzig Sinnvolle im Moment war Warten und Hoffen. Ich döste und träumte von der Gamsjagd im heimischen Mattwald. Lärm riss mich aus der Erstarrung. Die Tür wurde aufgerissen. Enno stand breitbeinig da, umringt von meinen Geiselnehmern. Der Triumph war aus ihren Augen verschwunden. Sie wirkten recht ernüchtert.

›Sofort losbinden!‹, befahl der Polizist.

Wenig später rieb ich mir die Unterarme. Die Kabelbinder hatten Spuren hinterlassen. Wir saßen alle friedlich in der Dorfkneipe zusammen. Wie wir jetzt, nur anders. Enno war aufgeräumt und zahlte eine Runde. Er ließ seiner Freude freien Lauf. Lotte war gesund und munter. Sie erholte sich im Moment von den Strapazen. Wie auf einer Pressekonferenz informierte der Polizist die Zuhörer. Er unterstrich wiederholt meine hilfreiche Rolle als verdeckter Ermittler. Lars, Pits Enkel, hatte Lotte entführt und bei seinem Großvater im Gartenhaus eingesperrt. Dem Opa gab er vor, dass er dem Aushilfspolizisten einen Streich spielen wolle. Das Lösegeld brauchte er, um einen Teil seiner Spielschulden zu begleichen. Dummerweise kam der Großvater Lars auf die Schliche. Er ärgerte sich dermaßen, dass er einen Herzschlag erlitt und verstarb. Glücklicherweise fand ich ihn. Darauf überstürzten sich die Ereignisse. Die Festlandpolizei verfolgte den Enkel, bis klar war, dass Lotte am Leben war. Ich wurde an diesem Abend als Held gefeiert und der Schweizer und seine Frau waren überall willkommen. Hätten sie einen Orden zu vergeben gehabt, hätten sie ihn mir umgehängt.«

Seine geduldigen Zuhörer betrachteten ihn voller Verwunderung. Bevor einer ein Wort rausbrachte, öffnete sich die Tür der Wirtsstube. Die Frauen kamen von der Chorprobe.

»Du hast ja einen echten Vorzeigemann!«, rief einer Heidi zu.

»Weshalb meinst du?«, fragte sie überrascht.

»Er hat von seinen Heldentaten auf Spiekeroog berichtet.«

»Was? Die Geschichte mit dem Hund?«

»Hund? Nein, die glimpflich abgelaufene Entführung der Polizeiassistentin.«

»Sag ich doch. Der Inselpolizist hat einen Polizeidackel als Assistentin, so wie unser Wachtmeister einen Bernhardiner hat. Dort ist es wie bei uns ...«

Gelächter und Geschrei erfüllten die Wirtsstube. Kein Dorfpolizist tauchte auf, um die Polizeistunde einzuläuten. Er war nämlich mitten unter der grölenden Bande.

REVIVAL AUF WANGEROOGE

REGINE KÖLPIN

Magnus hatte geschrieben. Ich hatte ewig nichts von ihm gehört. Unsere Zeit war lange her, damals hatten wir noch Schallplatten aufgelegt.

Jetzt hatte er mich bei Facebook ausfindig gemacht. Er war ziemlich alt geworden, aber dasselbe dachte er bestimmt auch von mir, als er sich mein Profilbild angesehen hatte. Inzwischen trug ich Vollbart, und der war bereits ganz schön grau.

Trotz des fortgeschrittenen Alters erschien mir Magnus wie ein Mann von Welt. Er war hoch gewachsen und hatte bereits als Jugendlicher stets den Anschein erweckt, etwas Besseres zu sein. So auch jetzt. Na ja, immerhin war er Arzt geworden. Dr. Magnus Müller!

Seine Worte passten jedoch nicht zu dem Anzugträger, dessen Jackett eindeutig das Label von Armani trug.

Hey, wie geht es dir? Denkst du auch oft an die alten Zeiten?

Ich musste nicht lange überlegen und schrieb sofort zurück.

Klar. Partytime, Cannabis und Vollrausch. Da war was los! Jetzt sind wir wohl zu alt.

Es war ganz cool gewesen damals, aber das Ende hatte ich erfolgreich verdrängt. Von daher hoffte ich, dass Magnus kein Revival plante. Doch da kam es auch schon.

Quatsch, zu alt! Wir sollten uns treffen und alles noch einmal aufleben lassen. Am besten auf Wangerooge.

Ich zögerte. Was sollte das bezwecken? Nachdem wir damals von der Insel abgereist waren, hatten sich unsere Wege getrennt. Es war zu viel passiert. Magnus gab allerdings nicht auf und schrieb gleich noch mal, als ich nicht antwortete.

Bisschen Spaß haben. So wie früher! Man muss das Ganze zu einem positiven Ende bringen!

Ich wusste nicht, was ich davon halten sollte. Ich war aus gutem Grund nie wieder auf die Insel gefahren.

Meinst du, das ist eine gute Idee?

Mehr konnte ich mir nicht abringen. Ich kannte Magnus. Er würde nicht lockerlassen.

Klaro. Wolle und Andi werden ebenfalls da sein. Die habe ich auch ausfindig gemacht.

Wolle und Andi. Ich hatte vorhin bei Facebook nach ihnen gesucht, sie aber nicht gefunden. Da hatte Magnus vermutlich mal wieder das bessere Händchen gehabt. Mir blieb folglich keine Wahl, als das Spiel mitzumachen. Vielleicht war es tatsächlich keine schlechte Idee, wenn wir auf diese Weise Frieden mit der Sache von damals schließen konnten.

Wann hast du es denn geplant?

Heute in drei Wochen. Wie beim letzten Mal zur Mittsommernacht. Da bleibt es auf der Insel lange hell.

Ich stimmte zu, auch wenn ich danach sicher war, dass dieses Treffen in einer Katastrophe enden würde.

*

Die drei Wochen vergingen wie im Flug und ich ertappte mich dabei, mich entgegen meiner ersten Ablehnung auf das Treffen zu freuen. Auf die drei anderen, auf die Insel mit den wunderbaren Dünen, das Rauschen des Meeres und das Kreischen der Möwen.

Zur Einstimmung suchte ich die alten Scheiben raus und ließ mich von »The Doors« berieseln. Ich hörte unser Lieblingslied »Riders on the Storm«, bis mir der Song zum Hals raushing.

Pünktlich zur Abfahrt stand ich in Harlesiel am Kai, um nach Wangerooge überzusetzen.

Magnus war schon da und kaute genüsslich sein Kaugummi, während er mir mit der rechten Hand einen lässigen Gruß zuwarf. Er trug wieder diesen Anzug, der an ihm wie eine zweite Haut wirkte und ihm trotz der Etikette einen legeren Zug gab. Ein bisschen wirkte er wie ein zu groß geratener Humphrey Bogart – und völlig fehl am Platz.

»Da bist du ja. Das Wetter soll übers Wochenende gut bleiben.« Er grinste breit. »Ich freu mich, Kumpel.« Magnus machte einen Schritt auf mich zu und umarmte mich.

Ich schob ihn ein Stück weg, denn ich mochte den Rasierwasserduft nicht. Er war zu süß und zu schwer. Bereits nach der kurzen Berührung glaubte ich, dass er fortan auch an mir kleben würde, fast so, als hätte Magnus mich markiert.

»Dann lass uns mal sehen, was die Insel so macht«, sagte ich betont salopp und versuchte, die Nervosität zu überspielen, die Besitz von mir ergriffen hatte.

Ich folgte Magnus und wäre am liebsten auf der Gangway wieder umgedreht. Er hingegen schien in seinem Element, erklomm die weiße Metalltreppe und steuerte gleich eine Bank im Außenbereich an.

»Kommen Wolle und Andi auch heute?«, fragte ich.
»Weil sie nicht auf dieser Fähre sind.«

Magnus starrte auf die braun-graue See, die sich wegen des sommerlichen Wetters ruhig und zahm zeigte.

»Sind sie schon da oder kommen sie später?«, versuchte ich es weiter, aber ich bekam keine Antwort.

Ergeben widmete ich mich der grandiosen Aussicht, die wohl jeden überfiel, wenn er über das Meer schaute. Selbst wenn die Weite von den Inseln begrenzt wurde.

Mir erschien es wie ein Déjà-vu, denn auch damals hatten wir ein solch einzigartig sonniges Wetter gehabt.

Jung waren wir gewesen und wir hatten die Welt erobern wollen.

Ich mit meinem schulterlangen Haar und dem Strohhut, ein Lederarmband am Handgelenk. Wolle hatte einen Wuschelkopf gehabt, auf dem sich die winzigen blonden Locken kringelten. Seine Frisur hatte stets ein bisschen wie ein Helm gewirkt. Und Andi? Der war irgendwie harmlos und unscheinbar gewesen. Cordhose mit Sweater, meist aus Nickystoff. Sein blondes Haar war unspektakulär kurz gewesen und er hatte gar keine Frisur gehabt, während Magnus schon damals unser Paradiesvogel gewesen war. Mit seinem Kettchen um den Hals und den gestuften Wellen hatte er in jungen Jahren Jim Morrison geglichen. Schillernd war er auch jetzt mit seinem Armani-Anzug.

Das Schiff kämpfte sich durch die Fahrrinne auf Wangerooge zu. Es war Niedrigwasser, die Sandbänke lagen zum Teil frei. »Schau, Seehunde!«, rief ich aus, aber Magnus interessierte sich nicht dafür.

»Die sind übrigens schon da«, sagte er plötzlich. »Wolle und Andi.«

Erstaunt schaute ich ihn an. Warum hatte er das nicht gleich gesagt? Wir redeten während der Überfahrt nur das Nötigste, und ich war froh, als wir die Birkenpricken passierten, bevor die Fähre anlegte und wir an Land gehen konnten.

Die bunte Inselbahn wartete bereits, und sobald alle zugestiegen waren, zuckelte sie durch die Salzwiese Richtung Dorf. Links war der Westturm zu sehen, rechts glitzerten die Wellen des Wattenmeeres in der Sonne.

Bei der Einfahrt in den Bahnhof stach mir als Erstes der alte Wangerooger Leuchtturm ins Auge, dann das Schild, das damals schon an der Bahnhofswand geprangt hatte. »Gott schuf die Zeit – Von Eile hat er nichts gesagt.«

Ich schulterte meinen Rucksack und folgte Magnus durch die Zedeliusstraße, von wo aus wir nach links zu unserer Pension abbogen. Wir checkten ein, und bevor Magnus in seinem Zimmer verschwand, sagte er: »Heute Abend um 20 Uhr am Weststrand an den Buhnen. Ich kümmere mich um zwei Räder.«

Es klang wie ein Befehl.

*

Um halb acht klopfte Magnus an meine Tür. »Bis du so weit? Es wird ein toller Abend.«

Ich nickte. Den Nachmittag hatte ich damit verbracht, mir die Insel anzusehen und zu entdecken, ob ich etwas wiedererkannte. Dazu hatte ich mir ein Rad ausgeborgt, mit dem ich durch die Landschaft gefahren war. Viel hatte sich nicht verändert. Der Westturm trotzte dem hartnäckigen Nordwestwind, die Dünenformationen ragten in ungebrochener Schönheit in den blauen Himmel, dessen Farbe wohl nirgends so intensiv war wie am Meer. Das Café Pudding galt weiterhin als Wahrzeichen, die Strandpromenade hatte ebenfalls nichts von ihrer Anmut eingebüßt. Meine Lieblingsecke war schon immer der Osten der Insel gewesen, weil man dort meist ungestört war. Verträumt hatte ich auch heute auf die offene See geblickt und die Weite auf mich wirken lassen.

Doch nun fürchtete ich mich. Ich fürchtete mich vor dem Abend mit all seinen Erinnerungen und das grummelige Gefühl im Bauch verstärkte sich.

»Was ist jetzt?«, fuhr Magnus mich an. Er hatte sich umgezogen und trug Diesel-Jeans und ein T-Shirt von Lacoste. Um den Hals hatte er die Ärmel eines Strickpullis geknotet. Das dunkle Haar wies ein paar graue Strähnen auf und war akkurat frisiert.

»Wo stecken denn Andi und Wolle?«, fragte ich.

Magnus zuckte mit den Schultern. »Du weißt es wirklich nicht?«

»Nein.«

Magnus nervte mich mit seiner Schweigsamkeit. Ich folgte ihm zum Fahrradstand, wo er die beiden Leih-räder abgestellt hatte.

Wir durchquerten das Wäldchen mit den kleinen Holzhäuschen und fuhren an der Dünenkette entlang zum Weststrand. Obwohl es windstill war, hörten wir das Meer rauschen, die Sonne ließ das Dünengras in goldenem Licht schimmern.

Es hätte ein romantischer Abend sein können, gefüllt mit der Freude und Erinnerung an eine Jugendfreizeit. An zwei Wochen, die wir in einem der Ferienheime hatten verbringen dürfen, weit weg von den Argusau-gen der Eltern.

The Doors, Uriah Heep … Mädchen, Drogen, Lager-feuer.

So war es damals gewesen. Echt cool – bis zu dem Augenblick, als Susanne verschwunden war.

Ich schob den Gedanken beiseite und folgte Magnus, der mit gesenktem Oberkörper mächtig in die Pedale trat.

Endlich hielt er an einem der Dünenübergänge und schloss das Rad ab.

Wir kletterten über den Kamm und schauten auf die Nordsee, die im gelblichen Licht der Sonne glitzerte.

»Gleich wird sie blutrot«, sagte Magnus, und erneut machte es mir Angst, wie er es sagte.

Wir suchten uns einen Platz in der Mitte des Strands und Magnus breitete die Decke aus. An dieser Stelle hatten wir damals das Lagerfeuer entzündet, obwohl es verboten gewesen war. Was hatte es uns geschert? Und gestört hatte es keinen.

Magnus holte eine Flasche Rotwein aus dem Rucksack. Er drückte den Korken mit dem Daumen in den Flaschenhals, so wie wir es damals getan hatten. Anschließend nahm er einen Schluck und reichte mir die Flasche. »Skol!«

Der Wein war sauer und zog den Gaumen unangenehm zusammen. Ich schüttelte mich.

»Früher mochtest du auch lieber Bier«, sagte Magnus. »Hat sich wohl nicht geändert.«

Ich nickte. »Dass du dich daran erinnerst …«

»Ich weiß alles.«

Mich fröstelte mit einem Mal, und ich war froh, dass ich ebenfalls einen Pulli mitgenommen hatte.

»Was ist denn mit Wolle und Andi?«

Magnus griff in den Rucksack und holte eine Klarsichthülle heraus, in die er zwei Todesanzeigen gesteckt hatte. Er schob sie zu mir rüber, als würde ihn das alles nichts angehen.

Mir sprangen die beiden Namen sofort ins Auge.

»Wie? Wolle und Andi leben nicht mehr?«, fragte ich entsetzt. Beide waren innerhalb des letzten Jahres unverhofft gestorben. »Du hast doch gesagt, sie wären hier.« Mein Hals wurde trocken.

»Sind sie auch. Beide auf der Insel umgekommen. Segelunfall.« Lapidar dahingesagte Worte mit tiefer Dimension. Magnus beherrschte das Spiel, Grauen zu schüren.

Ich schluckte und konnte es nicht fassen. Nicht die Tatsache, dass unsere alten Freunde tot waren. Nicht die Tatsache, dass Magnus es mir mit einer Gleichgültigkeit servierte, die zynisch war. »Sie sind auf Wangerooge gestorben?«, fragte ich.

Magnus nickte. »Man hat die Leichen allerdings nie gefunden.«

»Warum hast du das alles nicht gleich gesagt und woher weißt du das überhaupt?« Ich stand langsam auf und wich zurück wie ein Tier, das den Angriff seines Gegenübers erwartete.

Magnus gab sich weiter ungerührt. »Weil ich dabei war, Jonas. Weil ich dabei war. So wie ich bei Susanne hätte dabei sein sollen, um zu verhindern, was passiert ist.«

»Du warst mit auf dem Boot?« Ich entfernte mich einen Schritt. Wollte am liebsten weglaufen, aber ich war wie gelähmt. Eine Stimme in mir schrie laut, dass ich abhauen solle, solange es ging. Eine andere hielt mich fest, weil sie laut fragte, was genau passiert war.

Magnus sprang auf, packte mich am Arm und zerrte mich auf die Decke zurück. Sein Gesicht näherte sich meinem. Er musste zuvor getrunken haben, denn mir schlug der saure Geruch von zu viel Wein entgegen. »Wir haben an jenem Abend zu viel geraucht. Und zu viel gesoffen.«

Ich nickte, denn an viel konnte ich mich tatsächlich nicht erinnern, allerdings daran, dass sie Susanne am nächsten Morgen gesucht und später tot am Strand gefunden hatten.

»Aber was hat das mit Wolle und Andi zu tun? Wir waren doch alle stoned.«

Magnus holte das Handy raus und machte einen Song an. »Riders on the Storm«.

»So haben wir uns immer gefühlt, nicht wahr? Frei im Sturm des Lebens. Motorräder wollten wir haben. Mädchen. Stoff und Alkohol. Scheißen auf die Konventionen und Spießer. Born to be wild!« Magnus lachte finster auf.

»Hast du auch heute was geraucht?«, fragte ich.

Er schüttelte den Kopf.

Über uns kreischte eine Möwe, und als ich zum Meer schaute, entdeckte ich den Kopf eines Seehundes, der in den Wellen auf- und niedertauchte.

»Was willst du?«, fragte ich schließlich betont ruhig. Ich musste einen kühlen Kopf bewahren. Schauen, wie ich schnellstmöglich verschwinden konnte, ohne Magnus zu reizen. Mein alter Freund war völlig durchgeknallt und offenbar brandgefährlich.

Magnus reichte mir mit der freien Hand die Weinflasche, ich lehnte ab.

»Einer von euch war es.«

»Wer war was?«, hakte ich nach und wich zurück, denn Magnus' Blick war vollkommen irre.

»Wer von euch hat Susanne auf dem Gewissen?«

»Na, ich nicht!« Ich versuchte, mich aus seinem Griff zu befreien. »Wie kommst du darauf?« Magnus' Augen verengten sich zu schmalen Schlitzen und er sah mich auffordernd an. Abwehrend hob ich die freie Hand. »Ich habe damit nichts zu tun, Magnus.«

»Doch, hast du. Genau wie Wolle und Andi«, gab er ungerührt zurück. »Du bist mit ihr losgezogen, als es dunkel wurde. Arm in Arm Richtung Buhne. Wolle und Andi sind euch nach.« Magnus spuckte in den Sand. »Na los! Erzähl es mir. Ich weiß es ja ohnehin. Von den anderen.« Magnus verdrehte meinen Arm auf dem Rücken. »Du kannst nicht einfach abhauen wie damals. Ich will die verdammte Wahrheit wissen, Jonas. Deine Version fehlt noch.«

Mein verzweifelter Versuch, mich loszureißen, scheiterte. Magnus war kräftiger als ich.

Er drückte meinen Kopf fest auf den Boden. Durch den Deckenstoff wanderten Sandkörner, die sich unangenehm in meinem geöffneten Mund verteilten.

Ich schloss die Augen und war wieder dort. In jener Nacht, die ich bis heute aus meinem Gedächtnis gestrichen hatte.

*

Das Lagerfeuer knistert, wir vier Jungs sind gut drauf. Heute waren wir bei den Seehundsbänken, gestern haben wir den alten Leuchtturm erklommen. Und dazwischen sind wir schwimmen gegangen und haben Spaß mit den anderen aus der Gruppe gehabt. Das tollste Mädchen von allen ist Susanne. Blond, langes Haar, bisschen burschikos, aber sie hat was. Am liebsten würden alle mit ihr ins Bett gehen, Erfahrungen sammeln, die nicht erlaubt sind. Erst recht nicht in einer Jugend-

freizeit. Ich glaube allerdings, sie hat was mit Magnus am Laufen, nur gibt es keiner der beiden offen zu.

Susanne trägt die Nase ohnehin hoch, sie ist eine Spielerin. Lässt uns andere wie ein Torero dicht an sich ran, bevor sie sich in Sicherheit bringt.

Heute, am vorletzten Abend, hat sie was geraucht. Sie drückt sich eng an mich, danach an Wolle und Andi. Deren Augen sind glasig. Sie merken nicht, dass Magnus sie vor Eifersucht fast aufspießt. Ich habe Angst um Susanne – und vor Magnus –, denn sie scheint nicht mehr genau zu wissen, was sie tut. Susanne wirkt getrieben, ein bisschen verzweifelt. Auf jeden Fall spielt sie mit dem Feuer, das gleich hochlodern wird, wenn sie nicht achtgibt. Also nehme ich Susanne und zerre sie fort von den anderen. »Komm, ich bringe dich zum Heim.«

Erst folgt sie mir kichernd. Umschlingt mich mit ihren Armen und hüllt mich mit ihrem betörenden Duft ein.

»Lass das. Komm, ab nach Hause!«

»Ich will die Wellen an meinen Füßen spüren«, sagt sie.

Widerstrebend gehe ich mit ihr an den Spülsaum, wo ich bemerke, dass Wolle und Andi uns gefolgt sind.

»Du kriegst sie nicht«, zischt Wolle.

Andi steht wie immer hilflos daneben.

»Ich will sie gar nicht«, gebe ich zurück. »Nicht so. Ich bringe Susanne nach Hause.«

Wolle stellt sich mir breitbeinig in den Weg. »Ach, und deshalb haust du mit ihr ab? Ans Meer? Das Heim liegt da hinten!« Er zeigt zur Dünenkette.

Susanne läuft derweil mit ausgebreiteten Armen auf die Buhne zu. »Ich fliege!«, kreischt sie lauthals.

»Komm zurück!«, rufe ich. Sie hört nicht und watet tiefer in die Nordsee. »Komm zurück, da vorne sind starke Strömungen!«

Sie reagiert nicht, denn Susanne hat ihren eigenen Kopf.

Da kommt eine etwas höhere Welle und lässt sie straucheln. Sie juchzt. »So soll es sein!«

Kurz darauf verliert Susanne den Halt. Von der nächsten Welle wird sie mit voller Wucht gegen die Buhne geschleudert und knallt mit dem Kopf auf die Steine.

Sie schaukelt mit dem Gesicht nach unten in den Wellen und rührt sich nicht mehr.

»Susanne!« Ich will hinlaufen, sie da rausziehen, aber Wolle und Andi halten mich fest. »Die ist tot, Jonas! Verdammt, die ist tot!«

»Und wenn sie noch lebt?«, rufe ich und will mich losreißen.

»Und wenn nicht? Das glaubt uns kein Mensch, dass das keine Absicht war!«, schreit Wolle panisch. »Die unterstellen uns, dass wir sie angefasst haben. Es ist besser, wenn wir verschwinden und keinem erzählen, was passiert ist. Jeder weiß, dass wir was von ihr wollten.«

Ich will ihm widersprechen, doch ich sehe, dass Susanne wirklich leblos in der See treibt. Wolle hat recht: Wer wird uns glauben?

Magnus fällt mir ein. Seine bodenlose Wut, als sie mit uns geflirtet hat.

»Hat Magnus nicht gesehen, dass wir mit ihr losgezogen sind?«, widerspreche ich.

Andi zuckt mit den Schultern. *»Der war schiffen.«*

Ich hoffe, dass es so ist. Widerstrebend gehen wir zurück zum Heim, während die schöne Susanne leblos im Meer tanzt und Magnus uns sturzbetrunken und völlig stoned an der Treppe erwartet.

*

»Und das soll ich dir glauben?« Magnus drückte meinen Kopf noch immer in die Decke. Ich bekam kaum Luft.

»So war es«, grunzte ich und es gelang mir, mich ein wenig aus seinem Griff zu lösen.

»Warum hast du uns nie verpetzt, wenn du gedacht hast, dass wir sie umgebracht haben?«

Magnus lachte hämisch auf. »Was hatte ich denn für Beweise? Alle wussten, dass sie *mein* Mädchen war und ich vor Eifersucht geglüht habe. Nachher hätten sie mir das Ding in die Schuhe geschoben! Stoned und besoffen, wie ich war.«

Ich stieß ihn weg. »Wir haben nichts getan, das war sie ganz allein.«

Magnus ließ sich nicht beirren. »Eines Tages ist die Zeit für Rache. Weißt du eigentlich, dass ich Susanne sehr geliebt habe?«

»Ich habe es geahnt, aber das ist doch lange her!«

Magnus lachte erneut höhnisch auf. »Ihr habt sie verrecken lassen. Und nicht nur sie. Verdammt, Susanne war schwanger! Mit meinem Kind!« Er wurde kreidebleich.

»Sie war schwanger? Und wollte mit jedem rummachen?« Ich verstand die Welt nicht mehr.

»Sie war verzweifelt, Mann!« Magnus wischte sich den Schweiß von der Stirn.

»Warum warst denn du nicht für sie da, wenn es dein Kind war? He, wo warst *du*?«

Magnus machte eine abwehrende Handbewegung. »Wir waren zu jung für ein Kind.«

Ich begriff. Er hatte also nicht zu der Sache gestanden, dieser Feigling! Kein Wunder, dass Susanne uns so durchgeknallt vorgekommen war. Kein Wunder, dass er uns lieber nicht verpfeifen wollte, denn er hätte tatsächlich im Fokus gestanden.

In mir kochte die Wut hoch. »Gib uns nicht die Schuld, wenn es Susanne deswegen scheiße ging! Du bist der Einzige, der das hätte ändern können!«

»Ihr hättet sie da rausholen sollen.« Magnus machte eine Pause, bevor er ganz langsam sagte: »Sie. War. Nicht. Tot.«

Mir gefror das Blut in den Adern. »Woher weißt du das?«

Magnus wischte sich den Schweiß von der Stirn. »Weil der schrille Vogel Magnus Müller nicht nur ein einfacher Doktor, sondern Gerichtsmediziner geworden ist und vor einem Jahr eine Akte gefunden hat. Die Akte von Susanne Braun. Die schwanger war, sich in der Nordsee eine Schädelverletzung zugezogen hat und später jämmerlich ertrunken ist, weil ihr keiner geholfen hat.«

»Nein! Das kann nicht sein. Sie war tot!«

»War sie nicht.« Magnus griff hinter sich. Er hielt den Hals der Weinflasche fest umklammert.

Ich musste Zeit gewinnen.

»Es tut mir leid«, flüsterte ich. »Es tut mir so leid.«

»Mir auch. Ich dachte nämlich, wir wären Freunde!«

»Magnus, kann es sein, dass sie es extra gemacht hat? Weil *du* das Kind nicht wolltest? Kann *das* sein?«

»Ihr hättet sie retten müssen. Ihr seid schuldig! Nicht ich«, stieß Magnus hervor. Die Flasche zerschellte auf meinem Kopf.

Das Letzte, was ich sah, war die glutrote Sonne, die vor Wangerooge am Horizont versank. Dort, wo der Himmel die Erde küsste und die Ewigkeit begann.

DER SCHATZ VON WANGEROOGE

ULRICH HEFNER

Er lag auf dem Rücken, unweit des Ostdeichs auf dem Gipfelpunkt einer Düne, den Kopf leicht überdehnt und alle viere von sich gestreckt. Sein schütteres graues Haar flatterte im Takt des böigen Ostwindes im Gleichklang mit dem dürren Strandhafer. Der gelbe Ölmantel glänzte im Licht der aufgehenden Sonne. Sie sah ihn von Weitem, als sie den Trampelpfad über das Café Neudeich zum Außengroden nahm. Auch bei Asta, ihrem vierjährigen Labradorrüden, blieb der stille Körper auf der Düne nicht unbemerkt, er zog heftig an der Leine.

Zweifellos war der Mann, der dort regungslos im feuchten Sand lag, der alte Professor, der kaum drei Häuser von ihr entfernt am Alten Deich wohnte. Jetzt hatte ihn wohl endgültig der Schlag getroffen, nachdem er im Frühjahr bereits mehrere Wochen in der Norder Klinik verbracht hatte. Wie alt mochte er wohl geworden sein? 90, Mitte 80? Vollkommen egal, so still und reglos, wie der Körper im Sand lag, war ihm wohl nicht mehr zu helfen.

Der Hund zog sie voran und sie hatte Mühe, ihren Rüden zu beruhigen. Als sie die Düne erklomm, stürzte sie zweimal in den Sand. Und tatsächlich, es war der alte Professor und auch mit dem Schlag lag sie richtig, nur nicht so, wie sie gedacht hatte. Aus einer klaffenden Wunde an der Schläfe führte eine rote, längst getrocknete Spur in den feuchten Sand.

»Ruhig, Asta!«, ermahnte sie ihren Hund, bevor sie zu ihrem Mobiltelefon griff.

*

Polizeihauptkommissarin Wiebke Brede von der Polizeistation Wangerooge blickte erwartungsvoll auf die kleine Gruppe von Kolleginnen und Kollegen, die sich in ihren weißen Papieranzügen an die Arbeit machten. Unweit der Leiche lag ein sonderbares Gerät im Sand. Es war ein Metalldetektor von hoher Qualität, ein professionelles Gerät, und er hatte offenbar dem alten Mann gehört, der dort oben auf der Düne tot am Boden lag.

»Der Arzt meint, er ist seit circa vier Stunden tot«, erklärte die Polizistin. »Er könnte erschlagen worden sein, der Arzt ist sich da nicht ganz sicher. Die Tatwaffe dürfte eine Metallstange gewesen sein, die liegt dort drüben. Sie gehörte zu seiner Ausrüstung.«

»Lebte er schon lange auf der Insel?«, fragte Hauptkommissar Martin Trevisan von der Kriminalpolizei

Wilhelmshaven, der mit den Ermittlungen vor Ort beauftragt worden war. Schließlich musste man nach erster Einschätzung des Arztes von einem Tötungsdelikt ausgehen. Die Todesursache stand zwar noch nicht fest, doch zweifelsfrei gab es eine stumpfe Gewalteinwirkung gegen den Schädel des alten Mannes.

»Professor Wilhelm Hottenrott kam unmittelbar nach seiner Pensionierung auf die Insel«, erklärte die Wangerooger Stationsbeamtin. »Das ist bald 25 Jahre her. Er arbeitete als Historiker und Archäologe in Hamburg an der Universität. Ich glaube, sein Fachgebiet war das frühe Mittelalter. Er wäre im nächsten Monat 90 Jahre alt geworden.«

Trevisan zeigte auf den Metalldetektor. »Gehörte das ihm?«

Die uniformierte Kollegin nickte. »Dahinten liegen ein Klappspaten, ein Suchscheinwerfer und ein Rucksack, die ihm gehörten. Er war ständig mit dieser Ausrüstung unterwegs. Auf Schatzsuche, das wusste jeder.«

»Schatzsuche?«, wiederholte Trevisan. »Wie darf ich das verstehen?«

Wiebke Brede lächelte. »Er hatte sich in den Kopf gesetzt, dass irgend so ein friesischer Häuptling vor 500 Jahren seine Habe auf Wangerooge vor seinen Feinden in Sicherheit gebracht hat. Silber, Gold und Edelsteine von immensem Wert. Es soll hier irgendwo vergraben sein. Er hat sogar einmal etwas gefunden, einen goldenen und mit Edelsteinen besetzten Kelch. Leider stellte sich heraus, dass der Kelch wohl aus dem 17.

Jahrhundert stammt. Wenn Sie mich fragen, war der alte Mann von dieser Idee besessen.«

»Und was sagten die Insulaner dazu?«

Wiebke Brede zuckte mit der Schulter. »Manche hielten ihn für einen Spinner, anderen war es nicht so recht, dass er auf der Insel herumschlich und die Touristen aufschreckte. Vor allem Tilmann Marten vom Tourismusverein war er ein Dorn im Auge. Und natürlich Peter Rilke, dem Besitzer der ›Seerose‹, der hatte auch nicht viel für ihn übrig.«

Trevisan zog sein Notizbuch hervor und notierte die Namen. »Könnte es so weit gegangen sein, dass …«

»Wohl eher nicht«, fiel ihm Wiebke Brede ins Wort.

»Hatte er sonst irgendwelche Feinde?«

Wiebke verzog ihre Mundwinkel. »Keine Ahnung, fragen Sie Ava, die hat ihn gefunden.«

»Ava?«

Wiebke Brede zeigte auf die Frau mit dem Hund, die vor dem blau-weißen Absperrband stand. »Ava Gerke. Sie waren Nachbarn und steckten oft zusammen. Sie weiß, was es mit dem Schatz auf sich hat.«

*

Lentje Kaplani, Trevisans Kollegin aus Wilhelmshaven, und Oberkommissar Heese von der Polizeistation Wangerooge waren von Trevisan abkommandiert worden, das kleine Anwesen des Getöteten am Alten Deich in Augenschein zu nehmen. Den Hausschlüssel hatten sie in der Hosentasche des Toten gefunden. Am Tatort hatte inzwischen die Spurensicherung das Regiment übernommen.

Das kleine, verträumte Backsteinhaus unmittelbar vor dem Deich war kaum größer als eine Hütte, und das rasenbewachsene Grundstück wurde von drei hohen Birken geziert. Efeu rankte sich neben der Eingangstür, die verschlossen war. Im Haus gab es einen kleinen Flur, insgesamt drei Zimmer sowie Küche, Bad und WC. Es war ordentlich und sauber. Das Schlafzimmer war mit einem Einzelbett, einem Kleiderschrank und einer Kommode ausgestattet, das Zimmer auf der gegenüberliegenden Seite war zweifellos die Stube. Neben einem kleinen Esstisch, einem Sofa und einem Vitrinenschrank gab es noch eine alte Stereoanlage nebst Plattenspieler und in einem Regal jede Menge alter Schallplatten mit klassischer Musik. Einen Fernsehapparat suchte man vergebens.

»Er lebte alleine?«, bemerkte Lentje, als der Oberkommissar die Tür zum letzten Zimmer öffnete.

»Richtig«, bestätigte der Kollege. »Soweit ich weiß, hatte er keine näheren Angehörigen und war seit Jahren geschieden.«

Im letzten Zimmer herrschte das pure Chaos. Landkarten, Bücher und Hefte lagen verstreut auf dem Boden und auf dem altertümlichen Schreibtisch stand zu Lentjes Verwunderung ein moderner Computer, den das Logo eines angebissenen Apfels zierte.

»Sieh da, offenbar ist er mit der Technik gegangen, das ist ein ›MacPro‹, der ist nicht gerade billig.«

Der Oberkommissar nickte und zeigte mit dem Finger auf seine Stirn. »Er war zwar alt, aber immer noch gut beieinander.«

An der Wand neben der Tür hing ein großformatiges Poster mit einer Luftaufnahme der Insel. Direkt darüber ein weiteres nicht viel kleineres, das einen Schattenriss einer Insel zeigte, die zwar Wangerooge ähnelte, jedoch kleiner war und aus zwei getrennten Flächen bestand. Dieser Schattenriss wurde von einem gelben Gitternetz überlagert.

Lentje zeigte auf die beiden Poster. »Das eine ist Wangerooge, und welche Insel ist auf dem anderen Bild?«

Heese lächelte. »Das ist ebenfalls Wangerooge, allerdings vor 500 Jahren. Damals hatte die Insel ein vollkommen anderes Gesicht. Erst nachdem sie Mitte des 19. Jahrhunderts ausgebaut und stabilisiert worden war, erhielt sie ihre heutige Form.«

Lentje ging zum Schreibtisch und betrachtete die zahlreichen Luftbilder der Insel, die darauf verstreut lagen.

»Der Professor hatte sogar mal jemanden geholt, der mit einer Drohne über die Insel flog und alles fotografierte«, erklärte Heese. »Man sagt, er sei auf die Insel gekommen, um diesen sagenumwobenen Schatz der tom Broks zu finden, er sei besessen von dieser Idee.«

Lentje nickte und nahm ein Schwarz-Weiß-Foto in die Hand, auf dem ein Kelch, besetzt mit mehreren Steinen, abgelichtet war. »Ich habe schon davon gehört. So wie es aussieht, hat er ja sogar etwas gefunden.«

Heese winkte ab. »Ja, das war vor etwa zwei Jahren. Die Presse berichtete tagelang davon, bis sich herausstellte, dass der Kelch aus dem 17. Jahrhundert stammt und wohl in England gefertigt worden ist. Wenn Sie mich fragen, ist das alles ein Hirngespinst.«

Lentje nickte und schaute sich um. »Gibt es jemanden, der uns sagen könnte, ob es im Haus immer so chaotisch aussieht und ob etwas fehlt?«

»Ava vielleicht, die waren mal dick zusammen.«

»Jetzt nicht mehr?«

Heese zuckte mit der Schulter. »Anfänglich fanden es die Leute interessant und dachten, wenn der Professor tatsächlich einen Schatz findet, würden die Besucherzahlen der Touristen steigen und man könne sich vor Übernachtungsgästen gar nicht retten. Mit der Zeit war es nur noch lästig. Wer will schon am Strand liegen und einen sonderbaren Kerl herumlaufen sehen, der überall herumschnüffelt. Das ging sogar so weit, dass ihm der Bürgermeister die Suche am Strand und in den Dünen untersagte, damit die Gäste nicht beunruhigt werden. Anfang dieses Jahres war er kaum noch zu sehen. Es hieß, es gehe ihm schlecht. Er war sogar im Krankenhaus. Erst in der letzten Zeit war er wieder auf Achse. Meist in den frühen Morgenstunden. Den Strand und die öffentlichen Plätze mied er.«

Lentje kratzte sich an der Stirn. »Da fällt mir ein, ich wollte noch etwas überprüfen.«

Sie verließ den Raum und verschwand im Schlafzimmer. Kurz darauf tauchte sie wieder auf. »Wenn man seinem altmodischen Wecker auf dem Nachttisch trauen darf, ist er gegen drei Uhr aufgestanden.«

Heese nickte. »Das mag sein, wie gesagt, er war zu Zeiten unterwegs, zu denen Strand und Gassen leer waren.«

»Okay, gehen wir.«

Heese wies in den Raum. »Und was machen wir hiermit?«

Lentje atmete tief ein. »Die Spurensicherung wird sich das Haus vornehmen, auch wenn es nicht so aussieht, als ob hier jemand eingebrochen ist. Diese Aufzeichnungen soll sich der Chef mal ansehen. Es könnte durchaus sein, dass die Schatzsuche mit seinem Tod zusammenhängt.«

*

Trevisan und Ava Gerke hatten sich in das nahe gelegene Inselcafé zurückgezogen. Ava Gerke kannte den Besitzer des Cafés, das eigentlich geschlossen war. Für die beiden machte er eine Ausnahme. Zumindest einen heißen Kaffee hatte er für Ava Gerke und Trevisan übrig.

Ava Gerke schilderte, dass sie ihren Hund ausgeführt hatte und dabei auf die Leiche des alten Professors gestoßen war. Sie machte keinen Hehl daraus, dass sie zuerst der Annahme gewesen sei, dass der alte Mann einen Schlaganfall erlitten habe, schließlich sei er deshalb in Behandlung gewesen und habe im Frühjahr zwölf Wochen in der Norder Klinik und auf einer Reha-Kur zugebracht.

Trevisan schlürfte an seiner Tasse. Der Kaffee war heiß und stark. Genau richtig für die Uhrzeit. »Es heißt, Sie haben den Professor bei der Schatzsuche unterstützt und waren gut befreundet«, sagte Trevisan, nachdem Ava Gerke von dem Leichenfund berichtet hatte.

Sie verzog ihre Mundwinkel. »Wie man es nimmt«, entgegnete sie. »Wir waren quasi Nachbarn und ich bin durch und durch Insulanerin. Natürlich wäre es spannend gewesen, einen Schatz auf Wangerooge zu heben. Mich interessiert die Geschichte unserer Vorfahren und es könnte durchaus sein, dass die tom Broks ihre Habe damals auf Wangerooge in Sicherheit brachten. Wahrscheinlich ist der Schatz längst in alle Winde zerstreut oder wurde bereits gehoben.«

Trevisan runzelte die Stirn. »Können Sie mir erklären, was es mit diesem Schatz auf sich haben soll?«

Ava Gerke nickte. »Kennen Sie sich halbwegs mit der friesischen Geschichte aus?«

Trevisan zuckte mit der Schulter. »Ehrlich gesagt …«

Die Frau schmunzelte und hob die Hand. »Schon gut, ich will es Ihnen erklären. Im Mittelalter herrschten oben an der Küste die friesischen Häuptlinge, etwa vergleichbar mit den alten Fürstenhäusern dieser Zeit. Einer der mächtigsten von ihnen war Keno tom Brok. Er lebte auf einer Burg bei Oldeborg im Südbrokmerland. Als er starb, ging die Herrschaft an seinen Sohn Ocko über, aber der zerstritt sich mit seinen Nachbarn und wurde nach einer Schlacht vom Münsteraner Bischof gefangen genommen. Zuvor brachte er hier auf Wangerooge seine Habe in Sicherheit, nur leider hatte er nichts mehr davon, denn er starb vier Jahre später in der Gefangenschaft.«

»Wie lange ist das her?«, fragte Trevisan.

»Das war im 15. Jahrhundert.«

Trevisan kratzte sich nachdenklich am Kinn. »Das sind beinahe 600 Jahre. Wie kam der Professor überhaupt darauf, dass es auf Wangerooge einen Schatz geben soll?«

Ava Gerke lächelte. »Der Professor studierte alte Schriften und Berichte, die von Dominikanern und Benediktinern angefertigt worden waren. Es gab einst viele Klöster in der Gegend. Im Kloster Meerhusen bei Aurich gab es einen Mönch namens Folkmar, der offenbar im Haus tom Brok verkehrte und einige Berichte über Ocko und seinen damaligen Hofstaat anfertigte. Aus einem dieser Berichte soll es hervorgehen. Der Professor war überzeugt davon.«

»Wie ich hörte, suchte er bereits seit über 20 Jahren nach diesem Schatz«, entgegnete Trevisan. »Mich wundert es, dass er ihn nicht gefunden hat, schließlich war er für eine Schatzsuche offenbar bestens ausgerüstet.«

Die Frau nickte zustimmend. »Das war er wohl«, bestätigte sie. »Er ließ sogar mehrmals Luftaufnahmen anfertigen. Aber die Sache hatte einen Haken.«

Trevisan blickte sie neugierig an. »So, welchen denn?«

»Im letzten Weltkrieg war auf der Insel ein Stützpunkt der Küstenbatterien zur Bekämpfung von Flugzeugen und Schiffen«, erklärte die Frau. »Überall standen Kanonen und Flakbatterien. Sie können sich sicher vorstellen, wie das damals war. Dazu wurde die Insel mehrfach bombardiert. Zwar wurde nach dem Krieg viel geräumt, dennoch liegt genug Metall im Boden. Noch dazu gibt es mineralhaltige Kiesel, sodass man sich gut mit dem Detektor auskennen muss. Sie glauben gar nicht, wie viele Geschosshülsen wir schon gefunden haben.«

Trevisan nickte. »Ich verstehe. Dennoch gab der Professor nicht auf.«

Ava Gerke trank ihre Tasse leer und stellte sie zurück auf den Tisch. »Na ja, ganz so war es nicht, es gab schon Phasen, in denen er aufgeben wollte. Irgendwie ließ es ihn nie wirklich los. Als er den Kelch fand, war er voller Euphorie.«

Trevisan schob seine leere Tasse in die Mitte des Tisches. »Können Sie sich vorstellen, wer für seinen Tod verantwortlich sein könnte?«

Die Frau schüttelte den Kopf. »Beim besten Willen nicht.«

»Ich hörte, es gab durchaus Leute, die es nicht gerne sahen, dass der Professor nach dem Schatz suchte.«

Ava Gerke winkte ab. »Anfänglich fanden es viele Insulaner spannend, doch nach einigen Fehlschlägen wurde er von den Leuten belächelt. Als immer mehr Touristen hierherkamen, war es manchen nicht mehr recht, dass Wilhelm mit seinem Detektor durch die Dünen lief. Aber dass sie ihn deshalb umbringen, nein, das kann ich mir beim besten Willen nicht vorstellen.«

»Der Bürgermeister soll ihm die Suche bei Tage sogar untersagt haben«, wandte Trevisan ein.

Die Frau wiegte den Kopf. »Das mag schon sein. Wilhelm machte sich eben früher auf den Weg, da schliefen die meisten Touristen noch.«

Trevisan überlegte kurz. »Derzeit sind wegen dieser Pandemie keine Feriengäste auf der Insel und die Fähren mit den wenigen Tagesgästen kommen erst bei Flut. Es muss jemand von der Insel gewesen sein.«

Ava Gerke atmete tief ein. Es schauderte sie bei diesem Gedanken.

»Was ist mit Tilmann Marten?«, fragte Trevisan. »Ich hörte, er war von der Schatzsuche nicht angetan.«

»Ja, schon«, entgegnete Ava Gerke. »Tilmann meinte, Wilhelm störe die Touristen. Aber damit war er nicht allein. Auch mit Peter Rilke gab es Streit.«

»Rilke?«, fragte Trevisan.

Sie zeigte in Richtung des Dorfes. »Dem gehört das Strandhotel Seerose dort hinten. Peter hat ihm verboten, auf seinem Gelände herumzustöbern, aber genau dort soll sich nach Folkmars Bericht ein Hof befunden haben, der zu Ockos Besitz gehörte.«

Trevisan nickte. »Wäre da sonst noch jemand?«

Erneut atmete Ava Gerke tief ein. Diese Fragen schienen ihr nicht zu gefallen.

»Ein Mensch wurde getötet«, erklärte Trevisan, um ihnen den nötigen Nachdruck zu verleihen.

»Tilmann und Peter hatten zuweilen Streit mit ihm. Aber ich will nichts gesagt haben.«

»Und der Bürgermeister?«

»Hajo Dreesmann?«, wiederholte die Frau. »Das glaube ich nicht. Er tat nur, was alle von ihm verlangten. Er hielt Wilhelm sowieso für einen Spinner. Vor allem, nachdem sich herausgestellt hatte, dass der Kelch aus einem späteren Jahrhundert stammt.«

»Der Kelch, den der Professor gefunden hat?«

Ava Gerke nickte. »Tilmann machte in der Presse eine große Sache daraus. Er dachte, der Zuspruch könne der Insel nützen. Als dann die Analyse ergab, dass der Becher aus dem 17. Jahrhundert stammt und die Presse einen großen Artikel darüber schrieb, war es ganz schön peinlich.«

Ava Gerke zeigte auf ihren Hund, der die ganze Zeit über brav unter dem Tisch gelegen hatte. »So, jetzt muss ich aber wieder, Asta hat sicher Hunger.«

Trevisan erhob sich. »Gut, ich melde mich, falls ich noch etwas von Ihnen brauche.«

*

Die Leiche des alten Professors war inzwischen abtransportiert und wurde in die Gerichtsmedizin nach Wilhelmshaven gebracht. Paul Krog, der Kollege der Spurensicherung, wartete am abgesperrten Zugang zum Tatort. Die Kollegen in ihren papierenen Anzügen hatten inzwischen ganze Arbeit geleistet und waren damit beschäftigt, ihre Utensilien für den Transport einzuladen.

»Moin, Martin«, wurde Trevisan von Krog empfangen.

»Ihr seid fertig?«

Krog nickte und wies den Pfad entlang, der rechts wie links mit Stangen und Absperrband markiert war. »Wir haben, was wir brauchen. Soll ich es dir kurz erklären?«

Martin Trevisan nickte und folgte dem Chef der Spurensicherung in die Dünenlandschaft. »Pass auf, hier ist es rutschig«, warnte er, bevor er den kleinen sandigen Hügel erklomm und auf die Stelle zeigte, an der die Leiche gelegen hatte. »Hier lag zwar der Leichnam, aber passiert ist es dahinten.«

Trevisan folgte mit den Augen Krogs Fingerzeig zu einem weiteren mit Strandhafer bewachsenen Hügel. »Dort kam es zu einem Handgemenge zwischen zwei Personen«, erklärte Krog. »Vermutlich traf der Professor dort auf den Täter. Wir haben seine Schuhspuren und den Teilabdruck eines Stiefels gesichert, es müsste wohl ein Mann gewesen sein.«

»Wie kommst du darauf, dass es ein Mann war?«

»Schuhgröße 45 oder größer und die Tiefe der Spur, das spricht eher für einen Mann oder eine sehr burschikose Frau. Komm, ich will dir was zeigen!«

Krog ging weiter, Trevisan folgte ihm und wäre beinahe gestürzt, als der Sand unter seinen Füßen nachgab.

»Ich sagte doch, du musst aufpassen, es ist rutschig hier.«

»Schon gut«, ächzte Trevisan, als er sich wieder aufrichtete.

»Dieses Metallsuchgerät ist übrigens vom Feinsten«, fuhr Krog fort. »Ein Profigerät mit Bildschirm, GPS, Magnetometer und einigen anderen Feinheiten. Kostet wohl so an die 25.000 Euro. Hast du eine Ahnung, was er damit wollte?«

Trevisan nickte. »Er suchte nach dem Schatz eines Friesenhäuptlings.«

»Und der soll hier vergraben sein?«

Trevisan zuckte mit der Schulter. Unterhalb der Düne blieb Krog stehen und zeigte auf ein schwarzes Metallrohr, neben dem ein kleines gelbes Schild mit der Nummer sieben stand.

»Das ist mit Sicherheit die Tatwaffe«, erklärte Krog und wies auf ein Schraubgewinde, das kaum mehr als zwei Zentimeter aus dem Metallrohr ragte. »Da ist noch Blut dran. Es gehört zu dem Metallsuchgerät. Man kann damit das Gestänge verlängern.«

»Ist das massiv?«, fragte Trevisan.

»Es ist innen hohl«, entgegnete Krog.

Trevisan runzelte die Stirn.

Krog bückte sich und zeigte auf die hervorstehende Schraube. »Wir haben uns die Leiche angesehen. Das Blut am Kopf des Mannes stammt in erster Linie von einer Platzwunde an der Schläfe, ich glaube aber nicht, dass der Schlag tödlich war. Dafür spricht auch der Tatablauf, der sich aus den Spuren ergibt.«

Krog wies auf die Düne, die vor ihnen lag. »Der Professor ist dort hinten mit seinem Detektor zugange. Dort liegen übrigens noch sein Rucksack mit Werkzeug, außerdem ein Handscheinwerfer und ein Klappspaten. Er hat sogar schon ein Loch gegraben. Dann trifft er auf den Täter. Es kommt zum Streit und dabei folgt der Schlag mit dem Metallrohr gegen den Kopf. Dadurch wird er benommen, taumelt herüber und bricht hier zusammen. Als wir ihn fanden, steckte Erbrochenes in seinem Hals.«

Trevisan runzelte die Stirn.

»Ich habe noch mal mit dem Arzt gesprochen«, fuhr Krog fort. »Er hält es auch für möglich, dass der alte Mann an seinem Erbrochenen erstickte oder einen Schlaganfall erlitt, mit Sicherheit wissen wir es erst nach der Obduktion.«

Trevisan wies auf die gegenüberliegende Düne. »Er hat gegraben, sagst du. Könnte er auch was gefunden haben?«

»Das können wir nicht ausschließen«, entgegnete Krog. »Wir haben an der Stelle auch etwas gefunden.«

Trevisan blickte Krog neugierig an.

»Rostige Geschosshülsen einer Zwei-Zentimeter-Flak«, fuhr Krog fort. »Hier stand wohl mal eine Flakbatterie.«

Trevisan atmete tief ein.

»Wir sind hier fertig und nehmen uns jetzt seine Wohnung vor.«

»Gute Idee«, erwiderte Trevisan. »Lentje ist schon dort.«

*

Dichte Wolken zogen über die Insel und der Wind nahm zu. Es wurde kühler an diesem Samstagmorgen, doch noch blieb es trocken. Für den Mittag waren Regen und Sturm gemeldet. Das Rathaus war geschlossen. Trevisan suchte zusammen mit Lentje den Bürgermeister zu Hause auf und traf Hajo Dreesmann im Garten seines Hauses in der Carstenstraße.

»Sie müssen die Kommissare aus Wilhelmshaven sein«, wurden die beiden vom Inselbürgermeister empfangen, nachdem Trevisan seinen Dienstausweis gezeigt hatte. »Ich habe schon gehört, was passiert ist.«

Er führte Lentje und Trevisan durch den Garten in die Stube. Seine Ehefrau musterte den ungebetenen Besuch neugierig.

»Kaffee?«, fragte der Bürgermeister, nachdem er seinen Besuchern Platz angeboten hatte.

»Da sagen wir nicht nein«, entgegnete Trevisan.

Der Bürgermeister wandte sich seiner Ehefrau zu. »Hanna, machst du bitte eine Kanne, ich denke, die Polizei will dienstlich mit mir sprechen.«

Die Frau nickte kurz, wandte sich um, verließ das Zimmer und schloss die Tür.

»Ich hörte, Ava hat ihn gefunden, heute in der Früh.«

Trevisan nickte. »Es scheint sich hier schnell herumzusprechen.«

Der Bürgermeister machte eine ausladende Geste. »Was erwarten Sie, das ist eine kleine Insel.«

Trevisan nickte erneut. »Wussten Sie, was er dort in den Dünen trieb?«

Hajo Dreesmann lächelte. »Das wusste doch hier jeder. Der Schatz von Wangerooge. Er machte kein Geheimnis daraus.«

»Was hielten Sie von dieser Suche?«, fragte Lentje.

Hajo Dreesmann zuckte mit den Schultern. »Anfänglich fanden es die Leute hier noch spannend. Ein Schatz auf Wangerooge, das wäre eine Schlagzeile. Der Tourismusverein dachte sogar über ein Inselmuseum nach.«

»Das heißt, die Leute nahmen ihn ernst?«, fragte Trevisan.

»Klar«, versicherte der Bürgermeister. »Wussten Sie, dass er über das Zeitalter der friesischen Häuptlinge promoviert hat? Er schrieb sogar zwei Bücher darüber.«

»Dennoch haben Sie ihm verboten, tagsüber weiter nach dem Schatz zu suchen.«

»Was sollte ich tun?«, fragte der Bürgermeister. »Mit der Zeit hielten ihn immer mehr Einwohner für einen Spinner und am Ende wurde er lästig, ja sogar handgreiflich gegenüber den Touristen. Die Beschwerden nahmen zu, da blieb mir keine andere Möglichkeit.«

»Handgreiflich«, wiederholte Lentje. »Wie dürfen wir das verstehen?«

Hajo Dreesmann atmete tief ein. »Er verhielt sich manchmal wie ein Verrückter. Ein paar Feriengäste aus Peter Rilkes Hotel hatten sich am Strand niedergelassen und waren ihm im Weg. Nicht nur, dass er die Handtücher und Utensilien in die Dünen warf, einer Touristin gab er sogar eine Ohrfeige. So konnte es nicht weitergehen. Peter stellte ihn zur Rede und verbot ihm, auf seinem Grundstück weiterzusuchen. Und natürlich kam Peter gleich darauf zu mir. Der Professor hatte Glück, dass die Frau keine Anzeige erstattete.«

»Wie nahm der Professor das Verbot auf?«, fragte Trevisan.

»Er war alles andere als begeistert. Zuerst tauchte er tagsüber immer wieder mit seinem Rucksack und seinem Suchgerät auf, doch als ich ihn mir einmal ordentlich zur Brust genommen habe, akzeptierte er die Entscheidung.«

»Und ging vor Sonnenaufgang auf die Suche«, vervollständigte Lentje den Satz.

Der Bürgermeister nickte. »Sind Sie sicher, dass er getötet wurde?«

Trevisan bejahte. »Deshalb sind wir hier.«

»Könnte es nicht sein, dass er einen Schlaganfall hatte?«, fragte der Bürgermeister.

Trevisan blickte ihn fragend an. Die Tür wurde geöffnet und Dreesmanns Ehefrau betrat das Zimmer. Sie warteten, bis sie den Kaffee serviert und den Raum wieder verlassen hatte.

»Ich meine, jeder weiß, dass er gesundheitlich angeschlagen war. Er war zu Beginn des Jahres schon einmal wegen eines Schlaganfalls mehrere Wochen in der Klinik.«

»Das wissen wir«, bestätigte Trevisan. »Dennoch sieht es so aus, als ob er angegriffen wurde. Die Spurenlage ist eindeutig. Gab es mit jemandem eine solch tiefe Feindschaft, dass es bis zum Äußersten kommen konnte?«

Der Bürgermeister überlegte. Schließlich schüttelte er den Kopf. »Ich sagte schon, er hatte nicht mehr viele Freunde hier auf der Insel, aber dass ihn einer umgebracht hat, kann ich mir nicht vorstellen.«

Sie saßen etwa eine Stunde zusammen, tranken Kaffee und redeten über den Fall, die Bewohner und die Besonderheiten der Insel, doch der Bürgermeister konnte ihnen nicht weiterhelfen. Auf der Suche nach dem vermeintlichen Mörder waren Lentje und Trevisan auf sich gestellt.

*

Ihr nächster Weg führte sie zu Tilmann Marten, dem Vorsitzenden des Tourismusvereins. Zu dem schien die Nachricht vom Tod des alten Professors noch nicht durchgedrungen zu sein. Als er von Trevisan im Beisein seiner Ehefrau darauf angesprochen wurde, reagierte er überrascht, ja sogar bestürzt.

»Wissen Sie, am Samstag haben wir nichts vor und schlafen gerne mal aus«, erklärte Marten.

»Wann sind Sie denn aufgestanden?«, fragte Lentje.

Tilmann Marten warf seiner Frau einen fragenden Blick zu. Die Frau schaute auf die Uhr über der Küchentür. »Ich bin so gegen zehn aufgestanden, mein Mann eine halbe Stunde später. Ich hatte gerade das Frühstück gerichtet.«

Trevisan blickte auf den Küchentisch, auf dem die Überreste des Frühstücks standen.

»Wie ist der Professor ums Leben gekommen und weswegen kommt denn die Polizei?«, fragte Marten.

»Was glauben Sie?«, fragte Lentje zurück.

»Hatte er zu Beginn des Jahres nicht einen Schlaganfall?«, warf Martens Ehefrau ein. »Er war sogar im Krankenhaus.«

Marten schüttelte den Kopf. »Bei einem Schlaganfall wäre die Polizei sicherlich nicht zu uns gekommen. Also, was ist, wurde er umgebracht? Sind Sie hier, weil ich Ärger mit ihm hatte?«

Trevisan räusperte sich. »So wie es aussieht, liegt ein Tötungsdelikt vor. Offenbar gab es einen Streit, draußen in den Dünen. Können Sie sich vorstellen, auf wen der Professor dort getroffen ist?«

»Es könnte durchaus sein, dass der Täter nicht wollte, dass der Professor zu Tode kommt«, fügte Lentje hinzu.

Einen Augenblick herrschte betroffenes Schweigen. Plötzlich trat die Frau einen Schritt vor und schlug die Hände vors Gesicht. »Der Peter wird doch nicht …«

»Quatsch!«, fuhr ihr Tilmann Marten in die Parade.

»Peter Rilke, der Besitzer der ›Seerose‹?«, fragte Trevisan.

Tilmann Marten stutzte. »Sie haben schon von ihm gehört?«

»Erst vor ein paar Wochen hat er gedroht, den Professor zu erschlagen, wenn er ihn noch einmal auf seinem Grund antrifft, weißt du noch?«, fuhr Martens Ehefrau fort.

Tilmann Marten winkte ab. »Das ist Blödsinn, der Peter tut keiner Fliege was zuleide.«

»Hören Sie nicht auf ihn«, tat Martens Ehefrau die Bemerkung ihres Mannes ab. »Hast du schon vergessen, dass er seine Frau, die Rieke, damals vertrimmt hat und sie abgehauen ist, weil sie es nicht mehr bei ihm ausgehalten hat?«

Trevisan hatte genug gehört. »Eine Frage noch«, sagte er. »Welche Schuhgröße haben Sie, Herr Marten?«

Tilmann Marten schaute Trevisan fragend an. »43, weshalb fragen Sie?«

»Du bist vielleicht naiv«, maßregelte Martens Ehefrau ihren Mann. »Sie wollen wissen, ob du etwas mit dem Tod des Professors zu tun hast.«

Lentje beugte sich vor. »Schließlich hatten Sie ja Probleme mit ihm.«

»Ich, Probleme?«, wiederholte Tilmann Marten.

»Soweit wir erfahren haben, standen Sie damals ganz schön im Regen, als Sie über den Kelch in der Inselzeitschrift berichteten.«

Tilmann Marten lächelte beschämt. »Ich gebe zu, ich war damals etwas euphorisch. Der Professor hat mich sogar gewarnt und fand es viel zu früh, darüber zu schreiben.«

Erneut meldete sich Martens Ehefrau lautstark zu Wort. »Das ist vollkommen egal, du warst die ganze Zeit hier bei mir. Gestern Abend haben wir zusammen die Fernsehshow geschaut und heute früh bist du nach mir aufgestanden. Ich gehe davon aus, der Kommissar weiß, was das bedeutet.«

Trevisan nickte zustimmend. Tilmann Marten konnte

er wohl von seiner Liste streichen, dafür rückte der Wirt und Betreiber der »Seerose« in den Mittelpunkt der Ermittlungen.

*

Nachdem sie Tilmann Marten verlassen hatten, trennten sich die Wege von Lentje und Trevisan.

»Wir müssen mehr über diesen Hotelier der ›Seerose‹ herausfinden«, sagte der Hauptkommissar. »Außerdem brauchen wir eine Unterkunft für die Nacht. Wir bleiben erst einmal auf der Insel. Schau mal bei Kollegin Brede vorbei, die ist uns sicher behilflich. Wir treffen uns bei Krog, vielleicht haben die im Haus des Professors etwas gefunden.«

Bevor Trevisan das kleine Haus im Süden des Ortes erreichte, begegnete ihm eine ältere Frau, die einen weiten langen Rock und dazu eine typisch friesische Hemdbluse trug. Ihre dünnen grauen Haare hatte sie unter einer dunklen Mütze versteckt.

Verschwörerisch trat sie Trevisan in den Weg. »Sind Sie der Kommissar vom Festland?«, flüsterte sie ihm zu, bevor sie sich argwöhnisch umsah.

Trevisan stellte sich vor.

»Ich bin Wiebke Sievers, die Insel ist mein Zuhause«, sagte sie und zog den Kommissar an der Jacke mit sich hinter ein Gebüsch. »Sie suchen doch den Mörder vom alten Professor?«

Wiederum nickte Trevisan.

»Ich will nicht, dass uns jemand zusammen sieht«, sagte sie leise. »Heute früh gegen sechs Uhr war ich am Strand unterwegs. Ich sammle Schwemmgut, altes Holz und Äste. Ich habe einen Laden und verkaufe dort Inselkunst.«

»Ich verstehe«, entgegnete Trevisan. »Wo waren Sie denn unterwegs?«

»Am Ostdeich«, antwortete die Frau. »In der Nähe, wo Ava den toten Professor gefunden hat.«

Trevisan wurde hellhörig.

»Dort habe ich einen Mann gesehen. Er kam aus den Dünen und ging die Richthofenstraße entlang. Er hat mich nicht gesehen.«

»Ein Mann, da sind Sie sicher?«

»Ganz sicher, er war alleine.«

»Können Sie den Mann beschreiben?«

»Ich habe ihn sogar erkannt. Es war Peter Rilke, der Wirt von der ›Seerose‹, und er hatte es offenbar eilig.«

»Sie sind absolut sicher?«

»Natürlich, ich kenne die Leute hier, und ich weiß auch, dass er mit dem Professor Streit hatte, aber das haben Sie ja sicherlich schon erfahren.«

»Wo finde ich Sie, wenn ich noch etwas wissen will?«, fragte Trevisan.

Die Frau winkte ab. »Fragen Sie nach Wiebke, mich kennt jeder.«

Ohne auf Antwort zu warten, verschwand die Frau genauso plötzlich, wie sie aufgetaucht war.

*

Lentje war längst im Haus des Professors eingetroffen. »Wo bleibst du denn?«, fragte sie Trevisan. »Das mit der Übernachtung geht klar. Kollegin Brede kümmert sich um Rilkes Vita. Wir sollen später bei ihr vorbeikommen.«

»Wo ist Krog?«, fragte Trevisan.

Lentje zeigte den Flur entlang.

Paul Krog saß im Arbeitszimmer des Professors und wies auf den Computerbildschirm. »Du wirst es nicht glauben, aber er hat die ganze Insel umgegraben. Vermessen, kartographiert und analysiert. Dann hat er sie in einzelne Quadrate unterteilt, jeweils einen Quadratmeter groß, und Stück um Stück untersucht. So wie auch in der gestrigen Nacht. Über 4.000 Quadratmeter. Allerdings nur den Teil der Insel, der bereits vor 500 Jahren existierte, bevor man das alles hier befestigt hat. Es gibt Luftaufnahmen, Bodenproben, alles, was dazugehört. Da steckt viel Arbeit drin.«

»Er sucht ja auch schon seit 25 Jahren«, sagte Trevisan.

Krog fuhr mit der Maustaste über den Bildschirm und rief eine weitere Datei auf. »Es kommt noch besser«, sagte er. »Vor zwei Jahren hat er eine Firma beauftragt, die gesamte Insel mit einem Doppler-Radar zu überfliegen. Hier sind die Aufnahmen und darauf sind metallische Vorkommen zu sehen. Was glaubst du, was das Gutachten gekostet hat?«

Trevisan zuckte mit der Schulter. »Er war Professor und hatte bestimmt eine dicke Pension.«

»Nahezu pleite war er«, schaltete sich Lentje ein. »Er

hat alles in diese Suche gebuttert. Sogar Kredite hat er dafür aufgenommen.«

Krog erhob sich, ging zu einem Regalschrank und zog eine alte Schuhschachtel hervor. Darin lagen mehrere Goldketten, Armreife und zwei Damenarmbanduhren, die wertvoll erschienen.

»Von wegen, er hat nichts gefunden«, erklärte Krog. »Er hat immer wieder etwas gefunden. Allerdings keinen Friesenschatz, sondern Dinge, die wohl Touristen in den Dünen oder am Strand verloren haben. Damit hat er übrigens auch die weitere Suche finanziert. Ich denke, die Radaraufnahmen wurden auf diese Weise bezahlt. Wir haben Pfandscheine im Wert von beinahe 300.000 Euro von Pfandleihen in Bremen, Oldenburg, Hannover und Hamburg aus den letzten Jahren gefunden. Dort hat er seine Funde versetzt, um an Geld zu kommen. Ein sonderbarer Schatzsucher war er, dieser alte Professor.«

Trevisan nickte und wandte sich Lentje zu. »Kommst du mit?«

»Wir sind hier noch nicht fertig«, wandte Krog ein.

»Dann sucht weiter«, entgegnete der Kommissar. »Lentje und ich müssen einen Mörder festnehmen.«

Krog schaute Trevisan mit großen Augen an. »Im Ernst?«

Trevisan nickte, bevor er mit Lentje im Schlepptau das Zimmer verließ.

*

Sie trafen den Wirt der »Seerose« in der Küche des kleinen Hotels an, das kaum weiter als 500 Meter von den Dünen entfernt lag, in denen der alte Professor gefunden wurde. Zur Verstärkung hatte Trevisan die Kollegin und den Kollegen von der Polizeistation mitgenommen.

Peter Rilke war beinahe zwei Meter groß, wirkte übernächtigt, hatte seine rechte Hand verbunden und dazu ein Pflaster über dem rechten Auge.

»Ich dachte mir schon, dass Sie auch zu mir kommen«, empfing sie der Hotelier.

»Sie hatten Streit mit dem Professor, wurde uns berichtet«, entgegnete Trevisan.

»Der alte Spinner machte mir meine ganzen Gäste abspenstig mit seiner dummen Schatzsuche«, bestätigte Rilke. »Da platzt einem schon mal der Kragen.«

Trevisan warf einen Blick auf Rilkes Füße. »Auch heute Morgen, so gegen sechs Uhr?«

Rilke runzelte die Stirn. »Wie kommen Sie darauf?«

»Sie wurden gesehen«, erklärte Trevisan. »Sie kamen aus den Dünen. Was haben Sie dort gemacht?«

Der Mann setzte sich auf einen Stuhl. »Ich gehe oft um diese Zeit spazieren«, erklärte er. »Man muss den Kopf irgendwie frei kriegen. Seit Wochen steht mein Hotel leer. Die Gäste kommen nicht, wegen dieses Virus, da fällt einem die Decke auf den Kopf.«

»Welche Schuhgröße haben Sie, Herr Rilke.«

»45, weshalb fragen Sie?«

»Und Stiefel haben Sie auch?«

Rilke nickte.

»Komischerweise lag genau dort, wo Sie herkamen, der Professor tot in den Dünen«, fuhr Trevisan fort. »Es gab ein Handgemenge und Sie tragen einen Verband und ein Pflaster, außerdem sind dort Stiefelspuren mit Ihrer Größe, das ist ein großer Zufall, finden Sie nicht auch?«

»Ich habe mich hier in der Küche verletzt. Das kommt mal vor.«

»Ja, das kommt mal vor«, bestätigte Trevisan. »Trotzdem müssen Sie uns begleiten, denn Sie stehen unter dem dringenden Verdacht, für den Tod von Professor Hottenrott verantwortlich zu sein. Sie müssen auch keine weiteren Fragen mehr beantworten, wenn Sie nicht wollen, und können einen Anwalt hinzuziehen, wozu ich Ihnen rate.«

Rilke schlug die Hände vor das Gesicht. »Ich sage gar nichts mehr.«

»Dann kommen Sie bitte!«

Rilke erhob sich und folgte anstandslos.

»Wir bringen Sie nach Norden in den Polizeigewahrsam, dort müssen Sie erst einmal bleiben, bis der Haftrichter entscheidet, wie es weitergeht.«

*

Trevisan und Lentje hatten mit einem Polizeiboot übergesetzt. Das mit der Übernachtung hatte sich erledigt. Zum Glück herrschte noch Flut und der für den Nachmittag angekündigte Sturm hatte Verspätung. Eine

Nacht in der Zelle in Norden würde Rilke vielleicht ein klein wenig gesprächiger machen.

Am nächsten Tag gegen neun Uhr fand im Gerichtsmedizinischen Institut die Obduktion des alten Professors statt. Trevisan und Lentje waren zu dem Termin erschienen. Dr. Hagedorn, der Gerichtsmediziner, machte sich akribisch ans blutige Werk, doch bereits nach der ersten oberflächlichen Untersuchung des Schädels konnte er ausschließen, dass der Schlag mit dem Metallrohr zum Tode des alten Mannes geführt hatte.

Bei der Untersuchung der Mundhöhle des Toten stutzte er. »Ich sage Ihnen, Trevisan, mich würde es nicht wundern, wenn … Moment, da haben wir es …«

Er griff zu einer langen Pinzette und fasste damit in die Mundöffnung des Toten. Lentje wandte sich ab.

Hagedorn förderte einen kleinen Gegenstand zutage und ließ ihn in eine Metallschale fallen. Es klimperte metallisch. »Keine Frage, der Mann ist erstickt«, erklärte er. »Schon die ersten oberflächlichen Anzeichen sprachen dafür. Punktierung in der Netzhaut und alles, was dazugehört.«

Hagedorn ergriff erneut den Gegenstand, diesmal mit einer kleineren Pinzette und spülte ihn mit der Wasserflasche ab. »Na, was haben wir denn da?«

Trevisan trat näher. Es war ein kleiner goldener Ring mit einem Brillanten. Der Doktor hielt ihn unter den Scheinwerfer. »Da ist sogar eine Gravur«, sagte er. »Das könnte ein Ehering sein. Hier steht: ›Marianne, 18.10.1998.‹«

Trevisan setzte seine Brille auf, als ihm der Doktor den Ring präsentierte. »Tatsächlich, ein Ehering«, bestätigte er.

»Also, Tod durch Ersticken, den Schlag hätte er zweifelsfrei überlebt. Das Gutachten folgt, aber ich glaube kaum, dass die weitere Obduktion zu einem anderen Ergebnis führt.«

*

Auf der Fahrt nach Norden sprachen Trevisan und Lentje eindringlich über den Fall. Am Ende würde es wohl auf eine Körperverletzung mit Todesfolge hinauslaufen, aber weshalb steckte dieser Ring im Rachen des Professors und was hatte es damit auf sich? Mal sehen, was Peter Rilke dazu zu sagen hatte.

Der Mann sah am Morgen noch schlechter aus als am Tag zuvor. Er hatte wohl in der Nacht kein Auge zugetan.

»Hören Sie, ich habe den Professor nicht umgebracht«, sagte er ohne Umschweife, als er von uniformierten Polizisten in den Vernehmungsraum geführt wurde. »Ich gebe zu, ich sah ihn da liegen, aber er war schon tot. Ich habe nichts gesagt, weil ich dachte, wenn ... ich ... Jeder wusste, dass ich Streit mit ihm hatte.«

Trevisan legte die kleine Tüte vor Rilke auf den Tisch, in der sich der Ring befand, den Dr. Hagedorn aus dem Rachen des Toten entfernt hatte.

»Was ist da draußen passiert?«, fragte Trevisan eindringlich.

»Nichts, ich bin spazieren gegangen, da lag er plötzlich auf der Düne. Ich ging zu ihm und sah, dass er tot
war. Dann bin ich davongerannt.«

Trevisan schob ihm den Ring zu. »Und der Ring?«

Rilke zuckte mit den Schultern. »Davon weiß ich
nichts.«

»Schauen Sie ihn sich ruhig einmal an!«

Rilke nahm die Tüte in die Hand und betrachtete ein-
gehend den darin befindlichen Ehering, schließlich stieß
er auf die Gravur und drehte das Schmuckstück so, dass
er sie lesen konnte. »Das gibt es doch gar nicht«, sagte er.

Trevisan blickte ihn fragend an.

Rilke kratzte sich nachdenklich an seinem Dreitage-
bart. »Ich dachte, ich hätte es mir nur eingebildet«, sinnierte er. »Da war noch jemand, ein Schatten. Er verschwand in den Dünen, als ich dort ankam, und ich
meinte … ich war mir nicht sicher … ich meinte, es
könnte Hajo gewesen sein. Aber jetzt ist es klar, natürlich.«

Trevisan runzelte die Stirn. »Hajo, Sie meinen den
Bürgermeister? Und was ist jetzt klar?«

»Das ist der Ring von Marianne, seiner Ehefrau.«

Trevisan richtete sich auf. »Soweit ich mich erinnere,
heißt seine Frau Hanna.«

Rilke winkte ab. »Hajos erste Frau hieß Marianne. Er
hat sie damals mit Hanna betrogen und von einem Tag
auf den anderen war sie fort. Er behauptete damals, sie

sei zum Anleger gegangen. Der liegt aber in einer ganz anderen Richtung.«

»Seine erste Ehefrau, ich verstehe nicht, was Sie damit meinen«, hakte Trevisan nach.

»Schauen Sie in Ihren Polizeiberichten nach. Marianne ist Anfang 2005 spurlos verschwunden. Zuerst hieß es, sie sei einfach abgehauen, aber sie hatte all ihre Kleider zurückgelassen. Meine Frau ist auch abgehauen, doch die hat alles mitgenommen, sogar Dinge, die ihr gar nicht zustanden. Und dann hieß es, die Marianne sei ins Wasser gegangen. Sie wurde erst vor drei Jahren für tot erklärt. So lange mussten Hajo und Hanna auf ihre Hochzeit warten. Aber was der Ring am Ostdeich sucht, das frage ich mich schon. Ich kannte Marianne gut, verloren hat sie ihn sicher nicht, sie bekam ihn ja schon gar nicht mehr herunter, ohne die Hand in Seife einzuweichen.«

»Da sind Sie sicher?«

»Ja, ganz sicher, und wenn es um Schuhe der Größe 45 geht, dann ist Hajo auch der richtige Mann, ich habe ihm ein paarmal meine Anglerstiefel geliehen, die gehen hoch bis über das Knie und die passen ihm wie angegossen.«

*

Tatsächlich befand sich in den alten Akten der Polizeistation die Ermittlungsakte der Marianne Dreesmann, geborene Wendt, die aus Norddeich auf die Insel gekommen war und in der »Seerose« gearbeitet und schließlich den ledigen Bürgermeister der Insel geehelicht hatte. Sie galt als verschollen und viel sprach dafür, dass die depressive Frau, zumindest hatte Hajo Dreesmann sie so beschrieben, in den Fluten der Nordsee den Tod gesucht hatte. Vor nunmehr drei Jahren war das Kapitel abgeschlossen worden und man hatte die Frau für tot erklärt. Dreesmann hatte seine zweite Frau geheiratet, mit der er knapp drei Monate nach dem mysteriösen Verschwinden von Marianne Dreesmann zusammengezogen war.

Der Bürgermeister schaute überrascht drein, als ihn Trevisan und Lentje am Sonntagmittag just zur Teestunde in seinem Haus aufsuchten. Wiederum führte er die beiden in die Stube und bot ihnen Platz an. Diesmal orderte er Tee bei seiner Frau.

»Wie ich hörte, hat sich der Fall ja schnell geklärt«, sagte er und lächelte verlegen. »Auch wenn es mir für Peter leidtut, aber das geht nun einmal eindeutig zu weit. Ich kann mir schon vorstellen, dass er den Tod des alten Mannes nicht wollte, aber … Was soll ich sagen, Gesetz ist nun mal Gesetz und man muss für seine Taten geradestehen.«

»Ja, da stimme ich Ihnen zu, Herr Dreesmann«, entgegnete Trevisan. »Und manchmal muss man beim Suchen aufpassen, dass man nicht das Falsche findet.«

Dreesmann verdrehte die Augen. »Was meinen Sie damit?«

Trevisan griff in seine Jackentasche und zog das Tütchen mit dem Ring hervor. Er reichte es dem Bürgermeister.

»Oh, der Professor hat viele Dinge gefunden«, fuhr er fort. »Wertvolle Dinge sogar, so wie diesen Ring. Und er hat sie fast alle zu Geld gemacht. Nur diesen Ring hätte er wohl besser nicht gefunden.«

»Ich verstehe nicht …«

»Wussten Sie, dass der Professor die Insel kartographiert und in kleine Parzellen zu je einem Quadratmeter eingeteilt hat?«

Dreesmann zuckte mit der Schulter. »Ja, das … Er hat es jedem erzählt.«

»Er war inzwischen beim Quadrat Nummer 254 angelangt«, fuhr Trevisan fort. »Sie wissen, wo das liegt?«

Dreesmann zuckte mit der Schulter.

Trevisan nahm das Tütchen wieder zurück, packte den Ring aus und legte ihn auf den Tisch. Just in diesem Moment wurde die Tür geöffnet und Hanna Dreesmann betrat die Stube.

»Marianne, 18.10.1998«, sagte Trevisan. »Ich denke, dieses Datum dürfte Ihnen geläufig sein!«

Hanna Dreesmann trat an den Tisch, um den Tee zu servieren, doch als sie den Ring erblickte, rutschte ihr das Tablett aus der Hand, die Tassen fielen auf den Boden und zerbrachen.

»Was finden wir, wenn wir dort draußen in den Dünen weitergraben?«, fragte Trevisan, während Hanna Dreesmann die Hände vor das Gesicht schlug und hemmungslos zu schluchzen begann.

Hajo Dreesmann zitterte am ganzen Leib, eine Schweißperle rann ihm über die Stirn.

»Es ... es war .... es war ein Unfall«, stammelte er.

»Das mit dem Professor oder mit Ihrer ersten Ehefrau?«, hakte Trevisan nach.

Dreesmann sank in sich zusammen. »Ich wollte es nicht, ich sah ihn dort, und ich wusste, dass er vorhatte, die Stelle zu untersuchen. Er hatte den Ring in all dem Sand gefunden. Ich wollte ihm ... Er sollte ihn mir geben, doch dann... Er hat ihn einfach ... Er nahm ihn einfach in den Mund. Ich wusste nicht mehr, was ich tat, da schnappte ich mir diese Stange und ... Ich habe zugeschlagen, nicht fest. Ich wollte doch nur, dass er den Ring wieder ausspuckt, aber dann ... da kam jemand und Wilhelm taumelte davon ... Ich wollte ihn nicht umbringen.«

»Dann sind Sie einfach davongelaufen«, stellte Lentje nüchtern fest.

Hajo Dreesmann nickte.

»Und Ihre Ehefrau Marianne, ist die auch nur davongelaufen?«, fragte Trevisan nachdrücklich. Aber Hajo Dreesmann schwieg. Er schwieg, als sie ihn abführten, und er schwieg genauso, als Trevisan am nächsten Tag zur Vernehmung erschien. Nur den bedauerlichen Unfall, wie er es selbst nannte, räumte er ein.

*

Drei Tage später stieß man bei den Ausgrabungsarbeiten in den Dünen am Ostdeich auf die in Plastikfolie und einen alten Metallzaun eingewickelten sterblichen Überreste von Marianne Dreesmann. Beinahe vier Meter tief musste man graben. Dazu lag die Leiche beinahe zehn Meter östlich der Stelle, an der Professor Hottenrott den Ring gefunden hatte. Vermutlich war er beim Transport der Leiche abgefallen, nachdem sich das Blut aus allen Gliedern zurückgezogen hatte.

Damals hatten Bauarbeiten am Deich stattgefunden und die Baufirma hatte den dazu notwendigen Sand der Dünenlandschaft entnommen und dort eine Grube angelegt, die kurz darauf wieder zugeschüttet worden war. Anschließend hatte sich der Sand des Vergessens darübergelegt.

Hajo Dreesmann blieb bei seinem Schweigen, seine zweite Ehefrau Hanna war dafür umso redseliger. Hajo hatte seine erste Ehefrau erschlagen, was sich nach der Untersuchung des Schädels bestätigte, an dem sich drei wuchtige Schlagmarken befanden. Doch eine Sache beschäftigte Trevisan dennoch. Weswegen hatte er die Leiche nicht einfach auf die Nordsee hinausgefahren und dort auf dem Meeresgrund verschwinden lassen?

Die Antwort erhielt er von Peter Rilke, den er ein paar Wochen nach der Festnahme des Bürgermeisters in seinem Hotel aufsuchte, um sich bei ihm zu entschuldigen.

»Wissen Sie, Herr Kommissar«, erklärte ihm Peter Rilke bei einem heißen Grog. »Der Hajo scheute das Wasser wie eine Katze. Schon bei leichtem Seegang traute er sich nicht mehr aufs Festland. Man sollte meinen, ein Insulaner lebt mit dem Meer, aber das stimmt nicht in jedem Fall. In dieser Beziehung war unser Bürgermeister wohl die größte Landratte, die man sich vorstellen kann.«

*

Hajo Dreesmann wurde wegen zweifachen Mordes zu lebenslanger Haft verurteilt, denn das Gericht sah auch die Tat an dem armen Professor als Mord an, schließlich wollte er dadurch eine Straftat verdecken. Auch Hanna Dreesmann musste wegen Beihilfe drei Jahre ins Gefängnis. Und der Schatz auf Wangerooge wartet bis heute auf seinen Finder ... falls es ihn überhaupt gibt.

KURZBIOGRAFIEN

Ocke Aukes (Pseudonym von Unetta Steemann) lebt seit ihrer Kindheit auf Borkum. Sie ist in der Touristikbranche tätig und hat bereits zwölf Romane, eine Biografie und diverse Kurzgeschichten veröffentlicht. Mehrere ihrer plattdeutschen Geschichten wurden prämiert. Sie ist Mitglied im »SYNDIKAT«. Neuere Veröffentlichungen (alle im Emons Verlag): »Tod auf Borkum« (2017), »Borkum-Zauber« (2018), »Borkumer Brandung« (2020).

Mehr Infos unter www.ocke-aukes.de.

*

Christina Bacher, geboren 1973, schreibt seit vielen Jahren Kriminalromane und Kurzgeschichten und ist Chefredakteurin des Kölner Straßenmagazins »DRAUSSENSEITER«. Sie war Stipendiatin des Kölner Kulturamts und Inselschreiberin auf Juist, zudem wurde sie 2020 mit dem Sonderpreis der Kunststiftung NRW für ihre Idee ausgezeichnet, Obdachlosen im Lockdown während der Coronapandemie eine Stimme zu geben. Neben dem Stadtführer »111 Orte für Kinder in Köln, die man gesehen haben muss« (Emons Verlag)

liegt von ihr aktuell der Jugendkrimi »Das Römergrab«
(Emons Verlag) und der Spannungsroman »Hinkels
Mord« (KBV-Verlag) vor, der auf einem tatsächlichen
Mordfall basiert.

Mehr Infos unter www.bachers-buero.de.

*

Ulrike Barow, geboren 1953 in Gütersloh, lebt mit ihrer
Familie im schönen Leer und auf der Nordseeinsel Baltrum. Sie ist gelernte Buchhändlerin. Ihre Krimis spielen
alle auf Baltrum. So wird die Insel seit 14 Jahren regelmäßig von einem Verbrechen erschüttert. Außerdem ist
sie in vielen Anthologien mit Kurzgeschichten vertre-
ten. Sie ist Mitglied der »Mörderischen Schwestern« und
im »SYNDIKAT«. Zuletzt erschienen (alle im Gmeiner-Verlag): Baltrumer Dünensingen (2021), Baltrumer
Wattenschmaus (2020), Baltrumer Glockenschlag (2019).
Mehr Infos unter www.barow-baltrum.de.

*

Christine Bonvin stammt aus dem Kanton Aargau
(Schweiz). Über Umwege ist sie im Wallis gestrandet.
Die Lust am Schreiben erwachte in reiferen Jahren. Vor-
her setzte sie ihre Energie ein, um eine Firma aufzubauen.
Die Geschichten schlummerten in einer Schublade, bis
es Zeit war, sie herauszuholen. Daraus entstanden zwei
Genusskrimis und diverse Kurzgeschichten. Sie ist im

Vorstand von »KRIMI SCHWEIZ – Verein für schweizerische Kriminalliteratur« und Mitglied im »SYNDI-KAT«. Zuletzt erschienen (alle im Gmeiner-Verlag): Helvetisches Fondue in »MordsSchweiz« (2021), Lieblingsplätze im Wallis (2021); Der Galgen von Ernen in »Schaurige Orte in der Schweiz« (2021).

Mehr Infos unter http://bonvinc.bonne-eau.ch/

*

Jürgen Ehlers wurde 1948 in Hamburg geboren. Er hat im Geologischen Landesamt Hamburg gearbeitet und sich mit Fragen der Eiszeit- und Küstenforschung befasst. Heute schreibt er historische Kriminalromane und Kurzkrimis, von denen über 110 in Deutschland, England, Bulgarien und den USA veröffentlicht worden sind. Seine Kurzgeschichte »Weltspartag in Hamminkeln« wurde 2006 mit dem Friedrich-Glauser-Preis für den besten deutschen Kurzkrimi ausgezeichnet.

Mehr Infos unter www.juergen-ehlers-krimi.de.

*

Christiane Franke lebt gern an der Nordsee, wo ihre bislang 21 Romane und ein Teil ihrer kriminellen Kurzgeschichten spielen. Mit ihren Büchern stürmt sie regelmäßig nicht nur die regionalen Bestsellerlisten; die heitere Neuharlingersieler Krimireihe, die sie gemeinsam mit Cornelia Kuhnert schreibt, eroberte sich sogar

Plätze auf der Spiegel-Bestsellerliste. Allein schreibt sie die erfolgreiche Serie um die beiden Wilhelmshavener Kommissarinnen Oda Wagner und Christine Cordes. Letzte Veröffentlichungen: »Wenn Wattwürmer weinen« (Rowohlt Verlag 2021), »Krabbenkuss mit Schuss« (Rowohlt Verlag 2020), »Mord am Jadebusen« (Emons Verlag 2020), »Endlich wieder Meer« (Goya 2021).

Mehr Infos unter www.christianefranke.de.

*

Peter Gerdes, geboren 1955, lebt in Leer (Ostfriesland). Studierte Germanistik und Anglistik, arbeitete als Journalist und Lehrer. Seit 1995 schreibt er Krimis und betätigt sich als Herausgeber. Seit 1999 ist er Leiter des Festivals »Ostfriesische Krimitage«, seit 2018 CRIMINALE-Beauftragter des »SYNDIKATS«. Die Krimis »Der Etappenmörder«, »Fürchte die Dunkelheit« und »Der siebte Schlüssel« wurden jeweils für den Literaturpreis »Das neue Buch« nominiert. Neuere Veröffentlichungen (alle im Gmeiner-Verlag): Verrat verjährt nicht (2021), Hetzwerk (2021) und Langeooger Dampfer (2020).

Mehr Infos unter www.mordwesten.de.

*

Ulrich Hefner, geboren 1961 in Bad Mergentheim. Polizeibeamter, Autor und freier Journalist, lebt mit seiner

Frau und seinen beiden Kindern in Lauda-Königshofen, Baden-Württemberg.

Hefner ist Mitglied im Deutschen Presseverband (DPV), der Interessengemeinschaft deutschsprachiger Autoren (IGDA) und bei den »Polizei-Poeten«. Neben seinen Krimis um den Wilhelmshavener Ermittler Martin Trevisan veröffentlichte er mehrere Thriller, die in verschiedene Sprachen übersetzt wurden. Zuletzt erschien unter dem Pseudonym Max Zorn der Thriller »Der Bastard« im Weltbild-Verlag.

Mehr Infos unter www.ulrichhefner.de.

*

Herbert Knorr lebt im Ruhrgebiet. Der Literaturwissenschaftler leitete bis 2020 das Westfälische Literaturbüro in Unna e. V. und war Intendant des Netzwerkes »literaturland westfalen«. Er ist zudem Ideengeber und einer der Festivalleiter der Biennale »Mord am Hellweg« sowie Träger des »Literaturtaler NRW« und des »Ehrenglauser«. 2020 erhielt er als erster Preisträger überhaupt den »EHRENPREIS« des »Litcraturpreis Ruhr«. Zahlreiche Veröffentlichungen. Zuletzt erschienen die Krimigroteske »Schitt häppens« (Verlag Henselowsky Boschmann) sowie der Westfalen-Krimi »Pumpernickelblut« (Pendragon Verlag).

Mehr Infos unter www.herbert-knorr.de.

*

Regine Kölpin, geboren 1964 in Oberhausen (Nord-rhein-Westfalen), lebt seit ihrer Kindheit in Friesland an der Nordsee. Sie hat für namhafte Verlage zahlreiche Romane und Kurztexte publiziert und ist zudem im Genre Geschenkbuch tätig. Mit Band 3 der Saga »Der Nordseehof« war sie auf der Spiegel-Bestsellerliste zu finden. Regine Kölpin wurde mehrfach ausgezeichnet, unter anderem mit dem Bronzenen Homer 2020 (mit Gitta Edelmann) und dem Stipendium »Tatort Töwerland«. Letzte Publikationen: Dreiteilige Saga »Das Haus am Deich« (Piper Verlag), Der Möwenschissmord (Verlagsgruppe Droemer Knaur), Der Zug der Nonnengänse (Verlagsgruppe Droemer Knaur, unter Franka Michels).

Mehr Infos unter www.regine-koelpin.de.

*

Tatjana Kruse, Jahrgangsgewächs aus süddeutscher Hanglage, lebt und arbeitet eigentlich in ihrer Heimatstadt Schwäbisch Hall. Sie hat Juist während ihres *Töwerland*-Stipendiums kennen- und lieben gelernt. In ihrem Krimi »Pizza, Pasta, Sanddorngrog« (Leda-Verlag) hat sie der Insel eine Liebeserklärung geschrieben. Diese Liebe währt bis heute.

Mehr Infos unter www.tatjanakruse.de

*

Sandra Lüpkes hat fast ein Vierteljahrhundert auf Juist gelebt und fühlte sich in der Inselidylle ausgerechnet zu Kriminalromanen inspiriert. Seit 2005 wohnt sie »in Deutschland« (wie die Inselmenschen das Festland nennen) und schreibt nun auch Liebesromane, Sachbücher und Drehbücher (unter anderem »Wilsberg«, »Friesland«). Mit ihrem zeitgeschichtlichen Roman »Die Schule am Meer« – erschienen 2020 bei Kindler – war sie mehrere Monate unter den ersten 20 der Spiegel-Bestsellerliste. Im März 2022 erscheint im mare-Verlag ihr Lesebuch »Mein Juist«.

Mehr Infos unter www.sandraluepkes.de.

*

Andreas Scheepker ist gebürtiger Ostfriese. 1963 kam er in Hage zur Welt. Nach dem Abitur am Ulrichsgymnasium in Norden studierte er Evangelische Theologie und später noch Literaturwissenschaft, Geschichte und Pädagogik. Er lebt mit seiner Frau und seinem Sohn in Aurich, wo er als Schulpastor am Gymnasium Ulricianum unterrichtet. Außerdem arbeitet er als Studienleiter in der Arbeitsstelle für Evangelische Religionspädagogik und ist dort vor allem für Fortbildungen tätig. Neben seiner vielfältigen Berufstätigkeit interessiert er sich besonders für historische und regionalhistorische Themen. Scheepker hat mehrere Kriminalromane und Kurzgeschichten verfasst, die in Ostfriesland spielen. Dabei stehen oft Themen der ostfriesischen Geschichte im Hintergrund.

Mehr Infos unter www.gmeiner-verlag.de.

*

Klaus-Peter Wolf, 1954 in Gelsenkirchen geboren, lebt als freier Schriftsteller in der ostfriesischen Stadt Norden. Seine Bücher und Filme wurden mit zahlreichen Preisen ausgezeichnet. Bislang sind seine Werke in 26 Sprachen übersetzt und über zwölf Millionen Mal verkauft worden. Mehr als 60 seiner Drehbücher wurden verfilmt, darunter viele für »Tatort« und »Polizeiruf 110«. Wolf ist Mitglied im PEN-Zentrum Deutschland und im »SYNDIKAT«. Die Romane seiner Serie mit Hauptkommissarin Ann Kathrin Klaasen stehen regelmäßig mehrere Wochen auf Platz eins der Spiegel-Bestsellerliste.

Mehr Infos unter www.klauspeterwolf.de.